U0532508

白口罩

须一瓜 / 著

北京出版集团公司
北京十月文艺出版社

那是多年前四月末的一个黄昏。倦鸟归林的人们，匆促移行在那旧照片色的天光里。人们浑身上下，都是浅金色的安适与疲惫。

这是一天里最后的天光了。夕阳已经下去，但中空升起的一大挂罕见的肉桂色红云，依然辉映着那个暮色的小城，仿佛有天神就着一支巨大的火把，正最后打量着这即将沉入黑暗的城池。行走的人们，有人仰头看天，有人掉转脑袋，观赏彼此脸上姜黄而奇异的光辉；也有人注意到，一支笔套似的小物件，以一个小抛物线的弧度，反射着浅金色的暮光，飞进了公交站后的一畦花圃中。它是在一个六七岁的小男孩手上脱飞的，当时，小男孩佝偻在花圃边的绿篱旁呕吐，两个打闹的大男孩，不小心撞到了他。小男孩爬起身，想翻进花圃里找他的小玩具的，但是，他等的28路公交车进站了。这一站等得太久了，车站积累的乘客，像蚁群一样涌向汽车。小男孩看了淹没宝贝的绿篱花圃一眼，拖起书包，跌跌撞撞地扑向汽车。他大概想着，我明天再来捡吧。

但是,小男孩再也没有出现在这个公交车站。

那个灾难的降临,比春风轻拂还令人不察,它和煦,沉潜,与金桂色的天光同辉;几周后,它的谧然消失,也是柔迤和顺的,仿佛没有带走一片云彩。然而,就在那明媚日光与美丽星光交替的好天里,它雷霆万钧却又悄然无声地在很多生命刻画下难以逆转之痕,但始终没有几个人知道它的狰狞来去,这几乎是一个完美的秘密。

那一年,是个双立春年。金星凌日。有人说吉祥,有人说大凶。

1

对记者小麦来说，事情起源于一个普通的采访。

事后，小麦想，如果没有少年向泉，康朝那天还是会拒绝她的采访的。那样，她也不会卷入那云波诡谲的事件深处。当时，康朝在电话里和原来一样模式地谢绝说，你找红菇就对了。她是我们的新闻发言人。我真的没空。

小麦说，只要一节课时间。不过是你晚上喝茶的工夫。

他说，我有约了。没办法。

小麦学着实习老师哄人：那约完之后？十五分钟好啦。

他依然毫不妥协。他说，真的不行。

那个叫小麦的记者沉默了。她也想不出什么说服人的话。沉默的时间有点长，被采访人康朝有了一点恻隐之心，他说：我要去看个小朋友。我不能不去。这个孩子……他那个…… 怎么说呢，反正不能像正常人约会那样，计划好时间。今天晚上，也许我整晚都在那。

是你……孩子吗？

基本上算吧。你不就是采访那个车祸嘛，红菇也都在现场，十几个救援队员都在场，所以你不一定要找我，我不过是挂名队长，我并没比他们多搬出一具尸体……

那个孩子也许不介意我过来玩呢？

哦……别这样……他是我前妻的弟弟——同父异母，身体不太好。我们只是聊家常，很无趣的。算我欠你一次吧，以后一定补偿。

你欠我何止一次？前年，我第一次独立采访那次十四级特大台风，你开着新车在路面救援，后来新车被树砸、你和一个同伴差点被砸死的那次？——你拒绝我了。还有，你在合欢湖救起那四个偷偷驾船后翻船的暑期小孩，——你说出差没空。上个月，你们精卫紧急救援队获明城年度十大感动人物，你不又是让红菇搪塞我？我从来就没有在你这完成好任务过，一次也没有……

康朝笑，听得出他对记者的处境无所谓。他说，我们内部是有分工的。以后我请你喝茶赔罪吧。

小麦叫唤起来：康大，今天再不成，主任要让我回家生孩子……小麦夸张的哭腔，把自己惹得十分委屈，骤然清点出的失败，让年轻的记者看清了自己的倒霉无助与无能。

那是四月末的最后一个周日的晚上，三天后就是金星凌日的日子。这个奇异的天象，使所有天文爱好者和封建迷信分子亢奋。在周一的部门线索汇报会上，老蒋主任的意思是新闻部做一个专题。结果城市副刊部传来消息，他们部的"太阳脸上一个黑痣"的金星凌日策划，做了两个版，马上就要出小样了。小麦所在的新闻部主任老蒋脸面尽失，转而痛骂跑气象的记者，对金星凌日太迟钝！

那个疯狂爱玩电子游戏的跑医疗线记者游吉丽，显然没有做会前准确，支支吾吾老半天，说不出什么像样的线索，整个部门的人也都听得无精打采，老蒋眼神涣散而藐视，游吉丽突然声音大了一下，显然是灵光一现，她说，对了！还有——最近田广医院发烧感冒症状的病人多啦！有医生担心说，是不是暴发性流感又卷土重来了。呃，市二院内科一个女医生说，上个月，越南因为猪流感，死了很多人，有人说，今年天象异常，那个金星凌日……

老蒋主任冷笑：暴发性流感？哼，我倒希望猪流感能来救你！你就天花乱坠地忽悠吧。提醒你游吉丽！你已经累计两个月写稿分倒数第一，这个月再末位，自己卷铺盖走人吧！

之后，主任就转头看小麦：你那个民间紧急救援队的五四特稿到底怎样了？

小麦怕主任把火气迁延到她这，连忙说，没问题！我后天一定交稿。

麦稚君，不是我老爱说你，一个记者，如果没有行动力，趁早别吃这碗饭！消息比别人慢，通讯比别人慢，人物你再搞不过别人，你就回家生小孩去吧！

小麦要采访的就是这个青年节的应景人物。这个叫康朝的民间紧急救援队队长。是部门准备做五四专刊特稿之用。传说这个叫精卫的民间救援队,是多年前几个有钱有闲的男人起意创办的。吸引了很多热血兄弟和不同宗教信仰的男女好人。小麦分配到报社的前一周,主任给她的工作就是,看几个月的本报。那时,小麦就注意到这个叫精卫的志愿者团体。一是名字奇怪;二是那则报道配有醒目动感的大图片,说,救援队员连夜驱车赶到北部一个原始森林救援一个失踪的驴友。救援失败了,一个救援队员还摔伤了。小麦记住一个恐怖的细节。半夜的原始森林,只有三四度的低温,五名救援队员在湍急奔腾的溪边,找到那个趴在溪边的驴友时,五名队员轮番为他做人工呼吸,他们把他抱在怀里温暖他,队长把驴友冰凉的脚心塞进他衣服里,贴在自己的热胸膛上。其实那驴友瞳孔放大,已经没有生命迹象。但救援队无权宣布他的死亡,队员们抱着一线希望,也是为了安慰家属,他们一边毫不放弃地施救着,一边等待法医的上山。一想到那个队长是把一具尸体的脚,贴胸抱在怀里焐,小麦的心就哆嗦起来,她感到恶心、恐惧。

　　说起来,一开始小麦很是迷上这个人物。她上他们的精卫网站浏览,第一张就是康朝队长的照片,他戴着墨镜,半侧着脸,强健的脖颈,肩上是攀援绳,他似乎在训斥什么人。照片下他的留言很炫:我们拥有人类最优秀的理念这无须讨论,这是渗透在我们基因中的原始激情,以危难时帮助他人为幸福,不需谈任何条件——小麦觉得他简直酷毙了。

　　第二张是叫红菇的女子,副队长。剪了个板寸头。留言也很酷:这是穿过黑暗的一束光。做记者被开除、做生意赔光本;和东北人拼过酒,和小流氓动过刀,在天安门打赢城管、在西藏礼拜过佛。

见到他们后,这两个人小麦一个都不喜欢了。那时,他们在精卫队部的空地前,搞救援登山培训。那是一个旧工厂车间前,十多名队员在练习攀援。康朝在教新手盲打常用的称人结、渔人结。小麦好奇地看了一眼。

康朝比照片老多了,起码有三十七八岁,而且,并不帅。那张戴墨镜的照片有欺骗性,这使小麦幻灭而且不快。除了鼻梁刚硬、脖颈强壮,他简直没有任何打眼的户外运动者的气质;脱下墨镜,眉平眼直,左右眼眉在鼻梁两边就像两个等号,而且,眼窝深陷、眼皮极薄、眼珠凸浮,显得老气苍凉,眼神里还有种淡然无谓的神气,看着让小麦无端产生被忽略感,她还觉得这个人一定会藐视规矩、藐视很多东西,而这种藐视与轻慢,因毫无道理而显出一些痞子气。当然,写到稿子里的时候,小麦会说它是无羁落拓。反正她不能说一个扶危救急的好人有痞子气。总之,小麦看着他奇怪,没有亲近感。后来小麦和红菇在茶几边采访的时候,他过来在救援器材柜子里取什么东西,听到小麦说救援队员都是富人,他插了一句:胡扯淡。就走开了。

和网站上的照片比,红菇还是本色的,快人快语,喜欢打夸张的手势,表情和语言都很生动,长得像个漂亮的孙悟空,但是,她老摆出一副我当过记者,我什么都明白的样子,令人很不高兴。小麦随便采访了一下，就拉倒了。

2

康朝开车到报社门口接小麦。他很和气，在车里倾身为她开了车门。

那是一辆擦痕累累的白色越野车切诺基。一进去，就听到汽车音乐很震。是小号独奏《阿波罗之歌》。小麦忙把自己的随身听掏出来，殷勤地递给康朝看：看！法国小号手，克拉·德波利莱！小麦说，小时候，我小舅舅说我的嘴巴条件很好。但我妈妈说我会把脸吹成鼓胖脸和噘嘴巴，非要我学小提琴。可我不喜欢小提琴尖细的音色，我就是喜欢小号。小号的声音能撬起地球！小麦有点用力过度地跟采访对象套近乎。

康朝苍老的眼睛眯缝着，心不在焉。好一会儿他说，后来呢。

后来……我父母一直闹离婚，晚上和假日，我经常被我妈自行车载着，去伏击我父亲。所以，我小提琴也学不好，小号也没有学上。

哦。康朝说，又一个喜欢小号的女孩。

还有谁啊？

你不认识的人。

小麦后来才知道，康朝非常喜欢小号。他的汽车里有很多小号光盘。因为精卫老大喜欢小号，几乎所有的队员都慢慢喜欢小号。他们最喜欢在激越的小号中，奔赴危机和急难。有个会写诗的队员说过，不管阴天还是夜晚，小号一起，天地间就会布射磅礴的阳光；红菇说，小号让大家容易感动，靠近光、向着光出发。但是，当一切都烟消云散时，小麦听到了一个对小号不同评价的声音。那个最终追随康朝而去的女人说，喜欢小号的，都是头脑简单的、孩子气的人。

上车后，小麦知道她必须抓紧时间，所以，一曲终了，她就音量关小。康朝知道女记者小麦的心思，也就直奔主题，他说：民间救援队是离不开宣传，只是，我们内部有分工，红菇她对媒体有经验，你需要什么材料，她都能配合好。

小麦说，我不采访大车祸事件本身，我们要采访你这个人。是人物专访。

这个不要。康朝一口回绝。

为什么？

康朝专注开车。可直到等候灯红灯时，他都没有回答她。小麦觉得，康朝是真不把她的采访当一回事。所以，她只好又接着说，我们主任定的选题。我只采访你个人。

他说，我不喜欢那样。我们是一个团队。不需要个人宣传。

宣传你个人，其实不过是换个角度宣传精卫呀。我们希望让社会更多地了解你们，支持你们。

沉默了好一段路程，有点尴尬。小号声被压得像在天边栅栏缝隙里的星光。

你如果真的愿意帮精卫,我告诉你一些我们的难处好了。他看了小麦一眼,我不知道红菇有没有给你聊过,我们很难。

你说说看。

就说培训吧。救援队员必须在培训合格后,持有救生证才能上岗。我们申请了快两年,市红会就是不开展培训。没有培训就没有证,没有证,我们的救援就是无证操作。所以我们不断地上门请求,他们就踢皮球。今天让我们找这个人,明天这个人又叫我们找那个人,找来找去,最后有一个人搭理我们了,他说,这个培训要收费的!我们说行,我们自己掏钱。结果,给他钱依然不安排培训。一拖又拖了我们一年多,最后,我们不得不到北京去请老师下来自己培训。食宿、机票都是队员AA制解决了。最后,精卫救援队员的七十多本"初级救生证",都是北京红十字颁发。很奇怪吧。而作为一个紧急救援队,还必须要有"水上救生证""高山协作员证"等等,而这些专业资格证,培训动辄上千元,甚至几千元,而这些资格,都需要有国家游泳协会、中国登山协会这样的专门机构来培训。

不会吧?小麦感到吃惊:一心做好人,难道还有人刁难?

康朝摇头,也许不能算刁难。只是冷漠和麻木。你知道吗,我们现在还是非法团体,有关部门不批精卫的社团法人资格。申请登记了这么多年,没有用。他让我们去找个主管,可没人要当我们的主管部门。所以,到现在,精卫连公章都没有,纯粹的乌合之众。三个月前,我们在天威山救了二十多个深山迷途的踏青员工,那个公司要想送一些慰问金给精卫,可是,精卫拿不出公章，开不出票据。最后，人家只好送我们一批救援背心和救援绳给我们。遗憾的是，救援背心有规范样式，必须要有反光醒目的"救援"大字，这是身份的标志，也是受困人员的希望。他们不懂，辛苦做来结果整批都作废了。我们也不好意思跟他说，昨天，还有一个职能部门——你也别写单位名字——一个副手跟我说，他们有一批救援器材，在仓库生锈。想送给我们，又师出无名。还担心落得国有资产外流的嫌疑……

那么，你们每次出动救援，开支大吗？

看具体施救情况。几百、上千或人均数千的情况，都有。

钱怎么算呢？

AA制。来做志愿者的，都知道这个现实。

队员还是有钱人多吧，要是没钱，你连汽油费都掏不起，别说飞机票了。

告诉你，精卫队员大部分都是普通打工仔，有几个有点钱吧，也并非富人。这些有点钱的，在行动中会尽力多分担一些。所以，加入救援队，就意味着生活很节俭。

原来队部放在我的公司仓库那，但是太偏远了。公司是合伙制的，也要考虑其他合伙人的感受。你上次看到的那个队部，废旧车间的那个，前面有个训练空地的。因为每周要训练。车间加空地，人家还是半租半送，一个月的租金近两千，全部是队员平摊。

你就是富人吧？他们说那冲锋舟、生命探测仪就是你买的，因为你自己有公司。火星人、钻石王老七、B型血也都有公司。

我们的都是小公司。我的只是比一般公司略好一点吧。但这几年不理朝政，公司效益越来越差。市场竞争如逆水行舟，不进则退。现在都是我姐姐在帮我管。

那你为什么要做志愿者呢？

他看了小麦一眼，没有回答。这个问题，直到他们各自拉门下车，康朝突然说，我不知道。有时我想，任性地听从内心的呼唤，是一件很幼稚的事。你觉得呢？这样一把年纪的男人，热衷扶危济困，是不是挺可笑？

呃，不，也不是……小麦结巴了一下，她觉得康朝看透了她的心思。和精卫队员接触，她一直心中存疑，不明白这些人的内心想法。她心里是对他们敬重的，但也的确是费解的。他们有点像不食人间烟火的一群，或者堂吉诃德？看他们赴汤蹈火、出发再出发，简直有点时空错乱之感。她心里羡慕他们，但她自己不可能会这样投身其中。

下车后，小麦才发现康朝穿着拖鞋，走起来一瘸一拐，一只脚掌好像包着纱布。

她说，你摔伤了？

康朝摇头，说，那天脚底板扎了好几块碎玻璃。有一块没有挖干净，感染了。今天又去了趟医院。

是那天车祸现场吗？好几个消防兵的脚底都扎烂了。

对。大巴车冲下去时，玻璃都震碎了。淤泥里、水里到处都是玻璃碴儿，看不见。救人的时候，着急，也不觉得痛。回来痛得简直不能踩地。这个，我们以后就有经验了。

关于这起过境旅游车翻进江里的交通事故，媒体是说，精卫救援队员是第一个到达现场的。二十多名队员在天威山钉呼救定位牌，穿越了二十多公里，刚刚回城。就正巧赶上了。有关部门陆续赶到的时候，精卫队员已经从半淹在水中的车里，抱抬出了十来个伤员。

那个小区很暗，公共照明明显不足。几栋六七层高的砖混多层建筑，错落排开，行走靠的就是家家户户窗子里漫出的一些光亮。但黑暗里弥漫着四季桂的芬芳，康朝熟门熟路，一瘸一拐地绕过一个老年人爱玩的门球场，在前面走。他手里提着一纸袋核桃。

那是一个80年代的旧小区的楼房，楼道上也没有灯。他们往一个黑乎乎的门洞六楼摸行，康朝让小麦把手机打开照明，还是暗得令人心慌。她被一户人家在楼梯边堆的破茶盘茶桶刮了一下。康朝把手伸给她。那手很大，温暖而坚定，奇怪的是有点柔软。这样一个户外运动的生猛男人，手怎么这么软呢。她差点脱口而出，但却没有开口，这一想问不问的瞬间，小麦觉得自己几乎爱上了这只手的主人。康朝牵着小麦，但他因为脚底疼痛，让她感到走起来并不平稳踏实。好歹就是黑暗中有个依靠。

六楼铁门已经打开，一个小熊一样的身影，扑了过来。康朝手里的核桃，被扑撒了，嘎里嘎啦地往楼下跳滚。小麦想去阻挡，康朝说，没事，明天小泉自己捡。倏地，一只黑耳朵的白色小狗，无声蹿出，一口咬住小麦的裙边。她尖叫。康朝在那个熊抱里呵呵笑,说,罗比!自己人!白色的小狗立刻摇尾巴。

那个小熊一样的身子停下来,然后,她听到一个清脆如女孩的声音:小麦。

很意外,但小麦也还是反应过来,这小熊影子,是她曾经采访过的精神疾病少年向泉。去年10月10日"世界精神卫生日"她在千鹤精神病院采访过他,但是,后来,心理卫生科医生来电,请她务必删除这个例子,因为少年的家人不同意见报。

康朝也很意外,小麦还不及解释,那只叫罗比的白狗,又扑进了他怀里。一个保姆模样的人,招呼小麦进去并示意不必脱鞋。小麦以为屋子里就她和康朝、向泉,没想到,客厅内沙发里站起了一个女人,小麦看到她,前两秒钟真是呆若木鸡。她就是分管卫生农业科技的副市长向京。向京毫无表情。这种冷漠,小麦猜想是冲着她这个不速之客而来的。她跟康朝什么关系?小麦脑子发蒙,这一个照面,她甚至记不得自己笑没笑。

向京的美,一直是媒体挺热门的八卦话题,大家公认她的美具有镇压力。向京并不以为小麦认出了她,她看着小麦,脸上保持淡漠的礼貌,还有种不好断定的轻慢。康朝显然也很意外向京在这里,他转眼看向泉,肯定是想找答案。向泉已经开始把纸袋里没撒掉的核桃掏出来,用门板夹着吃开了。他已经听闻不到核桃以外的任何事了。小麦这个角度看他低头吃核桃的肥胖下巴,就像一个哺乳期的乳房。

康朝在沙发上自己落座,语气有点轻佻,他说,嗯,好像瘦多了。你其实不需要减肥的。向京扫了小麦一眼,对康朝揶揄地说,你倒口味单一,带来带去好像都是同一款。

康朝嘿嘿笑,吹了声口哨,不大的眼睛眯缝着,本来若隐若现的无谓神气,赫然凸显出十足痞气。小麦不太舒服,看上去康朝也令向京很不快。他在吹口哨的同时,伸手搂过小麦的肩,把她拽扯在沙发上,紧挨在自己身边。这一连串动作,尤其是口哨声,让小麦感觉他就像是安顿自己的宠物,自决、亲密、不容置疑。记者小麦非常别扭,不过,她也能明显感到,康朝是在告诉向京,小麦就是他的人。他们是一伙的。

刚从沙发上站起的向京,似笑非笑踱步到窗子边。

向京牵卷着线条悦目的嘴角,美丽而不屑。她说,不开玩笑了。我有非常急的事跟你谈。能不能请这位回避?如果不介意的话,我要比较长的时间。

我们之间,现在还有什么旁人听不得的事?康朝说。

不是我们之间的事。是我遇到难题了,非常棘手。

向京不容抗争地对小麦说:对不起。请回避。我们有要事要谈。

屋子里三个人都没有说话,只听到向泉又往门缝里塞核桃,关门啪地又开门去取核桃。小麦尴尬至极,这突如其来的一切,让她发昏。向京竟然是康朝的前妻,向京并不知道这小记者也曾参与过她主持的会议报道,若亮明身份,肯定是找死。听向京的话,夹着尾巴赶紧走人,可能是最好的选择,可那样,明天要交的人物专访肯定完蛋。小麦心里暗暗叫苦,进退两难。

向京的外貌是个天然艺术品。素面朝天的脸上，每一道线条、每一个侧度，都是不容置疑的漂亮。修长的颈子下，成熟自在的乳房，在胸部形成一个美丽的草坡。她自己肯定不想强调这个，她的发型、衣着从来都是普通的，她混在人流里，你可以第一眼忽视她，但是，你的眼睛只要在她那里因故停顿，立刻就会自我诧异，天，这么标致的一个人！摄影记者唐佐每次拍到有她参加的会议照片，不由自主就会多拍她。老蒋不时在摄影记者传来的照片面前骂道：操！我操！省领导居然拍得也比向京小。看这张！这张！还有这张！几个编辑凑过去，观赏着嘿嘿笑着，大家感慨：唉，这张脸混迹政坛，真是跑错了地方啊。事实上，作为明城唯一的女副市长，虽然体现的是年轻化、知识化及女性从政比的政策标签，但向京的群众口碑倒一直不错。

向京沉静地看着小麦，目光里有绝对优越感的对峙，也有犀利的善意：我尊重你，但你最好知趣点，请别妨碍我。康朝也看着小麦，嘴角微牵，皮笑肉不笑。一下子，小麦感到这对前夫前妻有一致对外的默契，巨大的沮丧油然而生。他们不是让她等一会儿，而是希望她回避走开。好不容易哄来的采访机会，竟然是这个结局。小麦不由得想哭，她本来就是容易掉泪的女孩，悄然浮起的泪光，已经使她视力微微走样。脑海里有一个声音让她站起来，滚蛋吧，可心里还有一个倔强的声音，不！我们有约在先，我必须交稿。

向京说，你在哪工作？

这是一个小讨饭婆。康朝嘿嘿笑着，边搂着小麦的肩站起来。他的语调和动作，再次显示了令人不适的放浪。小麦无措地被他搂起来，然后由他一瘸一拐地推着往外走。他显然不需要小麦回答向京，这几乎就是驱赶。小麦的眼泪不争气地挂了下来，但耳边变换起一个温柔甜蜜的低声：在小泉房间等我。别走。我尽快——小泉，喂，你帮我照顾一下客人姐姐好不好？她很会剥核桃。

小麦一出来，向京立刻把门关了。她是如此迫不及待。

小麦在过道上呆立着，康朝的轻狂和温柔，让她回不过神，感觉哪里不对劲。那位叫肖姨的保姆，给她送水的时候，带她进了对面向泉的房间。

3

没有人知道那天晚上，向京跟康朝说了什么。但是，当一切烟消云散后，小麦自己重新抵达了那里，力图恢复所有她不知道的秘密世界。那一个晚上就是一个致命的邀约。而那个秘密，还没有开始，那个有着精神疾患的少年向泉，就感知到了。遗憾的是，没有人，包括小麦和康朝，甚至定期随访的心理医生老方，都不把他当回事。向泉的话，照例被当成妄想病人很自然的思维活动。

一开始，向泉并没有对被姐姐赶出来的女记者作任何欢迎表示，他专注地吃着核桃，并且不时跟罗比分享一些。小麦坐在靠窗的一个小木椅上，闷闷地看着一人一狗在聚精会神地分享核桃。她没有想到一只狗，能把核桃咬开后把果肉分离得清清楚楚，吃掉果肉，放弃壳子。后来小麦知道，那个少年不仅嗜吃核桃，而且爱狗如命。向京再婚后，她弟弟和保姆一直住在父亲的旧房子里。去年入秋他再度发病时，向京把他送进千鹤医院，遣散了保姆，把罗比送到一个农场。结果向泉几乎崩溃了。在医生的建议下，最终向京把包括罗比和保姆在内的生活，重新收集起来还给了弟弟。

一米四多的向泉，起码有七十公斤，真正的肥头大耳，两耳垂肩，一双李子干似的大眼睛，不仅没被一脸的肥肉淹没，反而清澈如潭。这使这个少年，看上去胖得很卡通。小麦一言不发地看着他和狗。少年并不看她，他在门上不断地夹核桃吃。也许是够了，他把一个带壳核桃最后一次递给罗比，突然就把自己的房门关上了。他不吃了。

麦子，他低头点着自己的胖手背上的肉窝窝，叫着记者的名字。

小麦看着他。她的心在隔壁。她希望他们十分钟、最多二十分钟解决问题。不过，看向京的脸色，一时半会肯定好不了。这使小麦非常沮丧。

向泉又叫了一声麦子。依然不看客人。

他不看客人，客人也就扫他一眼，继续发呆，也懒得应答。少年依然固执地不看小麦一眼。他们互相不看对方。

小麦的心在向京身上。向京的口碑好，倒不是媒体中了美人计。她是有群众基础的。明城第一次听证会就是她推出的；好像是小学生入学派位方案；小麦对她印象最深的是她实习老师说的故事，说那时，向京刚成为副市长不久，一天，她在去省城赴会途中，刚出城不久，就遇见一个半身是血的早产孕妇躺地，丈夫在路边磕头求助，过往汽车嫌脏无人停留。向京停车，让司机马上掉头送他们去医院，自己拦车赶赴省城。听说迟到了，身上还带着血。民工夫妇平安后，带着红纸感谢信找到报社，要表扬"爱民好市长"。稿子已经上了版面，总编想讨赏，汇报给向京。没想到向京严厉地说，稿子拿掉！总编分辩说，好事要弘扬，社会才更美好。向京说，弘扬个屁！我为这个城市感到丢脸。近百辆车见死不救，还敢要人表扬?!

没想到人中翘楚的女副市长，竟会有这么一个蠢弟弟。如此想来，那天精神健康日临时要撤稿的肯定就是他所向披靡的姐姐了。很多精神病患者的家属，不喜欢外人谈论他们亲人是精神病患者。原来计划也没有采访他，医生老方在介绍病人情况时，说到一个小病人特别有趣，听人说话总是先看到话的颜色再听到声音，有点像电闪雷鸣的先后次序。在那个小病人的话语光谱里，好的话，是白色的，不好的话，是黑色、紫褐色的。还有一些不好不坏的话，就赤橙黄绿青蓝紫什么颜色都有。在这个小病人耳朵里，只有动物的声音，是清澈发光的，好像水晶钻石之光；尤其是狗。那孩子说，小时候，爸爸带他去农村，一下车他脑子里突然很多水晶一样的光，像探灯一样四面八方的亮，马上他就听到到处都是狗叫声，大狗小狗都在叫，还有鸟。在千鹤医院，他说有一种长尾巴的鸟，每次一叫，他就能看到浅玫瑰色的光，打着旋儿在天空飘过。

方医生的描绘，让小麦想起北极光。她和同事唐佐一下就兴奋起来了。

那天在医院，他们还真见到了那种鸟，尾巴足有三四十公分长。一个女医生说，医院后山是这种红嘴长尾翠鸟的栖息地。不过，那个鸟的叫声很粗钝，嘎嘎的，有点像水鸭子，并不悦耳，不明白少年是怎么把它转换成浅玫瑰色的光的。归结起来，清澈的、纯洁的、轻盈的光，都属于好的话，骂人的话总是像血的铁锈色；哭泣声大多是冰色的；而谎言假话，经常有金黑色的刺眼的贼光。

医生们说，并不是什么语言少年都能感到颜色光谱的，是有的时候。是他想去听、是他心里空荡荡有期待的时候，光谱信号就特别清晰；有一种情况彻底不行，那就是电视、电台、电脑里传出的话，再注意再努力，也显不出颜色。它们都没有颜色。

小麦和摄影记者唐佐，当时都非常热切地想去病房采拍那个奇异的少年。在病房，他们见到这个肥头大耳的男孩时，都快乐地呵呵大笑。他们轮番逗他：哥哥的话是什么颜色呀，姐姐的话是什么颜色呀？吹口哨是什么颜色呀？鼓掌是什么颜色？男孩不回答。直到他们分手。男孩突然过来对小麦低声说，发白的蓝色。蓝白色。他像告诉一个天大的秘密，然后用力抿住嘴唇，紧张地等待她的反应。小麦惊异兴奋地大笑，顺手摸他的胖脑袋。也许他觉得他们的笑声有逗弄的意思，猛地拨掉了她的手，背对他们。

现在，房间里，只有他们两个人了。郁闷委屈的小麦和沉默怪异的少年。肥胖的少年一直在低头抚弄自己的手背，似乎在反复清点自己手背的酒窝。他一直站在她身边，不知怎么移动的，衣服渐渐地已经快挨到小麦的椅背了。小麦发了很久的呆，男孩也一直保持那个看手背的无趣姿势。突然小麦感到少年是想和她玩的。她转向少年：哎，这么久了，你怎么还记得姐姐的名字？

小麦听到他吞口水的声音。隔壁像死一样安静。肖姨在客厅看电视，声音也调得又低又远。突然，小麦灵机一动：

向泉，那边说话是什么颜色？

向泉没有抬头，但小麦的话音未落他就说，金黑色。

金黑色是什么色？小麦脱口而出。她早就忘记了去年采访他，方医生介绍所说的他的声音光谱，模模糊糊的一些记忆，也让她无法确定金黑色是什么色谱意义。

少年不说话，转身到一个堆满小玩具的旧式矮书柜那，抽出一本小册子放到小麦手上。她翻开，里面全部是色块图片，那是一本关于色彩及配色手册类工具书，应该是学画人用的专业书。她并没有翻到金黑色的。小麦说，金黑色在哪里？它好不好？

少年李子干似的大眼睛有点费解地看着客人。没有说好，也没有说不好。

隔壁那边还是悄无声息，小麦踮脚轻轻过去，把向泉的房门缓缓打开。对面，小麦被赶出的那道门，依然紧闭。回头却发现少年看她的眼眸里，闪动着说不出的哀伤。这一下子，她感到少年非常的可怜。小麦赶紧把门悄悄掩上，然后回到少年身边。

姐姐陪你玩吧。她说。

少年依然不吭气，又拿起自己的手。小麦轻轻提了提他那对小象一样的大耳朵。

蓝白色。他含糊不清地嘟哝，哥哥也是蓝白色。

这一下子小麦听清了。相隔这么大半年，也不过是一面之缘，这少年始终没有改变关于小麦的颜色记忆。也许，他就是凭颜色认出了一个人。他指给小麦看黑色块，又快速地翻书，找到金色块。他希望她能明白两者混合的意思。

小麦说，金黑色好不好？

他垂下脑袋。小麦捧起他的脸，她看到那个李子干似的眼睛里浮动着莫名的哀伤。这份哀伤如此明晰、尖锐，让小麦顿然不快而颓废。向泉，小麦说，谁的声音是金黑色的呢？

少年把自己的眼睛蒙了起来。他拒绝面对。即使这样，记者小麦也能感受到他身体传递出的颓丧。窗外夜色斑驳，能听到隔壁谁家在打游戏机的冒水泡的声音。小麦百无聊赖地起身，再次接近那个对面的门，隔壁依然像密室一样悄然无声。太久了！太长久了！她扭头，发现少年正愕然无措地看着她。精神病患者的眼神真是无法解读。小麦悻悻地离开门，但少年受惊的大眼睛，死死追踪着她。小麦换了一个笑脸，说，下次，我送一把夹核桃的夹钳给你，非常好用，你要吗……

少年的眼睛一眨不眨地看着小麦。小麦以为他对她的想法很感兴趣，少年却环顾左右迟迟疑疑地开了口，那个表情仿佛是偷了别人的东西，正要同小麦分他的赃物：……晚上，我做梦的时候，看到所有的时间都没有了！游戏机上的、墙上的钟、手表，电脑里的，所有的时间都看不到了！少年的神态异常慌张，小麦忍住笑。……哥哥很急，要我找时间，我拼命跑，我要去海关看大钟，我跑不动，的士车也不让我上去，说他们没有时间了，不能载客；后来我看到海关高楼的大钟，就在我窗外，它就是自己从空中走了很多路，伸过来让我看的。就像向日葵那样，伸过来，歪到我家窗口让我看的。我一抬头，就看到楼尖上的那个大钟，里面也没有时间！空空的一个大圆盘，里面没有大针，也没有小针。我又跑到大街，我问所有戴了手表的人，他们都说，没有时间了……

向泉李子干一样的眼睛，像星星在水中闪耀。小麦看到那是闪动的泪珠，马上就要滚落。精神疾患病人，和正常人确实不大一样。看他被自己的梦吓成这样，小麦感到好笑。她说，没有关系啊，谁都会做噩梦。醒来不是好好的？你看我手机，现在是晚上八点五十七分。对不对？这就是时间。它就在这里。

少年摇头，说，是哥哥没有时间了。

康朝？小麦还想笑的，可是，孩子眼神营造了一种奇怪的氛围，让她感到笑不出来。不过，她不想沉迷在一个常年服精神类药物的少年讲述里，她决定换个话题。

今天是你叫康朝哥哥来的，对吗？

少年摇头：姐姐叫我打电话，她问我想不想哥哥。我想。

后来小麦才知道，那个叫小泉的男孩，是向京父亲五十几岁和后妻所生。向父是个老干部，仪表堂堂，向京母亲身体极差，一年中半年卧榻，多次病危。每次病危，都有很多好管闲事的女人，给老向张罗续弦。但没想到，那个经常来家里为母亲扎针的、出身农村的杏脸小护士，竟然捷足先登和她父亲暗结连理。向父的第二次婚姻低调至极。履行了法律手续，那个小护士就搬进门了。向京一直不怎么和她说话，甚至怀疑她杀了母亲。直到向泉出生。小护士畏惧冷漠少言的向京，向京偶尔逗弄小弟弟，小护士就受宠若惊。向泉两岁多，父亲突然心梗，什么遗言也没有留，弥留之际，光是用眼睛看着向京，直到向京把弟弟抱在怀里，父亲才溘然闭目。

向泉是个异常漂亮的小男孩，人见人爱。但他很小就出现精神异常的症状，间歇性地发作，严重发作时会出现幻听，奶声奶气地和一个谁也看不见的人，谈笑风生。治疗稳定后，也始终带着症状，时不时显形。小护士把儿子带到六岁，突然下海去了南方，后来有了新家。向泉就只剩下姐姐向京了。小护士每隔一段时间，就寄不少钱回来，但是，最后，她连过年也不再回来了。光是寄点钱。钱也渐渐变少。她有了自己的新家新孩子。那个从小带向泉的保姆肖姨，则像母亲一样，一直住在向父的房间里，陪伴照顾着小男孩。

康朝喜欢那个带病的男孩。两岁后的向泉，一直把康朝当最大依靠，他爱康朝胜过爱自己的姐姐。离婚前些年，为了照顾方便，他们夫妇加保姆、男孩一起住，离婚时，看康朝收拾个人用品，五六岁的男孩也把自己的玩具和一双鞋子收拾在一个行李包里，然后，他要跟康朝走。

向京冷眼看着一大一小两个男人在门口的告别。大男人始终不看向京。

保姆肖姨站在旁边。她看着这对分开的夫妇。看着冷脸沉默的女主人，看着笑呵呵的男主人，拍拍向泉的脑袋，转身就走了。

4

康朝来敲向泉的门的时候，向京已经走了。时间已过九点一刻。小麦觉得仿佛过去十个小时了。康朝手撑着门框站在门口，向泉房间的台灯灯光使他脸半阴半阳，小麦看到他脸色的疲惫和她眼熟的苍凉。他似乎不想再说什么了，语气很疲乏，他说，要不……我们车上走着聊？小麦的脸马上就拉长了。她觉得他想随便打发她，而他让她等了这么久。

康朝叹了一口气：其实真的没什么好聊的。

小麦委屈地瞪着他。康朝干笑了一下，挥挥手，示意走吧。

向泉用斜下的视线在看康朝，身子却不转向他。这个孩子也对他表示强烈不满。康朝看出来了，他一瘸一拐地走到桌边，合掌摸了摸少年肥胖的脖颈说，乖，哥过两天再来。有事打我电话。

　　向泉突然就哭号起来，他转身扑抱康朝。那个哭声太突兀了，尖细而具暴发性。小白狗罗比冲了进来，使劲起跳要安抚小主人；保姆肖姨也惊慌赶过来。康朝连声问怎么了？那少年就是抱着他不放手，像考拉一样，紧紧圈抱着康朝。肥胖滚圆的大脑袋，不断地向后仰，要折断脖子似的，也似乎在摆脱恐怖的噩梦。康朝已经不想再抱着他了，便瘸着把那孩子推向小床。在倒向床上时，少年把康朝一起抱倒。两人一起重重摔倒在床上。罗比也跳了上去。

　　康朝拍摸着少年的头，向泉不断往他怀里拱。康朝一推开他，他就死死再抱住。他根本就不让康朝起床。少年的哭声更尖利了。原本不爱吭气的罗比着急地大叫起来。康朝皱着眉头看着小麦，保姆也盯着小麦。他们认为这跟小麦有关。小麦连忙摇头：我可没招惹他！她心烦意乱，又急又气，这个晚上她不能莫名其妙总被外人搅局。

　　给他吃点药吧。一个晚上都想哭的样子。小麦说。

　　医生有规定的量！肖姨说。

　　少年抱着康朝死哭。

　　康朝终于烦透，大吼一声坐起来。向泉立刻收声，也坐了起来。罗比赶紧跳下床。向泉低垂着大脑袋，成串的泪水，却像水晶珠链一样挂下来,悄无声息滴里答拉,还有清鼻涕水。两只大冬瓜一样的大腿,立刻地图一样地湿了。

康朝的手机短信响了,小麦瞟到是个黄段子。他拿起扫了一眼,回了两个字:哈哈。小麦想那边发短信的人看到这回复肯定想不到回复笑脸的人,此刻一脸肃杀疲惫,一丝笑容也没有。

回到汽车里,小麦说,你每次走那小孩都这样吗?

他似乎在走神,好一会儿才回答说,没有。他总不喜欢我走,但也没有哭过。今天疯了。他希望我陪他玩。

小麦说,他做了噩梦,觉得这世界都没有时间了——她差点说是关于你的——但话到嘴边,她及时拐了弯,说,可能想你安慰他。因为他很害怕。

他们在一个叫侏罗纪的小咖啡屋完成了采访。

小麦觉得康朝一直有点心不在焉,同时感到他不再有见到向京的那种轻浪佻薄之气。他始终保持礼貌,语气也诚挚。他们继续了他们去向泉家时的话题。他聊到了红菇的佛教情结,聊到有一半多的队员都有着诸恶莫做、诸善奉行的宗教信仰。他说自己并没有宗教信仰。说不只他,山地救援组的组长B型血、火星人、地平线等救援好手,也都没有宗教信仰。最后他说,如果你一定要把人分类,我想,自由思想者、人道主义者就是我们这些人的唯一标签了。总有那么一种人,在任何情况下,都尽可能正派、公平、体面地行事。我们也不期望来世得到什么奖赏和惩罚。

记者小麦连忙记录他的话：你这样说，我才觉得有点理解精卫了，谢谢你！说真的，不然，在这世道，理解你们真有点难。我……的确是觉得你们吧，有点梦幻人生——不过，你刚才真的说得太好了！

被采访人说，不是我说的。原话是一个美国作家库尔特·冯内古特说的。

和向京在场时的轻狂康朝相比，现在的康朝，他完全是严谨的工作状态，他不时掩饰哈欠，始终保持着礼貌和友善。采访一半的时候，他接到一个电话。是求援电话。是六名登山的大学生在天威山迷路下不来了，而他们只有两个手机还有电，电池也快不行了。他们感到绝望和害怕。康朝让求救人保持一个手机开机，其余手机全部关断。之后，小麦看他打了好几个调度电话，包括他的伙伴红菇、B型血、北方的狼和秘书组什么的。

小麦很担心他要参加救援，自己的采访又要完蛋。所以，康朝一放下电话，她就说，天威山不是有你们钉的很多救援定位牌吗？你们在电话里指导他们，不就可以引导他们走下山？康朝摇头，定位牌白天比较好用。现在虽然满头繁星，但山上的黑，几乎是伸手不见五指的黑。这几个大学生又没有手电。

我听到你教他们弄火把。

没有经过户外训练的人，未必操作得好。

那你要去吗？

康朝摇头：B型血他们山地救援组已经出发了。我不去，他们也不要我,我今天这样子只会拖大家后腿。

小麦由衷地开心起来,说,谢谢你的烂脚。

采访完,小麦向康朝要张个人照片。他再次拒绝,说,你不是采访精卫的困难和理想吗?小麦说,是。我是通过人物来表达的。如果你不肯,我就直接用你们网站上你戴墨镜的那张训人的老大照。人物专访是一定要配发照片的。

他显得不太高兴。送小麦回去,也一路无话。车到小麦的蓝墙宿舍楼外,临下车前,康朝突然说,那个,小麦记者,请不要扯我前妻的任何事,也请不要和其他人说今晚不相干的其他事。

说那些干吗,我也什么都不知道啊。小麦假装糊涂,睁大眼睛看他。其实,她心里想问了一百次,那个侵占她一大块时间的事,究竟是什么事?是谁对谁使用了金黑色?但小麦和康朝毕竟没有那么熟悉,她只能等他开口。

他说,你以前见过她吧?

小麦继续装傻,说,也许吧,我们经常见陌生人,就像叫花子讨饭婆,人家认识我们,我们未必记得住人家。

康朝笑了笑。这是这个晚上他接受采访后的第一次笑。他说,好吧。再见。

小麦在大包里乱掏。康朝估计她是在找手机。边找女孩边说:你相信向泉的颜色观吗?

康朝不置可否。他说,你在找什么?

钥匙。我怕落在办公室抽屉上。如果那样,我还要麻烦你……

小麦终于在包的什么地方，找出了钥匙。这期间，她边找边说，我是蓝白色，偏灰。今天晚上，你和你前妻密谈的屋里，传出了金黑色。你知道金黑色的意义吗？这是不吉祥的颜色，对吗？

康朝眯起眼睛摇头，脸上浮起了浅浅的微笑。那个礼貌而平淡的眼神，让女记者知道他根本不可能跟她谈那个金黑色的秘密。小麦在车上磨蹭着，康朝把汽车音钮转大，这就是不想再谈话的意思了。小麦假装拉鞋子，她的心还在金黑色上。小号《绿色的古城》像一只追逐航道的明亮的鸟翅，不断地从车里，飞越黑暗，飞向远方。

女记者大声说，我就是好奇那个颜色……

赶紧去赶稿吧，康朝看了看手腕的时间，坚定而礼貌地说，回头见。谢谢你。

5

从那一天的晚上起，记者小麦就睡不好了。

小麦和游吉丽合租一个两房一厅的宿舍。那天晚上，她告别康朝进门不久，同宿舍的游吉丽也咣当进了门。游吉丽赫然戴着白口罩。游吉丽径直走到小麦的门口用力敲着本来就敞开的门。在电脑前写稿的小麦，扭头惊异地发现游吉丽戴着口罩。

口罩上沿露出的两只亢奋的眼睛，充满秘密与郑重。她这副亢奋样子，小麦也见过。前一阵，一个打工女和丈夫吵架，趁丈夫大醉未醒，一刀剪了小鸡鸡，随后又后悔，满院追捕邻居的狗，要它吐还小鸡鸡；比如，一个跳楼自杀的男人，坠楼时砸死一对母女，自己居然没死；前年春天，甲流大暴发的时候，她买了两捆口罩，后来嫌不专业，让医生又送了她一大沓医用口罩。那一个月，小麦基本见不到她的脸，开部门会议时也坚持不脱下。所以现在，小麦看了她一眼，又开始敲打键盘。她懒得管她的惊惊乍乍，反正她自己也憋不住。

小游再次猛力敲门，声音却很轻：出大事了！麦！

游吉丽用反常的低轻语调，还真显出事态非同寻常，小麦不由得停下来再次转身看她。

快说啦，人家还在赶稿呢。

游吉丽却去了洗手间。小麦侧耳谛听，光是水声哗哗哗的。

小麦喊，你别故弄玄虚啊，人家在赶工！

出大事啦！洗手间里的哗哗水声里，游吉丽的声音听起来不太真切。小麦站起来，顺便为自己拿了盒牛奶。然后到洗手间门口看游吉丽。游吉丽依然没有脱口罩。她说，从现在开始，你进门第一件事就是洗手！打两遍洗手液！对了，键盘！我包里有消毒酒精，你赶紧先彻底消毒键盘！这不是闹着玩的。改掉你边写稿别抠青春痘的习惯！这毛病会让你死！一种新型的传染性病毒大暴发了！大祸临头！明城危机！

又小题大做！春夏之际，感冒高发也不稀奇。小麦开始喝着牛奶走回自己房间。游吉丽甩着湿手，几步跨进小麦屋子：我告诉你！这绝对是一场比普通瘟疫更致命的病毒！——情况很糟！已经出现很多可疑病人了。医生说，极有可能就是重组的病毒，就是几种病毒交换基因后，出现的新型病毒。人体对新变异病毒，没有抗体。我们完全没有免疫力！有个医生告诉我，前两个月乡下不是猪流感病毒大暴发？当来自不同物种的流感病毒令人类受到感染时，这些病毒便会重组，即：交换基因，于是便会出现一种混合了猪流感病毒、人流感病毒和或禽流感病毒的新型病毒。今天卫生局一个专家告诉我，普通流感的死亡率是1%，人感猪流感病毒的死亡率是6%！一百万人要死六万！明城两百六十多万人，你去乘乘，要死掉多少?！我刚在的士车上打电话，叫我爸妈不要来了，原来不是他们想带我侄儿过来玩吗？听我一说，我妈叫我赶紧回安徽。你知道吗，更可怕的是，那的哥听了我的电话，吓得快哭了，他说，难怪啊！他最近也觉得奇怪，这几天怎么拉了那么多感冒病人，前天还有个女病人在他车里就吐了！幸好是坐后座。他吓得也要回河南老家去了。

小麦停止了喝牛奶。这一下子，她有点担心害怕了。

我再告诉你，麦稚君，这次病毒比较怪异，医生看不懂，好像都不知所措，各医院都反应迟钝，他们还不敢在媒体承认这事，因为事太大了，说还需要时间观察。我知道这个情况已经至少出现一周多了，病人是慢慢地、悄悄地增多，开始主要集中在田广医院，现在华侨大医院和市中心医院的病人也出现了，都是恶心、高热、呕吐，白血球低。有人腹泻并有小出血。

小麦马上感觉喉咙很痒，她忍不住咳了一声，游吉丽眼睛立刻瞪圆了。转身出去，拿来五六个口罩，远远地抛给小麦，非要她戴上一个。她说，为了你自己，也为了别人！小麦把口罩收了，又拿起游吉丽的酒精仔细抹擦键盘。消毒着键盘她暗暗思忖：游吉丽一直有语不惊人死不休的职业病。不过这次，看她那样子，好像是她自己真的害怕了。这倒是前所未有的威胁。小麦拿起口罩，又到窗外看街景，一切如常。她的喉咙也不再痒了。这个晚上，小麦最终没有戴上口罩。也许，信息不到一定的强度，每个人都有一种模糊的惰性心态，即灾难和不幸总都在别处吧。

小麦又开始继续写稿，却有点心猿意马，她对屋外喊：你今天要出稿吗？

游吉丽在她的屋里回答：问了主任了，他叫我先写，说明天编前会再讨论上不上版。如果真的不让发，他会给我记分。只要给我工分，我当然无所谓。事态要是严重，市里可能不让发稿。游吉丽声音越来越近，她再次来到小麦房门口。这次揭下了口罩：不能报更好。前年甲流、去年甲肝暴发我没有染上，就是死里逃生，今年我本命年，犯太岁，本来就凶多吉少！我妈去年就叫我赶紧换条线，跑卫生口真是一脚踩在鬼门关上——哎，你头晕恶心吗？你脸色不太好啊。

小麦翻她一个白眼。

游吉丽写得一手好消息，她的毛病不单是怕死，更主要的是懒惰。事情一多,她就假装生病。然后躺在床上,毛巾搭额,拼命打游戏。小麦是跑热线机动记者,经常替她去干活,所以,各大医院都有医生、通讯员,因为小游的偷懒,而认识小麦。但小麦嘴和笔都没有游吉丽快,所以,游吉丽很有优越感。

　　小麦熬到三四点写好的精卫队长康朝专访,次日并没有上版,说是临时撤下。因为这条时效性不强的长稿,让位给了游吉丽的消息《警惕,初夏新型感冒病毒规模入侵》。这个看上去平常的稿子,其实非常用心。有心的读者,会发现这里出现了很多不完全统计的可怕数字,擅长分析的读者,会捕捉到里面传递出的危险信号。而这种过去往往被批为"四季歌"的卫生保健小稿,忽然上了都市新闻头条,这本身就耐人寻味。懂版面语言的人,都知道编辑部的良苦用心和它的微妙分量。

　　后来小麦知道,那一天值班签大样的编委会成员、副总、部主任、都市版编辑,正好构成了"赌徒链",也就是说,后期制作是一群政治素质偏低、最有冒险意识的新闻狂徒。多年的职业训练,他们都嗅出这条稿子的危险性,但他们自以为聪明,先是装傻把感冒抬上头条位置,然后充愣无意把《甲流的诺亚方舟》《甲肝暴发给我们饮食习惯的启迪》的过时杂文放在二题三题;再下来是预防感冒的几个关键点。总之,莫名其妙地把都市新闻版办成一个健康服务专题。他们在含蓄地发出信号,这既是新闻人的良知、责任感,也是新闻人专业性博弈的诡秘高潮。这条暗示公共灾难迫近的敏感新闻,赌的就是腿脚快,让上面措手不及,打不了招呼;反过来,万一上面同意报道,而本报则已经抢占了先机，赢得了民心信任。

报纸出来后，上面似乎没有反应。领导沾沾自喜得寸进尺。游吉丽奉命做后续报道，深入采访。主要是病人集中的田广医院。她百般不愿，说父亲身体不适，要请探亲假。老蒋说，你是跑医疗的记者，怎么能在公共危机的关键时刻请假？老蒋断然拒绝。游吉丽反复申诉说，主任，危机越大越不让报道，你又不是不知道。越是大事，越是记者歇菜纳凉的时候不是？

老蒋说，少来！我会在合适的时候，让你去探亲。

游吉丽无可奈何。

这天，见小麦正好要去田广区质监局还资料照片，小游便拉小麦同去。她们一人戴一个口罩就去了。田广是城乡接合部，新型工业区，不到上下班高峰时间，马路宽广、车少人稀；但小麦发现靠近田广工业区，已经有人戴口罩了。到田广商业中心区，戴口罩的人更多些了；开始小麦觉得自己戴口罩，有点小题大做，又解下一只耳朵。游吉丽生气地说，这是灾区！你染病不就害死我啦！小麦又戴上。一觉得田广是灾区，好像田广的一切都有点脏。进的士的时候，游吉丽竟然把手里的报纸垫在了屁股下面。等采访回来，小麦也希望有张报纸垫在自己的屁股下。

到处都是看不见的恐怖病毒，而且还是医生也不太认识的新型病毒。两个女孩走在田广开发区的街上，感觉田广旷野里吹来的风，虽然还带有准农村的新土和草木灰的新夏气息，可是，那每一阵风过，味道都有点不甚新鲜的怪味。两人面面相觑。游吉丽说，还不戴口罩，你看看这腐烂的风！这可能都是病人肺里出来的烂东西，让人想想都想吐。

小麦被小游说得很不安。

她们先去田广区质监分局。局里倒没有人戴口罩，看到她们，局里负责宣传的小戴笑了笑，比画了个口罩的滑稽手势。小麦说，你们很淡定啊。小戴说，区里昨天刚开了会，要求各机关职能部门做好带头作用，不要捕风捉影以讹传讹，在没有确切诊断之前，不许瞎戴口罩，不许制造恐慌、扰乱军心、影响投资环境。本来我们看门的老王、老齐都戴两天了，早上局座让总务下去说，门卫是一个单位的脸面。你们要口罩还是要岗位，二选一。不过，你们无冕之王可以戴着，谁管得了你们啊。

小麦觉得戴口罩和人谈话不礼貌，犹豫着还是解下一只耳朵，让口罩在耳边吊着。小游不脱，因此也谢绝了小戴泡的茶。她们在小戴办公室聊了一会儿。小麦问小戴，田广是不是真的发现了很多病人？小戴说，好像有些学生和打工的发病了。我老婆比较紧张，因为我儿子班上有两个同学病倒了。老师也害怕，只要小孩一说哪里不舒服，就马上打电话叫家长领回去。我倒没觉得那么恐怖。

游吉丽说，为什么田广会有这么多病人呢？

小戴说，传言那就多了，五花八门的，什么都有。有一个比较吓人的说，一个台资化工企业好像是出了事故，不过台湾人隐瞒了。说是有毒的东西已经泄漏弥漫了。人吸进去，肺部就慢慢地烂，传说那个东西毒得一滴入土，三百年寸草不生。如果汽化空气中，要靠连日暴雨和大风天，可是，最近天气气压特别低，一点风雨都没有，空气走不动。

那就和传染病暴发无关了，是吗？小麦问。

甲流卷土重来也是一个版本了，它是最普及的版本了。什么禽流感、猪瘟疫、五号病，反正病人一旦染上，都是烂死。我个人是不太相信，如果真变异病毒，为什么从田广开始？这种区域性的特征，你不好解释。我个人还是怀疑不良企业出了问题。

到底有没有人死了呢？小游说。

传说是死了几个。说第一病人死了，火化的时候，烟都是黄绿色的。

说到这，小戴笑起来，她们俩也笑起来。传说总是有夸张诡异的传奇色彩的，就是这样，传说才能走远。小戴也愿意给她们一些无稽之谈的感觉，他说，这可不能见报。写了老总也会把你拿掉。我也不认账。

之后，小麦和游吉丽就这样口罩蒙脸、两手插在口袋里，到田广医院呼吸科找苗良正医生。他是博士，也是田广医院副院长。游吉丽学医院医护人员，叫他苗博。苗博是明城的引进人才。他是明城人，大学之后，就没有回来。原来在大连医科大学附属的第二医院。游吉丽说他是为了他不适应北方气候的母亲，也有人说他为了一个女人。苗医生高大冷峻，侧面有点像希特勒，尤其是鼻子。他的回归，当时很鼓舞明城。媒体做了大量报道，市里专门给了他一个比市长家还大的人才房，让他心系明城、造福明城。但两年不到，他又萌生退意，递交了辞呈。他对明城医疗管理、人际关系等诸多方面不满。他对明城卫生体制改革的滞后十分失望。明城圈内人对他也很有说辞。还有人说，苗博根本没有留过洋，不值钱，有的人谣传苗博士的博士没有毕业。还有人说苗博在援非的时候，对非洲病人中国式的粗暴冷漠被非洲病人投诉；而苗博尽管是呼吸内科主任，但却无权决定人员去留及收入分配。苗博心灰意冷，恰好，沿海一家大型私人医院，趁机对他大摇橄榄枝，许诺安家费三十万元，技术入股二十万元，给予科室人事权等等；苗博心动了。这个归来离去的风波，因为媒体的报道，广为人知。

很多人都记得一条新闻：明城副市长向京近日受市领导的委托，亲切看望了苗良正博士。市委、市政府高度重视人才的举动，让苗博士深受感动，他说，我不走了。

报道说，向京与苗博士进行了推心置腹的面谈。他们本来就是旧友，聊起对事业的追求，对人生观、价值观的理解。多为人民做点事，这是他们共同的事业追求。向京副市长向苗良正介绍了明城市医疗卫生事业发展的前景。她说，明城的卫生体制改革呼之欲出，一套完整、全面的人才政策也将出台。与向京副市长的谈话，坚定了苗良正留在明城的决心。那条消息配有新闻照片，美女市长和帅哥医生的有力握手，让明城读者对明城的现在和未来，都油然升起自豪骄傲之情。

苗博士不走了，让第一医院及卫生局领导几个月来的忧虑一扫而光。为改善苗博士的工作环境，该市第一医院将加快推行全院聘任制，让科主任享有科室人事权，可以聘用或辞退科室人员。据悉，苗良正有意到田广开发区的新医院，大展宏图。

　　苗良正留了下来。很快到田广医院上任副院长。小游说是他在第一医院已经搞得人际关系很不痛快，所以，他才不愿意再回去，宁愿到小医院去。因为是新闻人物，在明城，很多记者都认识苗博，小麦也一样，不一样的是，第一次采访完，苗博就请小麦吃牛排。后来还几次邀看电影、喝咖啡，还约玩新开张的自助陶吧什么的。平时他也会发些短信给小麦。四十多岁的苗博，一直未婚。是明城女医护人员首选适婚对象，但他一直和老母亲相伴，没有什么婚恋动静。小麦对这个大她十几岁的博士医生毫无感觉，但印象还不错，毕竟是明城顶天立地的人才。小游还说过，苗博在第一医院，多次协助经济窘迫的病人逃跑，两次害得科室人员奖金被扣，很多同事痛恨并举报他吃里爬外。小麦觉得这人侠义，是好人。但猜到他对自己的用心后，小麦顿觉无趣。所以，经常借口推辞。苗博倒从不强求，也不让她尴尬。这样，友情还是保持着。

　　游吉丽也知道苗博对小麦很不错。有医疗线人透露给游吉丽说，最早接诊病人的就是苗医生。游吉丽打电话给苗博，说和他聊聊。苗博推三阻四的，说眼下没什么好聊的。游吉丽立刻说，小麦和她一起去。苗博就转了口风，说，唉，聊聊天叙叙旧没有问题，但是你们真要进行传染病的采访，肯定要卫生局领导同意。这事已经越来越不是普通话题了。不过，这个时候，你们还敢来我这，也算敬业了。来吧。我请你们吃饭。

游吉丽一路在抱怨，说，我真的很不想去，但是苗博没有死，这本身，又让我感到还是有点安全保障的。麦，你说呢？我最怕的是苗博别一接受完我的采访，很快就发烧死掉，这样，我也离死不远了。

小麦说，对啊。那样真可怕。

田广医院在开发区北部，行政中心南路。是个崭新的、医疗力量相对薄弱的崭新医院。但它硬件很气派，至少看上去是这样。高楼阔院，蓝调的玻璃幕墙，医院建得很超前。楼灰墙白草木葳蕤，还有个假山喷泉；估计等医院的观赏树木都长大成荫，田广医院会像公园一样漂亮。

两人走进医院大门，互相看了一眼。互相都从对方的眼睛里看到了惶恐和忧虑。游吉丽下意识地拉拉口罩，似乎在检测它的隔离过滤厚度。忽然，她们身后传来一阵爆起的急促喧闹声，两人回头，只见大门里四五个人抬着一个门板冲了进来。一个橘黄色花被子里，只露出一个长头发的脑袋。那头长发油腻肮脏，有个同行女子，脸色紧张地手里抓着一筒卷纸，应该是躺着的人，随时需要；游吉丽和小麦急忙闪避一边，让那拨人呼啸而过。

苗医生很忙，病人很多。他电话里就跟游吉丽说，很忙，让她十一点半后过去，他在看专家门诊。说一起吃午饭好了。没想到，十一点半，苗医生那里还是很多病人。直到快一点，最后一个病人总算唧唧歪歪磨磨蹭蹭地告别苗医生。苗博请两个女记者到田广医院对面的山里人餐厅喝红菇鸡汤,说医院医生都说那鸡汤味道很正。但游吉丽坚决反对,说,还是吃点洋快餐好了,干净。结果,三个人就到了开发区仅有的一家麦当劳。

四十出头的苗医生,高大耸肩,嘴唇很薄,嘴角下垂,一副不被人左右的自负模样,一管悬崖般的大鼻子和外翘下巴,让他有种异族人的陌生感和压迫感。但好在他总保持着有礼貌有教养的言谈举止,而且笑起来的时候,有明显缝隙的门牙,显得朴拙随和,这多少弥补了一些傲慢自负的天然缺陷。你甚至会以为,大牌医生就应该这样给人这副理性冷漠的第一印象。

苗博直言不讳病人比较多,他说,从就诊量上看,是有点反常,但也没有更糟糕的情况出现。他否定了游吉丽关于第一个病人死了的传闻。他说,真死了,我想我会比你们更早知道。

那你也不能肯定她没死是吗?小游说。

苗医生说,她回老家吃中药去了。家里经济很困难。

那天她是怎么回事呢?小麦说。

一个邋遢的拾荒人吧,五十来岁的样子。腿部又有残疾。八九天前被送进来,当时她的情况是突然发病,来势比较凶。送她来的两个出家人说,她还在路边捡矿泉水瓶子,一个大编织袋丢在一边,人就不行了,拼命地吐,路人看得害怕。后来,那女人在医院也不断呕吐、腹泻。我们怀疑是急性中毒。她说她一天才吃了一个红糖馒头。她必须住院观察,但是,她不同意,说没有钱,说拉拉肚子吐一吐,把脏东西吐掉就好了。当然不是这么回事，但她自己和两出家人掏光了身上的所有钱，还差得很远。她说回老家，他们乡下有个老中医很厉害，我只好开了一些药，给她留了电话，让她有情况跟我联系，后来却没有她的消息。谁说她死了呢？

小麦说，你以前会给病人留电话吗？

苗博摇头：她的病情比较怪，我很想劝她留下来观察治疗。

游吉丽说，你觉得她的病，和后来的病人，是同一种病毒吗？

临床上不好断定。事实上，它和普通感冒都很难区别。头昏、乏力、发烧、恶心、食欲减退，有个别病人腹泻、淋巴细胞和粒细胞下降、骨髓增生成偏低。现在，唯一让人感觉不太好的是，这一段时间的病人突然多了。血液科的老马昨天跟我说，平时一天白血球降低的病人，一般在百分之二十左右，差不多四五个吧，最近突然多到一天十几个。血象不对。

游吉丽说，为什么一开始病人都集中在田广？会不会真是田广工业区的什么剧毒毒气泄漏了？我还听人说，政府开发联发二期通用厂房，把兆林村那一棵千年柏树砍掉，是戳瞎整个田广区的龙眼。听说下令砍掉那棵古树的开发区管委会主任就是在树砍掉后的第三天，车祸死的。是真的吗？

你硬要联系起来，那就是真的了。但如果真是那样，那不等于有责任人埋单，这事不就结了？为什么还有无辜的人继续遭难？苗博看着小麦笑起来，说，各种传说真是越来越有想象力了。不过，话说回来，你们出门还是小心一点。传染病最大的防控难度，就在于它的不确定性，这是世界性的难题。这次疫情确实不敢低估。只是现在，下结论还为时过早。

临别，游吉丽拍着自己的口罩脸，说，我们戴着口罩。医生倒不戴口罩。

苗博说，戴了怕吓着你们。但你们戴是对的。防人之心不可无吧。像小游这么娇气、麦子这么柔弱，还是保护措施跟上的好。

6

游吉丽的后续稿子白写了。

老蒋主任说，头说，卫生部门过来打招呼了，请求等确诊后再报道，以免发生不必要的社会恐慌。所以，稿子暂时先放着，等待时机。

小麦的人物专访则闪亮登场，头版主打照片、通栏大标题《精卫与大海的较量》。做了重口味包装的首席编辑告诉小麦，后期制作的指导思想是，想让这个城市的真善美之光，响亮驱赶传染病瘟疫的迷雾，至少让人们淡忘那个狰狞恐怖的传闻；版式总监用了非常规的异形版式，康朝的酷照，处理成窄长幅照，贯通上下版，一眼看上去，像是黑客帝国剧照，整个版就像周刊的影视版。后来，康朝告诉小麦，这条稿子，为精卫招来了一百个报名电话，一群热血沸腾的人，冲动地想成为紧急救援队员。

苗博也打来电话,他说,你用整张报纸写了一个好人。谢谢你们没有写疫情的稿子。你们走了我很后悔。

你是不是怕被领导骂?小麦觉得,这是第一次有人使用疫情这个词。她猛然感觉好像灾难又近了一点。苗医生说,你觉得我是个在乎领导的人吗?我只是不想添乱。这也是医生医道良心。随便吓唬无辜者不好。

是吧。小麦说。小麦觉得他的道理似是而非,但也无法反驳他。苗博说,对了,我订了款宝来车,我问你,你觉得白的好看,还是银灰色的好看?

你自己喜欢哪个颜色就订哪个颜色呀。又不是我开。

你不是学过车吗,以后你想开就可以拿去开呀。

我是走后门拿的驾照。我可不敢开。

你觉得灰的怎样?

挺好。

那就灰的吧。这有现货。回头我要约你坐坐,感受一下。

嗯,再约。编辑在叫我了。小麦说。

你先忙。拜。

关于精卫的人物报道,报社聘用的社会评报员发来的评报称:这是对本地精卫救援队报道最深入的稿子。有血有肉、人物鲜明,材料实在,既不渲染现阶段体制不足,也不高调夸张民间组织的奉献追求。

稿子见报的次日,小麦去了向泉家。她答应送他一把核桃夹子。到他家楼道前，小麦摘掉了口罩。白狗罗比依然不吠叫，一开门就蓦地扑向她，她赶紧把一袋核桃举高；向泉穿着一套浅灰色的运动衫，浑圆的大肚子，一只大耳朵歪抵着保姆的肩，活脱脱像一只小象站在门里。看得出他很开心，但是，他也没有打招呼，光是看着小麦，粉红色的舌头，一直在上下唇之间转圈圈，或者舔自己人中，那个表情就像在津津品尝自己鼻涕的幼童。

保姆肖姨比上次热情，举止也自在，像个真正的主人。可能和康朝、向京不在有关，也许是一回生两回熟了。她热情地告诉小麦她姓肖，说肖家是肖家坊的大姓，村里出了很多能人，她讲了几个名字，小麦不知道是什么名人，后来她弄明白其中一个是他们当地的副县长。她说，有史以来，很多女人都爱嫁到肖家坊。肖家坊实际是个人杰地灵的风水宝地。她说到自己。她说从小泉出生她就带着他。其实就跟亲妈没有两样。从小，孩子不管要什么，不管是哭了还是高兴，是摔跤还是分东西吃，嘴里一张，第一个喊的就是阿姨！我一直就排在家里人的最前面。

肖姨很自豪地去轻捶向泉的肩，像是让孩子表态肯定。

小泉在咳嗽，并没有回答肖姨。

肖姨四五十岁的样子，脸庞清瘦，半个鼻子有花生大的蓝色胎记，笑起来嘴角深深上卷，很令人愉快。她拿来一盘炸好的虾片，自己吃着，递给小麦。小麦也吃了一片，有点回软。肖姨抱怨说，小泉胃口不好，炸点虾片给他开胃。这是他从小到大，最爱吃的东西。但今天炸了，却一口不吃。你看，再不吃都软了。

她们俩就一起咔咔地吃虾片，一起看着向泉操作核桃夹子。这比用门夹省力多了，核桃仁也完整。小泉嘴里一直发出咕咕咕咕的声音，也许是模仿某种快活的鸟类。他边夹边吃，一口气吃了六七个。然后，他放下夹子去搂抱肖姨，小象一样的身躯拱着阿姨的怀，像要把自己藏起来，同时，往她嘴里塞核桃仁，眼睛却看着小麦。小麦觉得他是在感谢她。

保姆肖姨说，昨天他洗澡可能着凉了，早上起来喊头晕。稀饭、牛奶，什么都不要吃。中午我跑到老庙街去买他以前爱吃的芋饺，吃了两个就不吃了。我只好炸虾片哄他。等到你按门铃，一听说你来了，他马上起了床，精神好得不得了。

少年去捂肖姨的嘴，那手劲大得简直要杀人灭口。保姆似乎习惯了他的没轻没重，她拍打着向泉的脑袋。啪啪啪的，也下手不轻。向泉放了手。

小麦小心翼翼地问，他这样，你好带吗？

肖姨说，没什么不好带！只要我在，他都很正常。好带！

看得出这保姆是疼向泉的。保姆肖姨说，你不知道他生出来有多好看啊。我这辈子见了多少孩子，乡下的孩子不说了，城里的孩子我跟你怎么说呢，反正我从二十岁到现在，吃的就是保姆这碗饭。我就没有见过还有比我们小泉更好看的孩子了。带出去人家都说，这是画上的娃娃啊！如果他不是生病吃药，才不会胖呢。

小泉似乎听不明白肖姨夸的人是他，他索然寡味地挠头，咳嗽了两声，然后两臂平伸以手丈量着客厅墙壁，就这么丈量着把自己肥胖的身躯，移去了阳台外面。

小麦走动了几步，张望了一下那个她被赶出来的、充满秘密的房间。肖姨从向泉房间出来，递给小麦一个影印店的简易黄皮相册。小麦翻开，里面有几张向泉的照片，其中一张是康朝、向京和向泉的三人合影。两三岁的向泉坐在康朝的脖子上，很严肃；向京的长发被大风吹得斜拉过脸，但脸庞清丽；小麦还看到了向京的父亲和母亲抱着向泉的合影。父亲穿着卡其色的夹克，面部轮廓清晰得有点像外国人；母亲杏仁脸，招风耳也很醒目。向泉的确是个漂亮的男孩，但是，从小他的耳朵就惊人的大，这使他的脸看上去哪儿有点不对劲。

小麦还想多看几张照片，保姆说没有了：都在这，就这，还是我收集的。

少年在小小的阳台上，远远地不时偷看小麦；小麦一看他，他就若无其事地转开眼睛。

看小麦来回翻着后面的空白页，保姆一声叹息：也是可怜啊。我妹妹带的那些人家的孩子，都是几大本照片，有的孩子，每次一过生日就拍一小本呢！还有放大的！

小麦想想也是，她妈妈就很喜欢给她拍照，而且在照片后面写一两句话。

什么都是命，肖姨说，你要认命。我回老家的时候，找人给他看了八字。这孩子就是来错地方了。这是天上的孩子，走错了才到人世间，所以他才会不习惯人世，所以，我们才会觉得他有病。其实，他没有病，他只是走错地方了。

小麦笑起来，觉得有趣，笑停了后想想她又笑起来。她喜欢这个乡下女人的说法。

我知道你不信！可是我娘家那瞎子并不是大街上摆摊的假瞎子，他是我娘家的远房亲戚，打卦看命是祖传的。小泉父亲的命就是五十七岁，死了后我拿他八字去给我那瞎子六叔公看，他一看就把他八字丢出来，说，死人有什么好看的！你看，这么厉害的人，他姐还是不信，后来她自己突然要去算。信啦！

向京？她去算命？算得很准吗？

不知道。她和我六叔公自己通了电话。再后来，叫我包了三百块的红包去。三百块呀！你说，不准她能给红包吗？因为我的面子，我六叔公本来根本就不要她一分钱。

后来呢？

什么后来？她的命吗？她才不会说。哼，我也没吃那么饱管她那些事。

小麦感到这保姆对向京很不以为然。小麦说，他们为什么离婚呢，我看康朝对向泉很好呀。保姆肖姨用手掌遮住嘴巴，凑近小麦的耳朵，当然是男的不要女的了。换我我也不要。她进一步挨近小麦的耳朵，发声的窃窃气流，让小麦耳道轻微发痒，她不由得微微耸起那个肩头。保姆说的是，知道吧，她生不出孩子……

一说完这个秘密，保姆肖姨就挺直身子，一只手掌心向上地抖着手掌，显得怜悯、无奈：一个女人，连生都生不出……再强有什么用？换我我都没脸活下去……

阳台那里，传来一阵暴发性的咳嗽声，紧跟着一声呕吐的声音。这反呕的声音，小麦一听脑袋嗡地就大了。恶心、呕吐，是她现在最害怕见到的症状，她迟疑了一下，最终还是跟着惊呼奔去的保姆向阳台而去。那少年伏在栏杆上，胖脸咳呛得通红，并没有呕吐物，干呕，但那个反呕声，令小麦暴起的鸡皮疙瘩久久不退。肖姨不断拍抚少年的背，稍后，又急慌慌地去倒水。

小麦摸着衣兜里的口罩，她原想再问向泉金黑色的事，现在，她有点待不住了。

阳台上，那少年目不转睛地在看着小麦，目光隐约哀戚。他显然是感应到小麦要走了。这孤独哀伤的目光让小麦有点发愣，她害怕他又像上次一样哭号着不让康朝走那样对她。那她可对付不了。她对精神病人，心里也吃不准。她瞪着少年，想了一会儿，便满面堆笑地讨好说，姐姐要去采访了，下次再来看你哈。

少年目光哀戚无边，那李子干似的大眼睛的光照，在天空和小麦之间无助地流转，然后少年以额抵墙，似乎想把自己的眼光也藏起来。这个无助目光，有点打动小麦的心。她不好意思就走，她想到一个自己也感兴趣的问题：喂，看看外面，今天是什么颜色啊？

少年并不看小麦指向天际的手，眼泪却闻声而落。他的肥胖脑袋，死死顶着墙，像跟墙拼死顶牛。可是他的胖脸上眼泪却如清鼻涕一样蜿蜒而下。小麦有点为难，也有点尴尬。记者虽然可以和各种人打交道，但和精神病患者沟通，还是没有底的。小麦把口罩戴上。知难而退，她真的要走了。

保姆肖姨过来了，端着一杯水，粗声大气地说，哭什么呀！这孩子这几天动不动就哭，动不动就跟康先生打电话，要他过来。谁有那么多时间啊，你跟他说，就是不明白。以前他不是这样的！

这种莫名其妙的情绪，对正常人来说，是反常的，可是对精神病人而言，喜怒无常情绪大起大落，也是正常的。受到忽略也是理所当然。小麦说，你带他进屋去吧，吹风会感冒加重的。我还有事。

那少年却指着江对岸的迷蒙一片说，紫色，黑紫色……他们……很害怕……

你说什么？小麦很惊奇，那边吗，小麦突然醒悟，江右岸的雾霭深处，不就是田广开发区吗？小麦说，黑紫色的声音——是谁很害怕？

少年不语。目光再度哀戚怯懦，但这次不再看小麦，而是看不知焦点的天边。

你听到什么声音了吗？小麦说，向泉不语。

好吧。我要走了，姐姐真的要去工作啦……

小麦的电话响了，从大包里掏出来，竟然是康朝。他说，嘿，看到报纸了！没想到你写出这么大一块！晚上一起吃饭吧，好几个队员都想见你。

小麦很开心，说，我在向泉这里！

在那？康朝显然大为吃惊：什么事？你……

他又停顿了一下，小麦连忙说，没什么事，我答应他送他核桃夹子。

哦……他还好吧？

他有点那个感冒症状吧，咳嗽……

那没事。小家伙常年服药体质虚弱。天气也不好。

小麦边打电话边往门口走去。她知道少年跟着她走，她两次感到后面有人在触碰她的手，但每次回头看，少年都若无其事地低头在揪拽着自己帽衫上的帽绳。这个姿势，让小麦想起前一个晚上，他含蓄地接近自己的样子。当时，他那么专注地看着自己胖手的小酒窝，心里却有很多的话要跟她说。小麦答应康朝后，收了电话去穿鞋。她的眼角仍感到少年跟在她身后。穿好鞋起身，她假装欢快地去拍少年的肩，大声说，喂，小泉，姐姐以后会再来看你！再见啦。

少年扭过脸，大耳朵对着小麦，他一手用力绞握着门把，一边反复咬磨着嘴唇，他似乎在努力战胜什么，也许是想哭的感觉。小麦赶紧关门逃跑一样离去，果然，门哐的一响，一个绝望的童音尖利刺耳地在门后面响起：要小麦电话——

门里面，少年的一线眼泪就挂淌了下来，鼻涕比眼泪更长地也垂直而下。

门外，已经跨下楼梯一个台阶的麦子，收了脚。她犹豫了一下，身后的门已经开了。保姆肖姨紧紧拉护着向泉。小麦掏出一张名片，放在那少年小象一样的身上，一句话也没说，飞快地跑下楼去。

7

向泉家楼下，小区楼梯口的公共绿地边，一老人拧开小区花圃里的浇花水龙头在洗一个抽屉样器物。想了想，小麦还是过去请求洗手。老人无言地退开，让她洗。她仔细地搓洗双手双小臂，心想有点消毒洗手液才好。

小麦心里也未必相信向泉真的染上了新型病毒，一个常年待在家里的小孩，病毒传播到他的可能性很小吧，但是，她无法战胜自己心里不踏实的感觉。她甚至后悔去他家。如果就这样染上病毒，她觉得自己连以身殉职都算不上。真是冤。但不知道为什么，这个精神病少年像谜一样吸引小麦，他的色彩声音的世界，他的异母姐姐、前姐夫，他们的秘密。小麦说不清楚这里面谁更加吸引她。总之，他们家就像一股风，把她的心，吹得像草茎一样，总往那个方向飘摇。其实今天，苗博有问她要不要一起吃饭，他可以用新车接送她。苗博的口气是随意的。小麦很感激他用这种无所谓的语气，这样她的谢绝就没有压力，她说，不要啦。一是要写稿；二是害怕。我们领导在部门会上公开叮嘱，说，咱们部一个萝卜一个坑，我不希望你们倒下。

所以，我以个人的名义提醒诸位，除了采访公干，没事别往人多的地方去；别在外面乱吃东西。多喝开水多洗手。

苗博呵呵笑，说，好吧，小心爱护自己吧。

可是，康朝相邀说吃饭，小麦就说好。而且很开心。她也脱口问了在哪里吃？

康朝笑了，小麦听起来有点嘲弄的意思。他说，一家素食馆。你们记者平时灯红酒绿到处腐败，我想你吃点素菜比较健康。小麦说，我不介意吃什么，只要卫生就好。现在城里不少人戴口罩，你注意到了吗？一个棘手的传染病要大暴发了。

你要是经常见过生死线，就不容易惊惊乍乍了。死不了的！康朝说，如果你很在意卫生，那我告诉你，这里特别干净。放心吧！来不来？

小麦说我来呀。她觉得康朝他们根本不知道疫情，更不知道疫情的逼近。这也不怪他们。那些日子，你随手翻开报纸、打开电视。本地报纸、电视、有线电视及广播，都与往日无异：

"中国将一如既往地积极遵循'亚信'关于加强信任协作、增进地区安全的宗旨和原则，与'亚信'成员国开展建设性的友好合作。"

"明城市委书记金达中昨天介绍，明城有劳动力一百二十多万，这是明城举办今年度投资贸洽会的底气，相对低廉而稳定的劳动力成本，对沿海企业有很大的吸引力；明城有全国最优惠的政策，也是华南地区资源最丰富的县级市。"

"据旅游部门专家预计，今年夏季高温，预计赴明避暑的游客，将超过去年；段家庄、黑森林湖等避暑胜地，正在抓紧完善旅游设施的扩容项目。"

"省建设厅在我市召开全省物业管理经验交流会。陈希翎副厅长到会作重要讲话，明城之光物业公司经理应邀介绍物业管理经验。我省各市物业管理部门负责人、有关物业管理企业经理180多人参加会议。"

"全省整顿和规范房地产市场秩序电视电话会议在河北会堂电视电话会议厅召开。梁军副省长就贯彻国家七部委整顿和规范房地产市场秩序作重要讲话，张棉华副秘书长主持会议。"

"明城八荣八耻讲文明树新风蔚然成风。"

"一只土狗，每日为独居高龄主人买豆浆馒头。"

"一土方车侧翻、压瘪一辆小车。"

"明城佳丽 夺得东南赛区模特大赛季军。"

……

但媒体人知道，那个莫名病毒入侵的阴云，越来越笼罩全城了。跑文化的记者说，这几天，看电影的人在持续减少，而看电影的人，很多人都戴着口罩。竟然有些小贩，背着前年甲流暴发积压的进货，跑到电影院大肆兜售卡通口罩，大声吆喝：病从口入！病从口入！有口罩就有安全！——胆小的，不看电影就跑了；不太胆小的，买了口罩和爆米花进场；更胆小的，买了口罩还是逃跑了。电影院方面气得要打110报警，逮捕这些妖言惑众的小贩。

菩提心素菜馆在一个因故暂停拆迁的农贸市场外。是一个中年救援队员战国布衣的妻子和岳母一起开的,她们都是皈依了的佛教徒。进去大厅的正面墙上,是一朵粉白色的雨中大莲花。天花板上有柔和射灯灯光打在花瓣上。一个面目慈顺的中年女子,在门边对小麦额首合十,问了包间,一服务员带她上楼;又有几个托新出锅大菜盆的员工微笑下楼。小麦看得心里舒展如熨烫。这些员工的微笑和平常酒楼的服务人员职业性的热烈空洞不同,传达出一种宁静和谦逊。大厅的中间,也就是莲花壁前面,是一个十米见方的大餐台,白色的餐布上,一方方的不锈钢大方盆里,都是素菜,二三十个菜摆放了一圈。一眼扫过去,腐竹青菜、土豆丝、海带结、洋葱鸡蛋、黑木耳,胡萝卜片琳琅诱人;靠远处旁边还有一个窄长的手工台。小麦投望了一眼,那里有人好像是做寿司什么的。这里,只有他们戴着白口罩。引领她上楼的服务员说,那边都是主食。米饭、炒面、馒头、炸馃、汤品、甜点。

还没上二楼,小麦把大口罩摘下,对折着塞进书包里。

一进二楼包间,康朝、红菇、B型血、战国布衣、地平线等七八个队员,都站了起来。小麦一眼看过去,觉得这些人个个活力四射,都很阳光健康,都有那种玩户外的人的特有的一种果敢和洒脱的气质。小麦第一次看到这么整齐穿戴的他们,而不是训练T恤或作战服。他们那么整齐隆重地注目她,她有点不好意思。他们每人面前一只带间隔的空盘子,像学校的餐盘。看来是在等她到了一起吃饭。桌子上还有两张A4大的白纸,上面钢笔画了一个地理位置图,还有标注的各种符号。

红菇过来拉小麦到她和康朝中间的空位坐下，然后给小麦和队员们互相介绍。

来！各位正式认识一下大记者小麦。写了我们康大整整一个版的，就是这个小美女啦！红菇说。了不得吧，她其实来过精卫好几次了，可能有的人已经认识她了。对吧。

七八个队员都冲小麦微笑，又彼此交换笑意。小麦感觉他们好像是在进行什么判断和认可。她不知道他们所指什么，又不好问，便客气地点头——还礼。

六七个队员，大都是小组负责人。水上救援组的组长，就是战国布衣，他可能有五十多岁了，皮肤像红糖一样，一脸黑胡子楂，看上去非常硬朗。原来他是江口捕捞局的，水性极好；山地救援组来了B型血、北方的狼等三名队员，都是退役的登山运动员，个个高大帅气，北方的狼笑起来牙齿又白又多，爆米花似的，看起来快乐友善；那个很像小品演员范伟的地平线，是部队转业的，居然穿着黑色唐装；小麦第一次觉得，B型血真是英挺帅气，他今天穿得像个高级白领。只有康朝穿着一件米白色的旧T恤，无袖，圆领的边缘都起了毛边，搭在椅背上的外套，也是件灰棉布衬衫，看上去也很旧；秘书组来的是个朴素的圆脸女孩，很秀气，网名叫柳绿菊黄。红菇今天化了浓妆，眼睛又黑又圆，眼皮涂着浅咖色的眼影，非常机灵狐媚。她笑呵呵地说，正说呢，他们说看我的妆容，就知道我今天的接待规格。一桌人哄笑，红菇挥手打散，继续笑着说，大家不也都穿礼服了吗——这是精卫给你的最高礼遇，小麦！康朝跟你说了吗？你这篇文章，让多少英雄好汉打来报名电话呀！还有两家公司要送我们全体队员鞋子和深水电筒。噢，还有很多美女——不过，她们主要是被康大的照片迷住了，冲动报名。总之，精卫救援队感谢你！

红菇对小麦郑重揖手致礼。

康朝说，是不简单呢，就那么支离破碎地随便聊聊，你就能整出这么一大篇。

宾主介绍完，红菇示意大家去打菜，边吃边聊。小麦把康朝嘱咐她带的几份报样，交给红菇。红菇收好后说，我带你去打菜吧，一人五元，随便吃哦。不过，她敲敲小麦面前的空盘子，餐盘只有一副。这里不是你们平时吃的大酒店自助餐，会不断有服务员来伺候你，收拾你用脏的餐盘。我们只能吃完再取，浪费罚款。那有个儿童院捐款箱，你被处罚的钱，会被店家投进去。呵呵。

小麦拿着餐盘跟着红菇下楼。转了大餐台一圈，一人都选了八九个菜，还有炒米粉、寿司什么等；红菇还帮她打了一碗玉米香菇汤。俩人端着餐盘回到二楼，康朝他们几个已经在吃了。见了小麦，大家都奇怪地停下来，似乎在说一个什么有关她的话题，因为她而打断了。小麦也不知怎么插话，便坐下有点尴尬地吃。红菇赞叹着，土豆丝非常脆什么的。战国布衣在替家人接受表扬。小麦边吃边看着餐桌玻璃下很多手写句子的彩色条，和一些反对浪费的卡通画。她餐盘前的这一张蛋黄色纸条上，写的是：我们常常无法做大的事，但我们可以用伟大的爱,去做些小事。旁边,康朝汤碗底下的粉蓝色纸条上,写的是:本餐厅仅使用非转基因植物油,不使用味精和有害食品添加剂。

饭桌上一时出现了奇怪的无人说话的安静。

还是那个叫柳绿菊黄的秘书组女孩,打破了饭桌上令大家难堪的无言。她说,小麦记者,刚才我们在猜,你有没有戴口罩来?另外,我也想问,我们这个城市,是不是真的出现了大瘟疫?最近传闻很多,说是比甲流更厉害的病毒来了。我妈妈已经买了很多醋,每天晚上在家烧醋熏屋子。气氛有点紧张。

小麦还没有回答,B型血说,我老婆单位的人传得更离谱,说是什么五号病,人猪共患,比甲肝暴发、甲流暴发更厉害,传染性非常厉害。有人说,猪肉都不能吃了。不过,我们康老大不信。

康朝在喝汤,没有回应他。小麦能感觉到,康朝好像确实是那种无所谓生死的人,至少,他是那种会表现出不在意的做派的人。而且他的无所谓能够影响到别人。B型血看着他说,我其实也不太信。虽然戴口罩的人越来越多,从众心理本身也是传染病。

红菇笑着挤对他说,其实你就是怕吃亏,别人戴了你没戴,你就亏了。你口袋里肯定有口罩!

B型血笑:我有,我老婆硬塞的。可我没戴啊!我不信!

柳绿菊黄说,小麦记者,你们消息比我们灵通,真实的情况,到底怎样呢?我们到底有没有危险?

康朝似笑非笑,在咔咔嚼藕片。小麦看着柳绿菊黄又转看康朝说,真实的情况,我也没有。不过,这次可能真的是大麻烦。我只知道相关采访报道,上面都叫停了,怕没必要地制造恐慌,因为在等确切的诊断。昨天我们领导开会时叮嘱我们说,虽然尚未确证,但要我们各自小心做好防范措施,这一周以来,病人出现的比较多。已经蔓延到中心区医院,不过还没有听到死人的消息。

真死了人,政府肯定也隐瞒了。地平线说。

另一个队员说,听说田广那边,每天都在死人。

这不可能吧。小麦说,前天我和我同事,还在田广医院采访。如果有死人,医生们肯定会聊到。连第一个病人死去的传闻,接诊医生都否认了。

医生敢说真话吗?B型血说。

我们是私下聊的。我不知道私下里他说真话还是假话。

你私下不也还是记者身份?红菇说。一桌队员都笑起来。小麦有点不自在。

你们记者都戴口罩了吗?海上救援组的那位络腮胡子的战国布衣问,我想你戴了。他说得倒没有恶意,听起来却有点咄咄逼人。另一个名叫火星人的肌肉帅哥也说,是啊,春江水暖鸭先知,记者就是社会的小鸭掌。他做了个划水动作,又做了个戴口罩的捂嘴动作。一桌队员又笑。

小麦更加不自在。他们散发着奇怪的默契感,这份默契让她感到被排斥的感觉。这感觉来得很奇怪,这些天以来,她和同学、同事、邻居、朋友都在密集交换聊过大瘟疫这人心惶惶的话题意见，大家很自然地交流各种防护措施，彼此并没有什么不自在。可是，面对这群人，就是有点不合拍的感觉。也许，这帮时常直面死亡与鲜血、习惯危难救生的人，不善于也不屑举轻若重。从某种角度说，他们对自身的死亡和危险是迟钝的。他们敏感于施救者的角色，而不是受难者。当然，他们洒脱嬉笑也不能说对她有什么恶意，只是，小麦感到自己在他们眼里，大约是个小题大做、贪生怕死的人。

康朝似乎看出小麦的尴尬，伸手在她盘子里拿了块烤玉米，啃着吃，同时替她回答说，战地记者，戴头盔冲锋陷阵也是很自然的。戴口罩也是应该的。

小麦说，前几天我们就开始戴了，尤其是出入医院时。我建议你们在人多的地方，最好也还是戴吧。

康朝说好。不知为什么，整桌队员又笑起来。康朝以手支颌，认真地望着小麦，看上去真诚坦率，可不知为什么，救援队员们就是笑。小麦觉得有点被孤立。这群人有自己的信息收发方式，她已经看出来，神情落拓、其貌不扬的康朝，在这些英气勃勃的救援队员中，是一个魔法核心，散发着奇怪的影响力。他的话不多，但队员们都很在意他的反应。而他们共同营造的、小麦不明就里的氛围，让她有点疏离感。她不知说什么才好，还是红菇化解了她的不自在。

红菇说，小麦说得对。大家想戴就戴吧，这不是怯懦。我不反对。我完全相信这个疫情的存在。不管现在有没有死人，我相信这座城市将面临大灾难。众人造恶因,恶报施众人,佛教相信因果论。随便放眼看看,现在除了利来利往,还剩多少去恶向善的端正人心?我们罪孽深重。定业不可转,重业不可救。

康朝说,到处都罪孽深重啊。为什么单挑我们?

因缘际会各不同吧。你等着瞧吧。

直到救援队员重新拿起桌上钢笔画的那张纸,小麦才彻底摆脱了尴尬。救援队员的注意力回到那张分析图上。原来,康朝他们等她的时候,在探讨上周他们救援的一个摔死的台湾攀岩探险者。这是外来独身探险者。他在一个天威山北峰的天威瀑布瀑降时失手,摔下瀑布底,死后多日才被发现。精卫队员和消防队员及警察一起参与了这起救援。小麦对户外常识一无所知,便不出声地听他们吃饱喝足后继续分析那人的失误和死因:单人行动、未做普鲁士结保护、绳底没有打单结。北方的狼在强调静力绳底部打单结绳结的重要性,批评了哪个队员在某次救援中的重复的错误;康朝拿着笔,在那个示意主绳的中部,边画边说普鲁士结的致命意义,因为用力过度,他把纸张戳破了。他说,情况不明的下探,一定要系普鲁士结和抓结,即使在主绳上下你都有队员做保障,我们还是强调要做这个安全结。因为最可靠的安全保障,就是你自己!

不知为什么这起救援没有被报道,小麦一无所知。他们这个讨论,倒让小麦彻底松弛下来,心里对独行的死者还涌起一些敬意。她很难想象这样独身探险的勇敢行为,她自己是个连逛商场没有伴都不自在的女孩。小麦悄声问红菇,死者是个新手吗？红菇说，哪里！是犟驴呢。康朝说，此人是个户外高手，使用的是"8字环"，他的装备也很专业，登山鞋、砍刀、D型锁、快挂、羊皮手套、攀援绳都非常专业。后来赶来的他家人说，他原来是海军陆战队员。所以，他在飞机上绳降都是很平常的事。

小麦说，可听你们分析，我感觉他犯的都是低级错误。

红菇大声回答，是啊，正因为强大，才特别容易忽视不该忽视的细节。你问康朝，最容易出车祸的，是新司机，还是七八年后的老司机？

8

那个晚上，大家吃完聊够散伙，康朝说他送记者回去。七八个人在街头散去。小麦跟着康朝往楼后面停车场走。她摸到了口罩，但还是没有戴上。

康朝的车，照例是车钥匙一转，音乐就骤起，这次是《奥芬巴赫序曲》。上次采访的时候康朝聊到了几句音乐。小麦也把它写进了稿子。康朝承认说，音乐修饰了平淡的情感和平庸的生活。小麦却觉得他就像吸毒，他其实是不断在这样激越的旋律中，汲取能量与人造的激情。红菇说，康朝的车，无论再破，音响总是改装为最高品质的。说他甚至为自己选了一首曲子，告诉红菇他们，万一我哪天失手死了，就用这个曲子为我送行。

这都是后来红菇告诉小麦的，但在当时，红菇并不能讲清楚那首曲子的名字。

车开动后，康朝主动把音乐调得很低。小麦想他有话要说的，但开了一阵子，康朝却没有开口。小麦便没话找话，说，你是素食者吗？

康朝说，不是。你吃不惯是吗？

还行。听你们聊，感觉你们经常在那地方吃饭。

是啊，甚至开碰头会。它有点像精卫的高级食堂。我们不可能请客人吃奢侈的饭的，随便一餐饭，就去掉一条救援绳。大家不想在这方面浪费我们并不宽裕的钱；另一方面，那里确实干净。你不觉得吗？

但我觉得这个菜价，他们连成本都赚不到。场地、租金、税费、每天的菜米面油、人头费……

康朝摇头：你不懂。布衣的家人，并没打算通过这个赢利，而是宣传素食有益人生。这里的服务员，也都是佛教徒和义工，索取很低，品质很高。算是一群内心有神明的人。人的品质和操守，要么从宗教信仰来，要么从教养来。

小麦说，是呀。如果既没有宗教信仰，又没有文化教养，光剩下衣冠禽兽了。

嗯，还有个把天生不懂使坏的笨好人。康朝说。

停了一会儿，康朝说，小泉那孩子，请你别采访。别动他。

小麦想，终于来了，这才是他今晚想对她说的重点，但小麦还来不及回答，康朝的电话响了。他看了号码，立刻接了。

里面是女声：你在哪儿？

康朝说，在开车呢。对方说，把车停边上。

对方说得简洁干脆。康朝把车靠路边停下。他看了小麦一眼，小麦掉头看窗外。但康朝的手机音量调太大了，小麦还是听得见。她想他那听惯激烈音乐的耳朵，可能已经习惯大音量，也许他耳朵已经有些背了。小麦默不作声地转头看车外。

康朝没有熄火，他应该是觉得马上可以走。对方说，停好了吗？熄火。

康朝熄火，并且把音乐彻底关了。你说吧，他说。

康朝停车靠近的是一个水果店，水果店里面的店主夫妇在大声地争论什么，好像是关于要不要打烊关门，柜台前一个七八岁的女孩，在若无其事地看电视《还珠格格》；水果店再过去的是一个面包店和一个干洗店。灯光都不算很亮，老市区的街景，因为沿路各种店面的灯光而传递出人气；一个戴着口罩的妈妈牵着戴口罩的小孩，匆忙而过马路。

小麦听到电话里的女声说：你这么多天没有一个电话，到底进展如何了？！那天不是告诉你，事情必须抓紧吗？！你也知道我的个性，不是万不得已，我无法开口求人。我实在是心急如焚！

康朝说，你说的范围太大，那天我开车过去转了一下，我觉得找到的可能性很小……

转一下？！那么小的东西！走马观花怎么行！也许我没有说清楚，这事真的比你平时的紧急救援重要一万倍！前两天你还又上天威山救那些学生——

我没去。康朝说。我也不是忽视你的事，但确实，你的条件太宽泛了，我尽量找吧。

电话里静默了一会儿。

康朝……我们之间……小麦感到对方声音变得滞重，她停了停，说，……你承诺过，任何时候你都会帮助我……这么多年来，你比别人知道我的难处。今天这种关键点上，我无人可求，我只能托付你。你如果不帮我，我根本迈不过这一道槛。

康朝的语调很无所谓，他说，说实话，我真不明白你为什么要这样。都陈年老账了，那套设备有那么重要吗？再说，丢失了零件再配置一个不就好了。你是不是进步心切，变得敏感过度？一个女人，变成官场机器上的疯子，其实是很遗憾的。

我们彼此尊重自己的选择，好吗？我只想告诉你，如果这么简单，我用得着打扰到你，而且用这样秘不示人的方式吗？这种事情的严重性你不清楚，我也不想让你太清楚。还是那句话，我们都需要生命的平台，那天晚上我也跟你推心置腹说了，我不能在临门一脚的时候，授人以柄。我不贪不腐，我这种人的平台大了，只能是造福社会的能量大了。你当时请我帮忙给精卫注册登记，我爱莫能助你不太高兴，但是，如果我能进入常委，我想我无论是审批还是其他绿灯，都比现在要容易。我知道社会需要这种善的力量。

这我知道了，但我们救援这么多年来，确实没遇到这么模糊的目标……

怎么会模糊？不是给你信号盒了？只要你接近它，就会有提示音。这时候，你立刻告诉我就行。其他事不用你管，我会找人处理掉。说起来，这事真的很简单，但需要腿勤、耐心和细心。田广区看起来大，可它不过是全市的五分之一。所以，范围很小。你要真心帮我，地毯搜索，又有小盒子帮忙，肯定要不了几天几夜。我这边也一直收集数据，现在我还能肯定，它仍然在田广区。这个工作我会一直监控，有最新的动向我也会马上告诉你。但是你们——必须加快动作！

康朝笑起来，吭哧吭哧的。听起来又有那种吊儿郎当意味，连小麦这样的外人听了都感到他们彼此并不信任对方。小麦觉得康朝和他前妻的关系是很奇怪的。似乎在前妻面前，康朝好像就显得特别浪荡轻狂。果然，康朝的笑，让对方沉默了，双方再次沉默。这个静默的空当有点突兀，连小麦都觉得尴尬，因为音乐也停了。

康朝说，我是说，如果你真那么清楚，何苦要我们茫然寻找。

康朝，我一句玩笑的心情都没有。几天来，我的头发白了一半……

康朝发出像是叹气的声音。

不只前途，康朝，我现在命都在你手里！我一生严谨、从无戏言。请把你的其他救援放到一边吧，最紧急的确实是我这边！我无法让你明白，但你相信我这一次吧！就算是赎罪，我也接受。好吗，康朝？今天之后，请按我们那天的约定，每天，无论如何给我一个电话！任何时候，我必接。现在每天都是我给你电话。

小麦一直浏览车窗外，但她耳朵里都是这一男一女的对话。到了这个时候，她当然明白是向京的电话。她觉得她知趣一点，也许是应该下车离去的，自己打的滚蛋。但是，小麦却很无耻地想听完这个奇妙对话，一边她为自己的无赖鼓劲：反正我又听不见他们在说什么，反正他不知道。再说，他送我，明显是有话要说。我有理由等。

康朝收了电话，他们再出发的时候，康朝没有说话，他似乎有点呆滞。突然，他把电话拿起，按了个什么号，小麦听到他说，嗨，叫小泉。电话里保姆肖姨说，一早在床上呢，感冒了，他不舒服，也许这会儿可能睡了。康朝说，叫他！你把电话给他。

电话里马上响起那个尖细如女孩的童声，喂——

康朝突然把电话给小麦，小麦反应不及，还是接了过来，说，嘿，你好。我是小麦。

我画了一幅画，很大。我要送给你。向泉的声音清脆尖细。像清水激荡的雨花石。小麦说，好啊。谢谢你。你好点了吗？

少年说，我的画非常大，是一个梦，我把梦画下来了，非常大。

好的，谢谢，回头我去你家拿。你好点了吗？

是画在阳台的白墙上，因为我没有那么大的纸，阿姨说，街上也没有那么大的纸……

康朝伸手拿走小麦的电话，他对电话说，好了，小泉，早点睡吧。过几天我来看你。

康朝把电话收了，他并不看小麦，而是直截了当地说，你听到了我的电话。

夜色中，小麦看不清康朝的脸。但她感到他的脸色阴沉不快。他就是要试听他电话的音量。他其实还是很在意他和前妻之间的秘密。小麦像偷了东西有点难堪，难以否认，但她依然抵赖地说，哦我没注意，你的电话音量是有点大，但我并没有在意。

康朝没有马上开口。过了一会儿，他轻声说，麦记者，我知道，我和你的交情，远远不够请求你把所听到的一切保持沉默，但是，我还是请求你，我没有责怪你的意思。是我自己粗心了，红菇有提醒我说，手机音量太大，可是，我总不记得调正常。所以，这不是你的错。但我请求你。

小麦不喜欢他语调里阴郁的东西，尽管听上去他很客气。小麦说，我也没想到你电话打那么久，我本来是想下车的。但我怕你有事要问我，所以，我只好等着。如果你很在意，那对不起了！这么一说，小麦感到自己其实挺委屈，她觉得自己不高兴也很理直气壮。刚才隐隐兴奋的窥探欲，好像根本就没有发生。一切都正大光明，可不是吗。

康朝点头，你找向泉干吗呢？

我答应送他核桃夹子啊。正好顺路，我就过去了。

那他一定很高兴。康朝应付似的笑笑，他说，你对那孩子，任何时候都不要有职业的猎奇心好吗？我们不愿有外力伤害他。

我真不是去采访啊！小麦夸张地大叫起来，自己马上就觉得夸张得恰如其分。她说，向泉病了，说实在我有点担心他也感染了变性病毒。保姆说，他胃口很差，他还暴发性地咳嗽。我去医院采访过，现在，我一听到呕吐、恶心、浑身无力什么的，我就紧张、害怕。我的直觉告诉我，疫情正在蔓延。

康朝笑了笑：没事。

你真的不担心什么吗？小麦说。

他说，担心又怎样，病毒看不见、摸不着，我懒得自己吓唬自己。小泉他也肯定没事，你看他电话声音多么有活力。

几天的一线采探，小麦和游吉丽都能在一秒钟里分辨跟她们对话的人，是真恐惧还是随大溜，是真茫然迟钝，还是执拗的惊恐，或者是愚昧的慌张或固执的淡定；康朝是打心眼里不信危险的来临的那一类。也是一种顽固的淡定。

记者小麦很想说服这个人。她说，也许你家小泉是普通感冒，但是我知道，这一次，明城肯定是出大事了。我知道你们队员都不信，你们没有一个人相信，可我真的不是危言耸听。事态在发展，但卫生部门和上面在隐瞒事态中等待真相。据说有关领导非常焦虑，你可以去问你前妻，我们报社领导都被宣传部叫去谈"发稿经过"了。现在，全城所有的媒体都装聋作哑、内紧外松。昨天，我们主任派我悄悄去查第一例病人的情况。我已经找到了送那病人去医院的两个好心尼姑。当时，接诊的苗医生记得僧人背着写有清雨寺的布包。所以我去清雨寺找她们。居然找到了。一个尼姑在感冒发烧,另一个很健康。健康的尼姑说,她们当时为那个执意回老家的拾荒女人,买了长途中巴的票。她家在黄和。两个小时的车程。但因为那个女人一路在吐,她们不放心,又电话通知了黄和凌云寺,有居士自愿去车站接送那女人回家。但说好像那人已经往生了。所以,我明天一早去那里。我要去看看到底怎么回事。你若还不相信,请你跟我一起去。眼见为实。不过,也许你太忙了。

说了这么多的话,小麦的脸都因为血液加快,而发热起来。但她的话未必触动了康朝的敏感神经。她扭脸看康朝,在车内流动而暗淡的光线里,她看到他似笑非笑,喉结升降了一下,却没有说什么。

车子到了小麦住地,停在蓝色的宿舍楼外墙外,小麦已经能看到游吉丽苹果绿窗帘的青色灯光。她正提包准备下车,康朝突然说,喂,去我公司坐坐吧。就在第三个路口拐弯那。有好茶。

9

多少年过去了,小麦经常回想起那个没有星星没有风的五月的夜晚。她从来不敢确定自己是否爱过康朝,就像她始终不能确定康朝爱不爱她。她曾有过其他年龄相近的男朋友,但那个晚上,她经历了她青春期最美好的一次性爱,因为过于完满,她感到那更像是一次令人魂魄飞翔的行为艺术。她珍藏着那个感觉。那个感觉又总让她疑惑自己实际上就是邂逅了一段蚀骨的真爱。

那个晚上，康朝公司里有员工在加班。康朝领着小麦穿过一个三四十个隔断的大办公室。那格局有点像她们单位的采访中心。小麦看到很多名员工在电脑前忙什么，有一个小伙子把一桶装水往饮水机上扣。一个等接水的卷发女孩，眼睛一眨不眨地盯着小麦；一路过去，小麦闻到非常重的咖啡香气。康朝带着小麦一直走进楼道最里面的一间。这间上面没有挂牌子，隔壁是副总办。再过去是综合部、市场部什么的。

康朝的办公室很普通，一组黑绿色的粗质真皮大沙发，已经有些陈旧，但它宽大雍容，显示了主人过去低调的奢华，就像他脚上陈旧的ECCO的鞋子。大班台上是一个电脑，后面是一排书橱，书并不多。书柜上面是一帧字：精卫衔微木，将以填沧海。陶渊明的诗。小麦不喜欢胖胖的颜体字，好像每个字都在说，海很大呀海很大。

康朝让小麦坐沙发，他自己在冰箱里找茶。小麦记得综合科前面有个洗手间。她在沙发上放下包，就走了出去。就在她出卫生间准备洗手时，脚底突然一滑，她失声而叫，使劲抓门框平衡身子。没想到，门框外一个废旧的挂件合金残片，划破了她的食指。人站稳了，食指却生痛而且冒血。康朝闻声过来，正看到她捏着左手，食指指端在出血。

哦，天，康朝说，前天我刚清掉过期的碘酒和双氧水。

他走过来,把她的伤手,拿到水龙头下冲洗止血。水龙头咔咔空响,没水。血还在微微地冒。小麦有点急,说,那生锈哇!会不会破伤风?康朝把她的手抬起来,使劲挤了挤血,然后,把伤手指端塞进自己嘴里。小麦猛地睁大了眼睛,想抽回手。她觉得自己的手指太脏了。康朝控制着她想回抽的手,用嘴含吸着她的伤口,吐掉一口口水后,再次把它放进嘴里。小麦的手指感到他口舌间发烫的温暖,那温暖由食指端一直回溯心脏。这感觉让她有点慌乱。

含着她指头的康朝,一直看着她。他没有什么表情但很专注。小麦不习惯这么近的直视,转开脑袋,还是想抽出自己的手。康朝把她的手腕钳制住了。两人无语。康朝看着记者小麦不自在地磨咬着上下嘴唇,右脸颊上,一个酒窝尴尴尬尬地若隐若现。小麦知道自己眼神僵硬滞涨,她盯着康朝无袖衫的袖口一缕挂下的细微棉纱,那一缕棉纱随着他胸膛的起伏而微微浮动。

等康朝把她的指头从嘴里拿出,划伤处已经不再出血。

没事了。康朝说,我的口水很毒。若再破伤风,我们公司赔你。

小麦还是很不好意思。她觉得自己手脏而过意不去。她有点含糊地说了谢谢,仓皇逃离般地往外走,走着,有人从后面突然环臂圈住了她。小麦吃惊扭头,康朝没有看她,他圈着她,把脸埋在小麦的颈窝里,久久不动。他不走了。小麦看着镜子里的他,能看到他干净的发缝、闻到他头顶脖颈而起的陌生而令人松弛的体味。

小麦转身把手插抚进他的头发中。

情感的高潮来得太快了,以致他们无法扭头寻找来时的梯阶标记。事后的追查,总有点恍惚,连自己都无法说服。小麦要找到让自己感到踏实的行为的依据。所以,她还是不能免俗,终于小声地问了康朝,她说,为什么呢,看不到铺垫啊。

是啊,茶水还没烧开。

这一句话,让小麦感到茫然空虚,康朝并没有说爱。她也没有纠正说,是你忘了按电源开关。一种焦躁忧郁的情绪在她心里滋生暗长。她还没有清晰地看到自己的念头,泪水就快出来了。这个眼泪里,有委屈和后悔,还有一点怨气和撒娇,它们都混沌混淆在一起。她说:明天一早我就要去黄和,回来也许就染病,可能那就是我最后一次出差……

也许这个情绪忽然低落得没有道理,康朝看着小麦,似笑非笑。小麦感到,这个既不冷漠也不热情的眼神,是告诉她,她和他的生活是有距离的。果然,康朝说,没必要啊,你太紧张了。

可是小麦已经变得执拗,现在,她就是想知道。知道这个和她有了性关系的男人的一切。她觉得自己有权获悉,这似乎是证明爱的一种重要方式。也是爱的权力版图自然扩张。大灾在即,时间已经很紧了。可是,康朝并不接茬,小麦只好自己说下去,她说:我知道我不应该过问你接受的委托,但是,在这个大难临头的时刻,我忍不住、就是想关注很多东西,包括你。

康朝淡然而笑：我挺好的。

小麦就像一个强迫症患者。她说，刚才我突然很难过，我真的不知道，今晚一别之后，我还能喝几杯咖啡、做几次爱。如果这个城市在劫难逃，我肯定是首当其冲了。我知道你一直以为我小题大做，可是，做媒体的都知道，社会的真实状态，往往在媒体之外。而你下意识地相信我的报纸，你以为日子还很长很平安，地久天长……

嘿，还真是末世情怀啊。康朝说得很轻飘，他把小麦一把拽进怀里，用舀茶叶的茶勺子，轻轻铲接小麦的泪水。他就像一个贪玩游戏的孩子，茶勺还描绘着她的鼻梁和嘴唇。他划过她的眉毛时，小麦闭上了眼睛。康朝激情再起，小麦也很奇怪，自己的内心如此犹疑彷徨沉渣跌宕，怎么又如此轻易地被康朝再度点燃。他的眼神和舌头，轻易就把她带进了一片魔法境地。不过，热烈过去，忧伤再度阴云密布。记者小麦简直痛恨自己的肉欲，快感后面又是深渊的空虚。这不详的空虚感让她后悔，再度想哭泣发泄。好一阵子，小麦都没有再开口，她兀自低垂着脑袋，懊恼而沮丧着。

两人好一阵子，谁都不说话。外面，大办公室那头，忽然传来一声小伙子大声地吼唱：来吧来吧，相约九八——相约在银色的月光下，相约在温暖的情意中，来吧来吧，相约九八——

歌声突如其来，又戛然而止，仿佛被同事喝止了。

康朝在倒茶。他说，情绪这么糟，那你为什么不请假回家呢？

小麦没有抬头。我家就在这啊。她说，爸妈上个月去深圳照顾我哥哥，他刚生了双胞胎。我还没告诉他们这边的事。我也不想告诉他们。他们闹了一辈子，刚刚和顺起来。

原来没有退路啊。康朝说，那打起精神来吧，我保证你平安无事，要死也是我先死。我首当其冲。如果我没感觉错，你的好日子还长着呢。

他的话，让小麦没有忍住眼泪。连她自己都感到意外。她几乎完全进入了悲情角色，心中充满了绵长的哀伤与无限留恋，还有刻骨的绝望。康朝依然用小茶勺子沾着小麦扑簌簌的泪水，继而拍打着她的脸。他说，我不知道你有没有男朋友，那天在小泉家，你的眼神太像我想象的女朋友了。当时你很窝火，很委屈，但是你很听话，一个小要饭婆，呵呵……死不了的，我打保票啦——

小麦睁大眼睛，话题是不是正在导向他的真实生活？记者小麦不由得寸进尺，她说，那天在向泉家，我感到你很怕向京，而她并不在意你的感受，也毫不尊重你的朋友……

是啊。我被她捉奸在床。我一辈子亏欠她。

小麦惊愕。

康朝拿着电水壶，去矿泉水机那里再接水。

小麦看着他，一直回不过神。她完全被康朝脱口而出的八卦消息搞蒙了。这太令人瞠目结舌了。这么样一个婚姻惊雷，康朝就这样淡然无味地说了。

那……你爱她吗？

她漂亮吗？康朝反问小麦。

小麦点头：非常美。她会令所有女人自卑。

康朝说，我们是同学。当时整个大学的大小男生为她癫狂，还有很多不自持的老师。而我是最普通、最平常的学生，我没有心态也没有资格去参与或观赏那场力比多大角力。结果，她选择了清淡，放弃众人而走近我。你知道男人的虚荣心吗，你接到了人人疯抢的红绣球，马上就以为那就是自己最想要的。也许男人女人都会有这种缺乏经验的迷失。只要人人都想要的，就误以为是自己也想要。得到了就感觉喜出望外。在这个时候，看清自己的真感情并不容易。说起来，她是个好姑娘，好女人。一个男人的成功标签。但是，她误判了我。我不是她以为的那样清淡男人。我需要热烈的生活，我们完全是两回事。我经常想，一个人的生物性基础，决定了他的命运。我是从这里开始，对世间万物增长起怜悯之心的。

小麦不知如何接口，他们陷入沉默。小麦以为他会再说一会向京，但他闭口不说了。可记者小麦还是想旁敲侧击出他和向京更多的事，小麦说，明天你和我一起去黄和，好吗？

康朝没有回答，他的手机短信提示音不合时宜地响了。康朝低头看了，然后回复了什么。之后，她看到他开始摁电话键盘，随后又放弃了，电话不打了，但他的神态似乎已经忘记了她的请求，他沉浸在另外一件什么事里。小麦觉得他也许是装的，他只是不想承接她这一纠缠。于是，她又追了一句，喂，你要不要跟和我一起去？我们可能一起被感染，一起死掉——我们会很浪漫地一起死掉喔。

嗯！我怕死！康朝做出畏缩的表情。他站了起来，说，送你回去吧。明天下午公司有个重要谈判，我答应我姐我一定在场。今天晚上我必须看完我们法律顾问发我的全部材料。

小麦说，我还以为你要为向京的事大忙呢。小麦还在暗暗发力，她发现自己对向京太感兴趣了。康朝反倒没有介意，他说，嗯，看完材料时间若早，我会再去田广试试。她是个急性子。

是啊，小麦不掩饰自己悻悻然：受人之托，忠人之事嘛。

康朝看着小麦，眼神有点迷惑。这复杂的目光里，混杂着他招牌式的苍凉和老气与无谓，总让小麦感觉他随时处于可以放弃很多东西的状态，他也似乎并不在意她什么。果然，直到他们在午夜的街头挥手道别，他也始终没有说什么明天你多保重啊之类的话，也没再说一点向京的事。他们就像没有做过一场美妙的爱那样，平淡地道别。

那天夜晚小麦睡不好，她严重失眠了。

她一直理不清自己的真实情绪。关于疫情、关于康朝、关于向京。她感觉自己处在一个黑色漩涡里，那个漩涡正在把她拖向孤寂的绝地。最让她困惑的是，疫情出现以来，本来因为充实的采访写稿，因为泰山将崩的逼近，因为对父母的隐瞒，她感到自己内心有一股勇敢、敬业和牺牲精神，她感到自己的成熟，甚至有一些自豪。怎么和康朝一个交集，她忽然看到了另一个自己。她看到自己处境的危险，看到自己像牵牛花一样地渴望依靠，她看到自己被隔离一边的孤单与无助。这个感觉和康朝有直接关系，是一种从内到外的不安全感带来的。

这个晚上，整个城市都没有风。失眠的时候，小麦一直听到一种夜鸟的奇怪鸣叫，"朵—凹—嗷——""朵—凹—嗷——"尾音很长，仿佛每叫一声，都在侧耳细听听众的反应。然后又叫。终于迷糊睡去的时候，那个尾音很长的"朵凹"之声，依然在叫，每叫一声，小麦就看到黄绿色的像北极光一样的飘带光，扭曲着弹向天空，最后整个天空都是黄绿色的。也就是在梦里，戴着巨大口罩的游吉丽否定了小麦，她说，没有什么鸟叫声，到处都是钢筋水泥丛林，哪有鸟的栖息地？忽然小麦在梦里就豁然明白了，不是夜鸟，是一种致命病毒的呐喊。

醒来时小麦暴汗淋漓。看手表，才睡了一个多小时。

被手机闹钟闹起的时候，小麦头晕眼涩，有点想吐。她不想起床，她也不太想出差黄和。她听到外面游吉丽趿着拖鞋正从卫生间出来的动静，她在屋里喊，昨晚是不是有种什么鸟一直在"朵凹朵凹"地叫？

和梦里一样，游吉丽说，没有。昨天安静得就像个死城。整个城市都声屏气敛，提着心呢，连树都像被施了魔法，纹丝不动。除了你进门钥匙串掉地上，吵了我。

10

在去黄和的长途大中巴上,有七八个乘客戴了口罩,包括记者小麦。小麦座位旁一名年轻的女人,也戴着口罩。她还带了一圆筒消毒纸巾,把自己座位上的扶手、窗玻璃边,仔细擦了两三遍。见小麦在看她擦,她说,我怀孕了。不能不格外小心。

小麦点头表示理解。同排过道的那边,一对老人带着两个孩子,一个八九岁的男孩和一个两三岁的爱打人的女孩,俩小孩轮流拽下口罩,不爱戴。老爷爷很耐心地反复为他们戴好。有几次,那个小女孩不胜其烦地扬手打了老人,连说:不要!不戴!

老人笑眯眯地边戴边说,再坚持一下,到爷爷奶奶家,我们就不戴了。现在不戴口罩,病毒跑到鼻子里,你就要发烧,发烧就要打针。你要打针还是戴口罩?两三岁的小女孩瞪着他,恨恨地跺着脚,不再扯口罩了。老奶奶跟她旁边的人说,……我们赶紧带孙子孙女回老家的。我本来是叫我儿子媳妇都回去。媳妇单位管得严,我儿子就不肯走。本来他自己的公司,到哪里还不是一样办公?我就知道是我媳妇不让他走。

和她聊天的人,好像问了一句,小孩这么早放暑假了?奶奶大声说,哪里!那起码要六月底,现在还没有期末考呢。想办法啊！我儿子找到学校领导了，送了点好茶，这才让我孙子提前放假了。老师也没有反对，他们也反对不过来，听说有本事的家长，都在往城外送孩子。

前排有个旅客突然阿嚏一声，打了个很劲道的喷嚏，紧接着，那人又连续打出三四个，打得自己也纠缩起来。整个车厢顿时鸦雀无声。那个乘客意识到了，他慌忙地擦着鼻子，嘟囔着，我是过敏性鼻炎，不是感冒啊！

车厢里还是鸦雀无声。等空气松动，很多人都在交流疫情的事。

这近百公里的行程，小麦想睡却睡不着。偶尔想到远在深圳的父母，觉得他们幸好离开了。她想，等情况稳定了，再跟他们说吧，免得他们担心。现在，她的脑子大部分还是翻腾着昨晚的事，包括康朝那个难以想象的美妙做爱。他到底是个什么样的人呢，为什么他和向京的关系那么奇怪，他们之间到底有什么秘不示人的事呢。上车不久，小麦就给他发了短信：壮士一去兮不复还啦。她故意用了个轻松的语气词。她想他会回复她保重、一路平安之类。但是，康朝一直没有回音。这让小麦沮丧，也对昨晚的巅峰时光充满疑虑。他现在在干什么呢？公司会议是下午，现在是上午。肯定不是谈判紧张得没空回复我，要不是静音了？她想最有可能的是，他也许天亮才回来，刚睡下。因为他半夜到田广帮向京找东西去了。

车厢里有两个男乘客因为是否发生传染病，居然吵起来。一个像是退休干部的男人，显然是愤怒了，他说，有些人成天不知道在想什么，就喜欢信谣造谣传谣，添油加醋，把老百姓的生活搞得惶惶不可终日他就好了。我劝你最好用点自己的头脑，不要听风就是雨！被退休干部教训的人，看上去像个职员，他戴口罩，显然讲不过退休干部，并因为争辩失利而恼怒，他连声吼：好好好，我造谣！你有脑子！你厉害！

有几个第一次听到这个信息的乘客，夸张地哇哇叫。小麦前两排，有个胖男人，一直央求正在玩掌中宝游戏机的老婆摸他额头，他感觉自己在发烧、想吐。她老婆潦草地摸了一下他的头，眼睛边盯着游戏机，边说，不要神经兮兮的，你以前就晕车。胖子分辩说，可是我很久没有晕车了。今天一早我就感到不对头，我不是还说我们改期吗？

哎呀！女的大吼一声：死不了啦！

小麦有一耳朵、没一耳朵地听，一大半的心思还在昨天晚上。她反复问自己，那是爱吗？她不得不承认康朝是有魅力的，苍凉老成的眼神，和紧致结实的身体，有种奇怪的反差。但她也不得不承认，她无法确认他对她的感情。因为不能确认，她对自己承认他的魅力而感到羞惭。当然这种感觉很轻微。最让她自己不痛快的是，她曾闪念过，康朝强势缔造的无间亲密，实际上是为了向京，是迫不得已的预防策略，是封口的一种稳妥方式。这个猜测，让小麦万分沮丧。昨晚，她就竭力把这个念头排除脑外。旅程中，这个猜测又顽强冒头了。他为什么这么久不回复我短信呢。她心事沉重。

哎，小麦旁边的年轻女人用她和小麦相邻的胳膊肘触动她，说，你有没有感到，空气越来越好，很清，吸进去很舒服？

小麦仔细感觉了一下，深深又呼吸了一次。好像空气真是有点清甜。年轻的女人很贪婪地大口深吸着，说，不离开根本不知道，我们城市里的空气已经多么恶劣，我应该前两天就出来的，我妈妈说，头三个月，胎儿在发育脑子。女人抚摸着扁平的肚皮。她说，你是不是也是逃难？

小麦觉得她这个词用得太震撼了。但她还没有开口，手机短信响了，她的心猛地收缩膨胀了一下。果然是康朝。他说：晚上回来给你洗尘。

就几个字，没有句号。她顿时感到空气真的清纯又甘甜。旁边的女人居然看了她的短信，还大大方方地发表评论说，你还回去啊！叫他也赶紧出城得啦。

小麦说我出差。她不想跟她再说什么了。她在想给康朝回什么。

年轻女人很惋惜地看着她说，哎你知道吗，听说我们老板已经在转移资金了。他老婆是卫生系统的。

卫生系统？小麦怀疑地看着她，说，我倒不相信有这么严重。

你天真了。年轻女人郑重地说，不严重我还用得着请病假？不严重我们老板才不批我假呢。我们老板外号叫"三青脸"，他最恨女职员，除非你漂亮又能干还发誓不结婚。进了公司，你一说要结婚，他的脸就青了，说，才干几天啊你就忙结婚?！然后，你再报告说怀孕了，他的脸又青一次，急什么啊，这么好的年华，不好好学点本事，生孩子什么时候不能生？最后你去生产了，他的脸黑青黑青的：我就说少招女生！麻烦多得要命！这业务关系刚刚上手……

小麦被她说得笑起来，说，那他还让你这么早休假呀？

我跟他直说了，不行我就辞了呗。他和我舅是朋友。反正我随他便。反正我们公司已经有两个人被传染了，一个是电梯工，一个是仓管小姜的儿子。

已经被传染?!都这个病？那现在怎么样了？

都快不行了嘛，尤其是小姜头，听说快不行了。电梯工老占也住院好几天了。他发病更晚，那天在电梯里一直吐一直吐，害得我们都不敢坐那个电梯。

那小孩真的要死了吗？在哪个医院？

我也不清楚。反正之前小姜向大家借钱时说得哭兮兮的，他说，大医院也去了，发烧怎么也退不下来，上吐下泻的，一只手也烂了。钱花了很多。他们想回四川老家。后来又听说没钱走，在田广一家私人医院熬着，反正够惨的。

他们家人没有被传染吗？小麦说。

小姜和他老婆都还没发病。大家说这病有潜伏期。身体好的潜伏期长，身体弱的马上发病。所以听说病倒的很多是小孩和老人。潜伏期的人，都有传染性。所以，老板吓得叫小姜不要来上班了。不过，现在很多人说，是田广一个企业一种剧毒的毒气在一点一点泄漏，堵不住，那工厂里很多人死了。工厂赔了钱，家属签了字，承诺对外不提那事。有些工人干脆失踪了。反正说法越来越多。

那个老电梯工呢？在哪个医院呢？他叫占什么？

我们叫他阿占，他是本地人，他是在老市区看病吧。你问这么细干什么？你是做什么的？

小麦说我什么也不做，就是好奇。小麦最终还是承认了自己的身份。她一说，年轻女人就不高兴了：你们做媒体的，真没有良心！没有职业道德！发生了这么大的事，报纸和电视，怎么一个字都看不到？到底是传染病，还是毒气泄漏？你们想什么呢？你自己都戴着口罩，还想假装天下太平，你们不是要害死更多的人？看这事以后怎么收场！

最终，那个年轻女人还是告诉了小麦她公司的名字，一个叫"龙飞"的电子设备公司。单子大都来自海外。但她不肯告诉小麦她自己的名字和电话。她说她也没有小姜和老占的电话。她说，老占是"4050"人员，是公司响应市总工会的号召，帮助政府解决四五十岁再就业困难人员而安置的低层次员工。年轻的女人鄙薄地总结说，那是我们老板的政治投资。他想当区政协委员！

11

黄和是个贫困小县，城关很狭小，市容灰暗、毫无生气。一个四五层楼高、四周拉着几条褪色的三角彩旗斜线的商贸中心,再加一个县委招待所楼和一座通讯小高楼,就构成了城区繁华中心。往城东走,不出四公里,水泥路就断了。载小麦的小面的师傅,也不肯回避路面的坑坑洼洼,一路冲冲撞撞怨气冲天地行驶,两次让小麦的头顶撞到了车顶。这车开得她简直要吐了。司机自己也被颠得心情不好,一路咒骂黄和官员的腐败和恶劣的交通。他对小麦狠狠地说,我迟早会走的!迟早黄和的人都会走光,你信不信?!

小麦头晕脑涨但礼貌地问,你想走到哪里去?

妈的!他说,我知道到处都有腐败,但总可以找到比黄和好一点的地方!

小麦觉得他是一个暴躁的白痴,她已经想吐得什么也不想说了。

清雨寺的尼姑交代小麦去城东石灰厂找一个叫普彦的居士,是他们夫妇把那拾荒女人送回乡下老家的。小麦张望着,在一个叫东塘的地方下了车,果然看到路边有个石灰厂。她进厂一看,里面没什么人,到处灰天白地的。一个穿高勒旧胶鞋的男人看到她,对她招手着走过来。小麦说,你是普先生吗?他很温和地笑,点头,边拍工作服上的白灰。他已经猜出小麦就是找他的人,但他并不问小麦,光是和气地笑。他把小麦让到一排洗衣池边的水泥平房里,说,你先坐,我去泡茶。

下车后,山风一吹,小麦感到舒服多了。两只乌黑肥胖的小奶狗,甩着软软的细尾巴,很友善地过来考察小麦的裤脚管。小麦确定自己不再想吐,心情好转了很多。她摸了一下小狗,小狗立刻回舔她的手。小麦笑起来。尽管知道那小破车颠簸晕人，但反胃的感觉，让她还是难以克制地有了一些恐怖联想。

普彦先生的妻子过来了，胖胖的，皮肤很黄很细腻，表情更友善。她说她叫普珍，小麦正奇怪夫妻俩都姓普，普珍说，是皈依法名。都是凌云寺法师起的。

喝了两口茶，小麦说我们就去官桥吧。

普珍说，还要去吗？人都埋了，你看不到什么了。

普彦说，官桥是那病人娘家，家里其实只有两个弟弟，他们都有家小了，自己也都在外地打工，家里的弟媳们都不欢迎她回去。村里的老中医父子也都进城赚钱去了，根本没有治病的人了。但拾荒女很固执，就是要回去，她说她死也要死在家里。她父母早些年就往生了。结果，在父母那漏雨的老破房子里，她躺两天就不行了。

当时你们到车站接她的时候，她怎么样的？小麦说。

普珍说，虚弱得很。她是最后一个下车的。我们马上就认出她来。我们说我们是来送她回家的。她连说谢谢的力气都没有。光是点头，脸色像个死人。我们也是雇了一个小面的，三四十分钟的路程，她吐了好多次，还下去拉了几次。有一次半天没上来，我去厕所找她，她就倒在树下。她说，走不动了，想睡。我们把她架到车上，她说，她肯定要死了。她刚才已经看到她祖父母都在大树底下等她。

青天白日的，这样的描述让小麦有点惊悚。她张望了寂静的石灰厂内外，说，送到官桥，你们就回来了？

是啊，普彦说，她一个弟媳妇抱着一个孩子过来跟我们说，她没有办法给我们车费。我们当然不要。她说她也没有办法抬她，她让我们帮忙把她抬到她自己父母的老屋子，说屋子她打扫过了，她家会给她送饭，会照看她。我们留了个电话，就走了。

她直接就回家了，没有去医院是吗？

好心的夫妻点头，目光里还有点不尽心的不好意思。普珍辩解似的说，主要是她不肯去。不过，她一下车，我就知道她要走了。她身上的味道已经不对了。我也知道她在厕所外面的树下，肯定是看到什么东西了。

之后，你们都没有感冒什么的吗？小麦说，不知道她家里人会不会被她传染？

普珍很爱讲话，她丈夫这下本来也开口，看她说了，立刻笑着打住看她说。普珍说，没有没有。我们吃斋念佛不惧怕这些。她埋掉以后，她家人有打来电话报信，也没有说其他人被感冒传染什么的。不过，他们也一直不和她住在一起。她等于是一个人，往生的时候，身边也没有人。

要采访的两个问题已经明确，一、第一个病人确实死了；二、其他人暂时没有被传染迹象。小麦决定回去交差。她走到石灰厂大门对面的路边等小面的，打算回城关汽车站，换长途车回去，这时，却接到主任老蒋的电话。老蒋说，那边情况怎样？！还没等小麦回答，老蒋接着说，《都市报》今天出了一个劲爆稿子《少女浑身溃烂　死于莫名疾病》。他们反应比我们快，也是去外地采访回来。那少女也是突然暴病，也是没钱医治，离开明城回老家的。和你的线索很像。八成就是传染病。你赶快深入采访！我们掌握的是第一个病人！

小麦说，我们明天也见报吗？

当然！除非上面阻拦。你先写来！老蒋用决一死战的口气说。《都市报》一直是他们的强劲对手。老蒋说，他们这么劲爆的稿子都敢见报，我们不能丢脸。我们至少要准备好炸弹！你先说说那边情况。

小麦汇报了目前了解到的情况，老蒋对小麦的采访很不满。太肤浅了！他说，给我马上去官桥！去拍她的屋子，或者坟头！采访家人，采访邻居！深入挖掘、多拍照！下点功夫！

小麦迟疑着，只好答应去官桥。普珍说，我陪你去。

多年后，小麦回想起那个午后的官桥，依然感到恍若梦境。到处是半干的莲池，碧叶连天，午后的村庄寂寥清幽，到处是蚊蝇飞舞的嗡嗡声，充满令人疑惑的岁月静好感。两条分岔的鹅卵石的小路，连接着一栋栋干打垒土墙民居。后来她才知道村子人很少，只有老年人和小孩子。还有黑狗多。它像梦一样安静得不真实，小麦因为普珍，一路都在思忖进村时她要不要戴上口罩，最终还是没有戴。可是，当她们找到拾荒女的弟媳家时，小麦一下子就慌了。

在屋前一棵老樟树前的空地上，几个女人和两个一老一小的男人在激烈地说什么。阳光斑驳的地上，躺着两头猪，远看没什么，近看感到恶心，两只白猪的眼睛，全部被脓性物黏糊住，鼻子里也是脓水长流。猪奄奄一息，眼球偶尔动动，根本睁不开，糊住了。一头猪身后有一摊恶臭的排泄物。那个女人和一个男人在争辩什么。普珍给小麦翻译说，那个男的懂点兽医，正在劝女人说死猪要埋掉。但她们家想把肉留下，说不要内脏就行。男人说会传染害人。俩媳妇反诬说，都是他岳母家的猪传染了她们家的猪，要他赔猪。

再下来小麦就听明白了，官桥村的猪突然连续发生死猪病。说是起因是拾荒女父母的房子那边人家的猪圈先开始的，最靠近拾荒女父母家的那户人家，五天前突然就死了四五只猪，是突然暴发的，还有隔壁的一户人家的三只猪，拖了两天也死去了。他们怀疑是猪吃到了拾荒女的呕吐物，寻思要她家赔；拾荒女的两个弟媳妇就联合起来和他们吵，没想到，昨天起，大弟媳家的猪也不行了。两头瘦猪，昨天不断地后退、转圈、磨牙、做游泳状，简直就跟中了邪一样，非常吓人，今天一早，就发现它们眼睛烂了，两眼脓，还一直在呕吐，猪身上很多出血点。现在，村里面的很多猪都不行了，病猪的眼睛都烂了。很多老人在哭。

那个懂点兽医的男人用普通话说，这里很可能暴发了猪烂肠病，也就是猪瘟，也叫猪霍乱。不过，最终要等县里的化验报告。

小麦问他，这个猪病，会不会传染人？

那个男人说，如果是猪烂肠病，就不会传染人的。但现在我不知道到底是什么传染病。不过，不管怎样，病猪肉绝对不能吃。她们就是舍不得,想腌起来,还想卖给收猪肉的人,这怎么行?!

小麦关心的是,那么,人会传染给猪什么病吗?

那男人意义不明地看她一眼,马上大喊一声,拼命对那个拾荒人的弟媳妇摇手,不用翻译,小麦也能从身体语言看出,那个弟媳妇好像是要趁两病猪没有完全断气,让人杀猪。

小麦就是从那个时候起,戴上了口罩。她捂着耳朵和口罩边缘的脸颊空当,觉得口罩实在太小了。它应该更宽大一点。乡村的午后,充满五月兴旺纷扬的肥绿。刚入村感到的蚊蝇粉蝶飞舞的寂静生机,隐隐让她有了焦虑,仿佛一种致病的病毒,就在这些活跃的小生命里传播。一只苍蝇不断地停在她的球鞋面上,她不知道它是不是叮过那些病猪的脓眼,也不知道叮食过拾荒女的呕吐物的小虫,它们的生命周期是一周还是一个月,叮食过拾荒女呕吐物的它,是不是也就是在她身边起舞的这一只?扳指一算,那个死去的拾荒女已经过了头七。乡下人没有火化,因此也没有办法印证那传说中的黄绿色尸烟。因为猪,也没有人有空带她们去墓地。

小麦还是到拾荒女父母的老屋去拍了照。是一个穿一双大人的人字拖鞋的小男孩带她们去的,小家伙因为鞋大,还在田埂上滑了一跤,怕她们笑话,飞快地爬起,一半屁股湿湿的,还表示不痛地大声笑着。

普珍不太认路。穿过一个稻田之间的蜿蜒田埂,再拐上一条鹅卵石径断续的小路,她们就到了那里。屋子也是干打垒墙的，但西屋墙都垮了一半了，而且垮塌的墙上长了许多狗尾巴草。门是虚掩的，下午的阳光并没有给这屋子带进多少光明，它外面的树太高大了。小麦也不想进去，她稍微探身往里面看了一眼，感觉里面阴气森森，让她寒毛直竖。她看见屋角有张空床，上面散落了一些稻草，没有草席。她远远地拍了两张，就是为了告诉领导光线太暗。她退了出来。随后，她在那个颓败之墙的角度，拍了几张被人遗弃的房屋照片。

普珍一直抿着嘴，和颜悦色地看着戴着口罩的小麦忙碌。

她们分手的时候，普珍说，你是不是一直闻到不好的味道？她指小麦的口罩。

小麦觉得这个猜想真好，她立刻顺着她的猜测点头说是的。你闻到了吗？

普珍说，阿弥陀佛！到处都是死的味道。我是不怕。我习惯了。很多东西往生的时候，包括人，我们帮他们念经的时候，经常会闻到的。如果是到西方极乐世界去，你就会闻到花香，看到瑞相，如果去下三道，恶道，就会闻到不好的味道。阿弥陀佛！

小麦说，不好的味道，到底是什么样的？

普珍笑，就是你闻到的那样。

12

还没有回到明城,小麦就接到游吉丽的电话。

白忙了!她说,情况很糟!越来越糟!

当时,小麦的长途中巴背着夕阳而驶,她感觉像是追逐黑暗而去。她一直觉得汽车就像是一头无法自控的兽类,奔突着扑向浑浊死亡深处。这个感觉很不好。她摇摇头想摆脱这个想法,可是,摇头间,她感觉晃荡到肺部的空气越来越不好。她闭起眼睛,眼帘后面,脑际天际合二为一,混沌间又见漫天弥漫着黄绿色的飘丝,极光一样,一呼吸,它们就被人吸入肺部深处。来往的、面目悲伤的行人,每个人白色的口罩,靠嘴鼻的那一圈,隐约都成了黄绿色。那是病毒,在攻打每一个人的城门。

归途只有半车乘客,乘客们大都面色沉郁、沉默不语。一个龅牙愣头青,也许刚刚捕获爱情或是占了什么大便宜,突然兀自吹起了《桂河大桥》的口哨。等他从车外的田野风光收回视线,立刻感到同车人冲着他莫名释放着一致的压力。车内有几个人戴着口罩,但是,不管戴不戴口罩,也不管有没人盯视,龅牙小伙子都感到周身压力如箍的张皇感。有的人压根没有转头,小伙子也一样感到那些人从耳朵、从后背、从下颌线显示出对他哨声的阴郁而锋利的抗议。愣头青仓促地闭紧了嘴巴。

小麦的电话就是这个时候响起的，也显得很突兀。

车的前方，都是夕阳退位后的灰霾。颠簸间，小麦看到远远的前尘，迷蒙着不祥的黑紫色。这是患病少年向泉的世界。当小麦感觉看到的是黑紫色，看得越发真切，树木、屋脊、防风林边缘、拱桥、沟渠边的芦苇，统统笼罩在上浅下深的棕紫色黑紫色里，仿佛密集着很多苦难之心的呐喊。小麦的心情为之抑郁，一种由心底而起的畏惧和排斥感弥漫而起，她感到自己有一种后缩、想阻挡车轮制动的力量。可是她的身体僵直麻木。

所有的乘客都面色沉郁地看着汽车驰向暗紫色的深处。

昨夜半夜睡不着，小麦起身在没关的电脑里，跟哥哥写了邮件，最终没有点发。不知道为什么，迟疑着，鼠标点不下去。不想惊扰家人。从小到大，父母都在吵架闹离婚，总是他们在外面吵，小麦在里面偷偷哭。要不就是哥哥抱着她，帮她堵住耳朵。直到小麦读初中，他们才突然默契地停止吵闹。然后分居了。小麦爱父亲，也爱母亲。她既希望他们离婚，又害怕他们离婚。大学期间，父亲的绯闻女友突然消失了。哥哥结婚生子，是父母结婚二十年第一次一起结伴外出。哥哥在邮件上说，爸爸妈妈的感情好像有点好转了。

小麦不想随便惊动他们。她也好像觉得自己不可能真的就染病暴亡吧。不过，今天下午，看到那些两眼流脓的猪，小麦感觉心里很空，尤其是主任听完她的汇报，他那种逮到猛料的职业性的狂喜，加深了她与病毒的阴暗联结。小麦再次强烈地觉得自己在劫难逃。显然，老蒋认为病猪现在和拾荒女的暴病死亡必定有关联。他是那么兴奋，是那么的语无伦次。他说，我们不要写它们之间的关系，我们只写客观目击。有事说事。不推测、不联想，不分析，按时间推进，自然呈现即好！

小麦估计老蒋对于她这边的死猪事件欢呼没有多久，就被总编揪去了。接下来的情况就是游吉丽致电她的。游吉丽说，那张公然暗示明城有灭顶之灾的《都市报》，因为《少女浑身溃烂　死于莫名疾病》一稿，让政府勃然大怒。《都市报》的记者、编辑、主任、值班老总等一干人马，已纷纷被叫到宣传部去做检讨，说值班副总被降职处理。游吉丽说，全城的恐慌心理，因为《都市报》这条稿子，升级到了临界点。听说有几个老政协委员，在该报上联名签名，要求政府给一个说法：大瘟疫的疫情究竟是不是空穴来风?!新闻形势急转直下，蠢蠢欲动的老蒋主任偃旗息鼓下来。接了游吉丽电话，小麦立刻打老蒋电话，请示到底要不要写。主任一直没有接听。直到小麦快进城门时，他回打给小麦说，你先写吧。写了发我个人邮箱。

还有一个人一直没接小麦的电话，那就是康朝。小麦一上回程中巴就打他电话，他掐掉了。她以为他重要的谈判还在进行中，便改发短信：已踏上归途，没有发烧没有吐。他也没有回复。中途小麦再次打去，变成无人接听。小麦非常沮丧，沮丧至极。她甚至孩子气地想，要是我真被传染，死了，他是不是会很后悔这样对待我？

但小麦感觉他出事了。不过，出于自尊心，她就不愿再纠缠他了。

中巴车开进城门正是暮色四合、城池苍茫的时刻。城门口前方的新斗大转盘，一个交警在教训一个戴口罩的骑车人。骑车人愣头愣脑地看了警察半天，从裤兜里掏出一沓口罩，抽出一个递给交警，那架势好像是在请他抽烟平肝息怒。小麦在远处给他配音，说，要不，我送你一个？

交警两只胳膊同时高举又有力画下，做了一个类似斩草除根的动作——妨害公务？怒火中烧？宁死不屈？倍感侮辱？交警的肢体语言语焉不详，小麦放弃了配音。放眼看去，城中人烟稠密，来来去去的人们的脸上，口罩至少快占了半壁江山。而这里地带和田广是东西两端，远着呢，没想到口罩已经升级为行贿品。后来小麦才知道，因为那篇图文并茂、充满暗示性的溃烂少女，《都市报》当日各零售点都销售一空，成为人们争阅传播的超级新闻。公众的情绪被全面点燃。

因为康朝不理小麦，天色向晚中，小麦只好先回自己蓝楼宿舍。没想到，在楼梯口，电话响了，她一阵欣喜，以为是康朝，不料却是苗博。小麦以为苗博要拉她感受他的新车宝来，可她对他的车毫无兴致，所以，第一句的应答就很放任自己的疲惫：唉，你好，博士。我累死了。

苗医生说，下午我打你电话，打不通。

哦不通，可能我在黄和乡下，信号不好。

你去那干吗？

我正要告诉你呢，那个第一例病人死了。就是你接诊的那个拾荒女人。小麦说这些的时候,奇怪地走了神,她在想,会不会康朝也打过她的电话,没有打通呢?耳朵里却是苗博的声音:什么时候死的,什么症状?

都七天了。吐死的。好像还把病毒传染给猪了。

苗博笑出声来。稍停,又笑。猪怎么啦?他说。小麦说,那个村里的很多猪都病了,眼睛流脓,发烂,很恶心。村里的人说,是吃了拾荒女人的呕吐物。

苗博又笑。笑得让小麦有点受辱感,她说,你不信就算了,反正第一例病人确实是死了。你找我什么事?今天我累死了。

苗博说,晚上一起吃饭吧,有些事情,你一定感兴趣——我不是要你采访,你知道,我一向把你当小妹妹的,这种不安全的时候,人们总愿意和自己信任的人在一起,聊几句……

唉,我累得都不想动了,昨晚一夜没睡,中午还在乡下,又没有车都是靠走……小麦说,是关于疫情内幕吗?

见面聊吧,但你必须答应我,绝不见报。如果你不能做到,我们就不见吧。你自己多保重。少去人多的场所。

这句话,吊足了小麦的胃口。

小麦心里七上八下。苗博不是个简单医生,作为明城了不得的引进人才,他的事,都是向京以上的市领导直接过问的。明城整个领导班子,都把他当成明城的名片。游吉丽说,据说留住苗博是向京的手段,而苗博的引进,是一个比向京更大的领导亲自出面。苗博在这些官员中,如鱼得水。所以,苗博是有背景的,他绝不是一般人物。

苗医生是个聪明绝顶的人，也是个意气用事的人，因为意气他敢得罪任何人，因为聪明，他又基本能把持住彼此的尊严底线，该道歉就道歉。小麦不喜欢他，也从不讨厌他。和他聊天也是愉快的，有一次，他说到做援非医生时，看到的非洲大人小孩对果糖的狂热的爱和非洲人的性，让游吉丽和小麦快笑岔了气；他甚至和两个非洲小男孩结下友谊。但今天，小麦特别不想和他在一起。她心里还惦记着康朝上午短信的邀约：回来给你洗尘。虽然这个邀约到现在还没有一丝一毫履行的迹象，但是，小麦还是不愿把时间挤掉。她对苗博说，那我先回宿舍洗洗休息一下，然后整理一下采访材料，晚上九点后，我们直接找个地方喝咖啡好吗？

苗医生犹豫了一下，说，好吧。我来接你。九点。

13

小麦一推门，就听到游吉丽在里面喊：站住！先别动！

她用一个浇花一样的气压喷壶，让小麦把球鞋底翻过来，喷完才让她踩进门厅。随后，她又递过一个棕色的瓶子，说，你洗完澡，一定用这个先泡衣服，消毒片！今天，超市、商场的各类消毒液已经销售一空，我这是让医院药房朋友给我配的。这瓶给你！

游吉丽似乎处于躁狂偏执的状态。小麦急着想看《都市报》

那个浑身溃烂的少女报道。游吉丽偏偏不肯，坚持要她先洗手更衣后。你到最可疑的地方转了一天！我不知道你衣服沾了什么回来。小麦气得要命，她洗了手就去抢报纸。游吉丽大喊：把你恶心的外衣外裤脱了！小游对死去的拾荒女人情况已经没有多大好奇心，在小麦看来她防着她就好像她已经被拾荒女病魂附体。这种强烈自私的表达，让小麦很不高兴。她青着小脸，直接进了自己房间。游吉丽看出她生气，又拿着报纸跟进来。说，哎，给你给你。反正我也不看了。

小麦不接，骂了一句神经病，开始脱牛仔裤。游吉丽说，你才神经！我们只能自己对自己负责。你看不出吗?！这报纸我都消毒过啦！

小麦开始看报的时候，游吉丽在小麦相机里看黄和采访的照片。那病猪的照片让她很是紧张，她一直作出欲呕的勾脖子动作。

这个令人反胃的感觉，小麦也正感受着。《少女浑身溃烂死于莫名疾病》就在头版。通栏大标题。版面设计得很触目惊心，明显就是唯恐天下不乱：一个清秀少女的大照片在报纸折线以上，橙色的引题是——谜一样的危情。报纸展开，一张女孩腐烂的侧影。报道说，一个14岁的女孩，用假身份证冒充18岁外出打工。到明城工作才半个月，就染上莫名怪病，感冒症状，全身红肿流脓溃烂。因为无力支付医药费，女孩被工友送回邻县乡下老家。离开明城两周后，这名14岁的女孩死亡。由于使用的是假身份证，所在工厂也对女孩毫无表示。文中，两个细节让小麦惊恐,一是女孩因为肌肤溃烂,床单上掉满了腐肉脓汁;二是当地医生抽血,为她扎止血带,那牛筋胶管一取下来,就沾满烂肉。

小麦一下子就联想起官桥的那些烂眼猪。

游吉丽说,傍晚最新的消息是,《都市报》的总编也要被调岗,负领导责任;这就是出风头不讲政治的代价。据说他们要撸掉好几个人。现在,大街小巷人心惶惶,连公交车上不认识的人都忍不住在讨论他们的报纸,"谜一样的危情"一鸣惊人,据说各零售报刊点都供不应求。他们算是大赢了眼球。现在,社会上各类传言四起,有人说工业区毒气不明原因泄漏,有人说霍乱,有人说是甲流病毒变异,有人说是暴发了未知病毒;据说疫情已经开始影响两个月后的明城招商引资洽谈会;这个突然出现的局面,让上面非常被动,恼火透了。这才是最要命的。

游吉丽说,今天下午,所有的媒体头儿都被叫到市里,去开统一认识会,说谁在媒体上不负责任地胡乱报道,将以破坏招商引资之重罪论处。由于分管宣传的常委副市长在省党校学习三个月不在,所以,分管医疗、科技、教育的向京副市长,据说是直接对媒体发了大脾气,卫生局被要求在最短时间内提交疫情防治方案。那个14岁少女的死亡情况也将出具真实情况报告。据说,市里已经成立了专门医疗领导小组,而今天晚上市里将召开五套班子紧急会议,研究疫情对策、稳定民心。总之,宣传纪律是:在情况明朗之前,所有媒体不得擅自报道一个字，所有可能引发公众联想的稿子，必须由市里统一审稿，不得有误！

小麦突然打了一个喷嚏，游吉丽顿时卡壳，像电脑死机一样。她直愣愣地看了一会小麦，然后自我嘲解地耸耸肩，继续说下去：卫生部门本来就是胆小鬼，现在更吓成缩头龟了。所有医院，一致摆出无可奉告之姿。虚虚实实真假难辨。不过，能确切的是，病人还在增加中，田广的增幅最大。综上所述，我们都白干了，稿子写了也根本发不了。

那么，上面到底知不知道疫情的严重程度？小麦说。

我不清楚。但是，我敢肯定向京很清楚。你想，卫生是她分管的。她怎么会不清楚一线情况？这就是她的责任区。她处理不好当然是有责任的，所以，她控制媒体、一心想稳定公众情绪也是自然的。

那《都市报》这样哗众取宠地报道，市领导不是都看见了？向京根本遮不住啊。小麦说。

知道他们也当媒体夸大其词、低俗炒作吧。你看今天给媒体的下马威。你想，向京有头脑有魅力，为官也还清正，上上下下人见人爱，你说上面信她还是更信我们猪头总编？所以呀，我是觉得，她要施展一点个人魅力，那不是心想事成的简单事？

那上面还是不打算告诉公众实情？

实情？现在没有人手上有实情。也许只有向京知道得多一点。也许她也在赌，就像我们感冒一样，有人扛扛就过去了。医生说，有的病毒暴发一段时间后，致病力就自然下降了。好像刀子用旧变钝了的道理一样的。所以，如果这事大事变小，小事变了，向京也是可以蒙混过关的。但如果，疫情还在发展，病毒特点未发生改变，病人依然东一个西一个不断冒出来，你就是没有什么招商引资贸洽会，这瞒天过海的，我看也难。不过，有野心的向京，肯定不希望她的政绩出状况，明城因为疫情大乱，她第一责任难逃。所以，我猜她在冒险打赌，瞒住、压着、盖着，只要熬过关，她就毫发无损；不过，游吉丽说，我不是傻子，我可不陪他们玩百年不遇的游戏了。我想请探亲假回安徽。你怎么打算？

小麦的电话响了。是康朝的。

他们果然出事了。

14

出事的人是精卫队员地平线。大车祸。三名救援队员在赶往李子坡水库救援溺水母女的途中，遭遇了超载土方车。那辆土方车因为前方突然横穿的摩托，紧急刹车困难，侧翻而撞到了救援队的车上。地平线在副驾座上，右脑受伤、右眼暂时性失明，有截瘫的危险。驾驶者火星人也脑震荡，红菇右侧的手、腿都断了。

车祸的那个下午，小麦正在黄和采访，康朝在自己公司和甲方艰难谈判。隔天，小麦在医院采访顺道去看望红菇，红菇说，那天幸好康朝来不了，如果是康朝开车，他的速度更快，我的头，肯定都撞爆了。火星人歉疚地说，如果是康大，他的速度肯定就错开了那个灾难时空。救援队员救急时驾车，都是疯子。

康朝在电话里对小麦说，改天再请你吃饭吧。救援队出了点事，很多麻烦我要立刻去处理。

小麦也知道一定是发生了什么急事，否则康朝不应该这么没礼貌。可是，她就是有点说不出口的幽怨。康朝一说改天，她的泪花就迷了眼。铁一样的惆怅与幽暗沉滞的失落，挟制着小麦的喉咙，使她的喉管又堵又硬。她怕她一开腔就带出泪声，一时不能正常应答康朝。她努力深呼吸。疫情笼罩着死亡之城，小麦已经分辨不清她的下意识里，是因为危情的迫近，而疯狂地求证爱情，还是想摆脱死亡的魔爪，而渴望温暖和庇护。她是如此讨人嫌地脆弱着、绝望着，偏执着。

听小麦没有吭气，康朝在电话里说，我知道你去黄和不会有事的。他停顿了一下，我也不相信所谓的霍乱、毒物泄漏、致命传染病什么的大祸临头。我忙完再给你电话吧。

小麦应答不出，康朝也没有耐心等她说好，他自找台阶地干咳了一声，把电话挂了。小麦的眼泪滑落。游吉丽吃惊了一下，马上探询性地笑了：这几天，我也很容易动情哦。

回到自己房间，小麦突然再也憋不住，刚才肿胀压抑的喉咙，已经生疼欲爆。她猛地弓起身子，"咦——呀啊"地嘶叫出一个拖长声———这声兽类的长嚎，尖利刺耳，她自己的耳朵也震得嗡嗡直响,好像耳膜要开裂。她多么想把整个胸腔里屈憋一天的戾气喷挤排光。游吉丽奔到小麦门口,也不问究竟,略一定神,她弓起腰,也"呀——"地发出了更尖利、更撕裂的嘶嚎,一张小脸叫得只剩一张皮球大的嘴,连嘴唇圈都看不见了。叫完,她们互相瞪视着,瞪了好一会儿,游吉丽转身回了自己房间。

吼得扁桃腺发麻,但小麦并没有感到释放的轻松。

是什么让这一切错位?她和康朝的问题,也许就在这里,她知道危情步步逼近,而他不知,也拒绝相信。他始终奔忙在真实的背景之外。在黄和,小麦一路盘算,想这个晚上,洗尘餐之后,他俩能好好聊聊,她一定会耐心告诉他她这一天的、无法乐观的见闻。他必须开始正视她所知道的全部情况。他要明白,她绝不是危言耸听,她所言说的,远要比他操心的事,宏大沉重得多。覆巢之下,焉有完卵?这时候的社会救援价值应该在哪里呢?还有,万一明城真的在劫难逃,他们是不是更应该珍惜这份共同煎熬,互相倚靠互相取暖,仔细感受一下他们彼此的生死之界,也该抓紧时间,好好勘探男人女人的不同体温与美好欲望——也许再见已是来世,谁规定灾难只在别处?

小麦沮丧而感伤不已。她在无声垂泪中冲澡的时候,康朝又打来电话。他连打三次,小麦都没听到。等她出来,电话再次响起,康朝的车已经快到蓝楼围墙外了。夏至跟你关系怎样?交警分管事故的夏副支队长,你能说上话吗?康朝劈头就问。小麦回不过神,说,还行吧。他对媒体人都比较客气……

康朝在电话里语速极快：帮我个忙！无冕之王。我的车就在你楼下，蓝楼右侧。每次送你回来的路边那棵树下。

小麦头发在湿漉漉地滴水，她用干毛巾胡乱擦了两把，梳梳直，就飞快地穿上外衣奔出门去。

那个晚上，小麦帮了康朝、帮了精卫的忙。当然，真正起到决定性作用的，不是她，是向京。依然是向京。

那个夜晚，康朝驾车带着小麦，车上还有一个叫闫东的人。他们在近郊一个私家性质的茶舍见到了交警副支队长夏至。康朝之所以着急和夏至沟通，是一个交警兄弟指点迷津。他告诉康朝，事故现场，已经两个目击者证实火星人以极快的速度，超越他车，追向土方车企图超车，也就是说，土方车固然违规，对事故发生有直接责任，但火星人的车，在路口前方没有减速反而超速行驶，没有保持安全距离，也是导致事故严重后果的主要原因之一。这就可能让精卫救援队承担一定的事故责任。事故认定的责任，意味着赔偿多少，而地平线、火星人、红菇早就是体制外的人，所有的积蓄都不断贴在公益救援中。土方车所属的公司，是个省属大基建集团，经济实力毫无问题，但他们不喜欢被认定全责。康朝取消和小麦的约会，就是和闫东一起去交警找分管负责人夏至说明情况，闫东是康朝的朋友，也是夏至的远亲。临行，红菇电话里告诉康朝，她知道夏至和记者小麦关系很不错。康朝闻言立刻打小麦电话求援。

那个茶舍依山而建，一个古色古香的幡插在小楼前，印着一个"茶"字，另一面是个"道"字。茶舍坐落在一个杨桃院子中央,茶舍的灯光像蜡烛一样温暖内敛,在院里的杨桃树下,就能看到一个女子在纸窗格内弹古琴的侧影。琴声铮钦隐约,不怎么流畅。闫东说市规划部门本来在这一片规划了一个高尚小区,后来因什么原因方案搁浅了。又说是一个餐饮界成功人士,在这搞了个半山茶舍,委托经营人是一个能干的地方戏剧团女演员,人们叫她希腊或小希腊。这里进出的都是亦官亦友或位高权重之偶尔心情散淡者。这儿有点偏僻,但很清幽,茶道精微,所以,还是有很多达官雅士微服前来。可是,那天,康朝他们的车开过去的时候,却发现杨桃院子内外,只有两三辆车,客人看来很少。腰肢柔软的希腊泡茶时抱怨说,都是五号病闹的。绿芊也跑了,加薪都留不住。

这么没头没脑地说一个人,可见绿芊颇有江湖名声。但一说到传染病,几个茶客都静默下来。小麦看了康朝一眼,康朝低着头,似乎只在专注于老板娘施展的茶道中薄胎瓷茶具轻细悦耳的响动。康朝的朋友闫东打破沉寂,说,那刚才是谁弹的琴呢,也蛮有古意。希腊说,我啊。滥竽充数,和绿芊没得比,不过是弹拨两下打发寂寞了。最近客人少多了。

夏至衔着夸张的大烟斗说,我说你还是别操琴,本来就门庭冷落车马稀,你的琴声更吓跑了人。希腊娇俏地嘟了一下饱满的嘴。看得出两人关系不一般,也能感觉到前女演员的一招一式都有表演性的令人愉悦。希腊并不像人们印象中的希腊人,小麦觉得她更像印度人。皮肤也黑得很好看。

闫东看了康朝一眼。康朝拿出一个黑蓝色方盒子,在手心里一颠，随即像魔术师一样高抛又接住它，然后，他把盒子给了夏至。动作很潇洒却做作，至少在小麦看来，这种故作的洒脱骨子里是别扭的，包括康朝说话的语气。他毫不在乎的语气，让外人感到他根本不在意这个礼物。他说，过去我在英国买的。一直用不着，也没有什么朋友爱玩烟斗，顺便送你吧。

夏至沉吟着打开盒子。里面是一只灰黑色的、让小麦想起蝌蚪肚子的烟斗。夏至拿在手上翻转观察，指头捏摸着斗壁厚度，又拿近闻了闻。康朝说，PARKER是登喜路的副牌，并不值钱，但这只造型很别致，尤其是咬嘴设计，手感也出奇的好。

闫东说，PARKER也不便宜啊！这可是石楠木根的。石楠木耐热，不影响烟味，老哥你懂的。

夏至不置可否地微笑，把烟斗放在一边，看不出他是否喜欢这件礼物。小麦感到康朝有些不自在。希腊招呼大家品茶，小麦直接谈起了车祸话题。她把路上康朝跟她介绍的情况转述给夏至。康朝和闫东做些补充。夏至听得很认真，不时闭目点头，仿佛是理解和同情，还有对伤员的担忧。但小麦知道这是他的职业面具，听完她的话，夏至转而看着康朝说，佩服。非常不容易，尤其是这个时候。已经不少人离城了，你们却还想着救人。

康朝有点奉承地笑了一下。他的洒脱，他的落拓无拘，因为欲望、因为夏至的矜持，几乎完全消遁。夏至依旧淡泊尔雅，夏至说，只是，我有点费解，你们这是图什么呢？我知道你们车速肯定快，如果是职能部门紧急救援，这也无可指责，我们去国外考察都知道，很多国家都有个专用车道，就是给特殊车辆紧急救援时用的。比如救护车啊、救火车啊。但国情不同，何况你们还只是民间组织，你们没有特殊的交通权力。

但他们确实是救人啊！小麦凭着夏至过去对她的友善纵容，高声辩解。她说，派出所能证明啊！是他们通知精卫去的。如果不是土方车超载，又急刹侧翻，那么，即使救援队超速，也不会发生事故。所以，土方车应该负全责！精卫全无私心，最多按超速扣点分。

夏至笑，说，得，让小麦来管交通吧。

康朝说，那个李子园水库，去年到今年已经死了七个人。去年春天，一对来度蜜月的新婚夫妇，丈夫给妻子照相的时候，退退退，就退到水库里，妻子跳下去救他，也没了。那个水库是个漏斗形，非常陡峻，很滑。去年这个时候，我们第一次去捞救的时候，发现了水库严重的安全隐患，我们就建议管理部门赶紧做个护栏，避免游人靠近。但是，他们说没有这项经费。他们向我们介绍了多年来一桩桩溺水事件，简直如数家珍，我们则如坐针毡。救援队员没有更多的钱，大家决定AA制掏钱，在最短时间里，制作了五幅大型的喷绘警示牌，还有一些提醒小木牌。在水库管理部门允许的情况下，把它们插在各个路口，悬挂在容易让游人看得见的地方。那次，所有的队员在山上，忙了整整两天，事故减少了，但还在发生。喷绘的广告牌经不住长时间的风吹雨淋暴晒。后来，辖区的警察，一接到报警，马上就通知我们，让我们去帮忙。所以我们大致知道事故的发生数量。水库离市中心近十公里,出警再快也难以救生,所以,我们总是去捞尸。其实本来,去年年底,队员们就有打算大家再紧紧裤带,在临湖水面搞一圈安全网,万一有人失足,可以避免滑进库底。水库管理部门意见也征求过,他们也没有反对,但是,因费用不菲,再一个我们也忙,终于没有兑现。如果我们做了,今天这对母女肯定不会滑下去。那个女孩才三岁,很漂亮。妈妈带她洗手的时候,一起滑下去的。捞起来的时候,妈妈死死抱着孩子,拆都拆不开。我也不想向您隐瞒我们的车速,救援都是紧迫的,碰到又是来自李子园水库的溺水呼救,我们的队员车速绝对是快的。我知道,任何一个精卫队员开车,都会开得飞快。因为我们内疚、着急。

你们有什么可内疚的?夏至有点愤怒,该内疚的是水库管理方。太不像话了!

您说的是正常社会、正常心态。但是,现在,一切都是失衡的。见多了您就知道,迅速行动比坐而论道更造福危难的人。生命才是最宝贵的。如果我们改变不了别人,我们只能先改变自己。我们只能竭尽全力。

等等,你刚才是说,车祸后,你们还是去水库救那对母女了?

不,是另外一组的队员。他们更早到。这组队员全部受伤,两个轻伤,一个重伤。

希腊突然冒了一句,帅哥啊,你们这些不要命的队员,买了保险吗?要是你们自己先死了可怎么办?

康朝摇头笑了笑，说，去年是电视台的记者牵线，让一家保险公司送了我们二十份意外伤害险，主要是山地救援小组队员使用。记者写了报道表扬回馈了那家保险公司。不过，现在已经期满，记者也调走了。

闫东插了一句，刚成立的时候，是康朝自己的公司给队员买意外险的，现在他的公司也快被他弄死了。

希腊惊异的表情夸张而天真，简直不像一个成年女子，她说，这事不对吧？这是做好事，我觉得应该国家给他们买保险。国家还应该感谢他们。

康朝说，伤最重的那个队员，可能瘫痪。他是部队转业的，本来在镇里做计划生育工作，他不喜欢那种工作性质，也觉得没时间参与救援活动，所以，去年辞了公职下海和朋友开了个小食品加工厂，现在他的医疗费用成了最大问题。

康朝说的是坐副驾座的地平线。小麦想到他笑起来一口白牙就像满嘴爆米花的样子。闫东说，我在德国的时候知道，志愿者组织的技能培训、保险意外，都是政府埋单的。法律规定，志愿者进行志愿工作时，享受保险。而且，志愿者参与应急救援所造成的损失，依法给予公力救济。

这就对了嘛！要不然谁做好事谁吃亏怎么行。希腊说，国家肯定要有态度。应该的，人心都是肉长的啊，国家不能变相鼓励见死不救。

闫东说，在德国，若志愿者每天因救援缺席班时两小时，或者每两周内缺席七小时以上，政府应向私人企业主支付员工志愿者缺席时间的劳动报酬及其社会保险费用，还有联邦劳动部门的失业保险费用。经申请，也应当向私人企业主支付其支付的因志愿者参与技术救援服务中出现伤病、丧失劳动能力的情况依法应获得的劳动报酬。这样，做志愿者，你才有基本保障嘛！

哇！这才是制度文明的形象嘛！希腊夸张感叹。康朝一直沉默着。各国志愿者的法律及相关条文，在康朝的案头很多，但他从来不如闫东健谈。再说眼下，跟夏至说这些，他看不出有多大意义。闫东却因为希腊的可爱的好奇心，更加思维活跃舌粲莲花。他说，在德国，8200万人口中，有180万人是具有专业化应急救援知识和技能的志愿者。德国法律规定，年轻人必须服兵役；如果不服兵役，你就必须服消防役或民防役，并从事6年应急救援志愿者工作。德国法律还确立了全民参与应急救援培训的义务、灾害中不得见死不救的义务。

夏至重新拿起康朝送的烟斗把玩，他打断了闫东书生气的介绍。说，算了，社会发展阶段不同，人比人，气死人。言归正传吧，这个事情呢，事故认定报告还没有出来，出来我一定会关注的。不过，社会是复杂的，你没有交通违章豁免权，就意味着法律面前人人平等。如果你们不介意，我说点题外话，土方车事故频仍，为什么却管束无效，很多老百姓骂我们，你知道，几乎每辆车的后面都是有背景有来历的公司，他们在承建政府积极推动大干快上的重点项目。多拉快跑、超载超速，我们有时也只能睁一只眼闭一只眼；而土方车司机，作为被盘剥的利益末端，如果他不超载，几乎无利可图。现实就这么残酷。

康朝失手打破了一只小杯子。希腊把手按在康朝肩上,连声说,对不起对不起,烫着了吗?杯子没事,没事的!我来捡,你别割到手。

夏至笑着,你一个杯子就值救援队员半年保险费了。

康朝和希腊的脸色都不太自在,女老板到底反应快,说,那就再罚我给帅哥兄弟们买几份意外伤害保险吧。这世道,只剩下好人帮好人了。夏至你要不帮他们,我也懒得理你啦。规定是死的,人总不能好坏不分嘛。

希腊语调又职业性地欢快轻浮起来,刚才急人所急的真情实意又化着轻飘飘的打情骂俏。康朝突然咳嗽了一声,紧接着又是一声。他似乎想忍过去,不料脸憋得发红。他站起来,快步到门外。小麦他们在里面,都听到他暴发性的连声大咳。

里面,茶桌旁,大家沉默着。

小麦觉得希腊真是个懂人事的女人,她站起来往外面走去,说,呛住了吧,大帅哥?没事没事!再过来喝点热茶就顺了。希腊显然想帮助康朝摆脱尴尬,她不想让大家专注于康朝的咳嗽。她又大声回问夏至,如果救援队要承担事故次要责任,那他们三个队员的医疗费起码四五万吧?

闫东说,医生说那个眼睛失明、有瘫痪危险的队员,一个人就可能超过四十万。

天啊。希腊摇头叹息。夏至不动声色地在品茶。

康朝回到屋内,脸上残余着调整不掉的不自在。希腊递给他一杯热茶,又从坤包里翻出一片草珊瑚含片。康朝谢绝,他指着自己喉咙小心翼翼地解释：没事的，就是突然痒……越憋越痒……没事！

希腊替他连掰了两片，不由分说，直接往康朝嘴里塞。康朝连忙张嘴。

你信教吗？夏至转问康朝。你们队员是不是都信教？

这时，小麦的电话响了，是苗博。她差点忘了他的约会。已经快过九点了。小麦拿着电话退到古琴那边花窗下。苗博说，我还是来接你吧。蓝楼是吧？小麦说，不不！突然有事，要不我们改明天好不好？苗博沉默了一下，小麦于心不忍，说，要不，我完了给你电话？我就是怕太晚了，让你久等。

苗博说，那倒没事。我先去茵梦湖等你。不见不散。

小麦回到茶桌，康朝怎么回答的，她没有听见，她过去的时候，听到夏至说，好，很好。夏至的表情专注，也有藏不住的自负。他点着头说，如果你信教，我倒不一定看得起你。现在很多教徒太功利了。我就跟我太太说，你烧香、上供、拜佛，哪样不是在求个人好处，你连做好事都是远程行贿，一心一意想交换好处、一心一意在捞佛的便宜。

康朝沉默。脸色不好。见康朝并不想接这个话题，夏至似乎感到扫兴。又喝了一巡茶，夏至说，疫情压城，你们还真是让我感动。真的，真心话。这样吧，我会尽力试试。我理解你们，你们不是一般的事故当事人。夏至一边给自己的新烟斗试着装烟丝，一边语调变得更加恳切，他说，其实，我跟你们这样推心置腹，也确实是一种敬意在心。只是，世事原本多缺憾啊，请你们对我们身不由己的职能部门小官也多一点理解。有时真的爱莫能助。

闫东和康朝都在说谢谢，但夏至显然不想再聊那个话题了，他转头向小麦，说，小麦，那个传染病到底发展到什么地步？你们进来之前，田广大队的一个兄弟打我电话说，可能要封闭整个田广区。我看没那么严重吧？现在人心惶惶、军心动摇，也没一个正式说法。你说点内情吧。

封区的事，我不清楚。小麦说，但市里正在开紧急会议研究对策，说是已经成立了医疗专案小组，社会危机处理预案启动了。这是真的。

希腊和闫东都很吃惊，希腊做了个拍抚心口的大动作，旋即和闫东热烈交换看法。小麦看到康朝盯着茶水，目光陷落性地呆滞着，苍凉无边老气横秋。他的心思，依然在救援队的车祸上。小麦当时走了一下神，闪过一念，如果这次瘟疫什么的能平安度过，她一定要联系一家大保险公司，帮精卫队员每人拉一份意外险。

只是，他们还有这个未来吗？大祸临头、城如累卵，自己和康朝也命悬一线。这么一转念，她的心思立刻委顿下来。

15

那个叫茵梦湖的咖啡屋，临湖而建，欧洲田园风格的一排临湖圆顶小窗，透出里面已换上的幽微夜灯光。这个二百多万人口的景区城市，高档咖啡厅也不过寥寥几家。九点之后，夜灯初起，本来正是客人越来越多出现的时段，但今夜，小麦跨进玻璃大门，垂灯幽暗暧昧的灯影里，放眼都是冷清的空椅子。

苗博是在窗子里看到小麦从一辆白色的越野车上下来的，所以，小麦进门张望，就看到最里面的角落里，一个高大的身影站起来，向她挥手。

和希腊、夏至挥手道别后，小麦一上车，就告诉康朝她要去茵梦湖，说有个推迟的采访。康朝有些意外，说，噢，那，也顺路。送了闫东就送你。闫东下车之后，康朝说，本来我还想带你去田广转转。

小麦说，你还去找向京的东西呀?!

康朝没说话。

你吃过晚饭了吗?

康朝依然没有说话。小麦猜他没吃。算了，别去了！小麦说，那已经不算什么事了，向京肯定自己都顾不上了。

康朝说，我倒希望她还当它一回事。你应该也看出来了，那个夏至是不会帮我们的，那是个习惯于收受别人的礼物的小官吏，你看他装的……我很后悔，那是我在英国带回的最后一个纪念品，本来留给自己玩的。

小麦早也感受到了夏至不显山露水的冷淡与拒绝。这样的感受，让她感到有损面子。本来她以为她能在这个事上，为康朝为精卫出点力。没想到夏至是这样不露骨的傲慢。现在，康朝只能投靠和讨好向京了。他一定会不惜代价地救自己的兄弟。小麦听了无语。你不能说康朝的选择不对，甚至，小麦也希望康朝能快点帮向京找到东西。

在茵梦湖停车道上分手时，康朝也没有再说什么，小麦一下车，车子一掉头就走远了。小麦感到康朝有点心不在焉，在咖啡座幽暗的光线里，穿白T恤的苗医生干净利落，希特勒式的鼻子非常醒目。小麦不知怎地，蓦然感到情绪低落。一落座，苗博把奢华的大菜单本子递给小麦，说，记得那次带你和游小姐来，你非常爱喝橄榄汁。所以，我刚才已经帮你点了，还有提拉米苏。

小麦礼貌地笑笑，说，上次，你跟我们说了很多援非的见闻。

她翻阅着大菜单本，忽然推开不翻了，说，唉，随便帮我叫个意大利面吧，我还没有吃饭，好累。

怎不早说？不然我陪你一起吃。看你约九点啊，我只好自己随便吃了点。苗博看着手表说，现在都九点半多了，不饿才怪。

你告诉我秘密吧。小麦说。

别职业病。你先看这个。苗博从包里拿出一个大铅笔盒的长方形白色纸壳盒子。小麦接过，看不出是什么。

打开吧。苗博说。

小麦感觉可能是工艺品，慢慢打开，里面却是个粉紫色的短绒长盒子。比铅笔盒宽。这像首饰盒了，小麦便不想打开了。苗博帮她打开说，并不值钱，就当玩具好了。

里面是个藕色的珍珠颈链，每颗珍珠都有豌豆大，晶莹地圈在深蓝色的珠光宝气的衬布上。苗博说，是天然珠。是上个月在海南开的"东亚呼吸论坛"会议上，我自己挑的。本来就是买着玩的，现在，你应该戴。这个非常时期，它具有防护功能，因为，珍珠能保护你的呼吸道。

瞎掰什么啊？小麦说。西医怎么和巫医一样玄了！

可以上网查呀。中医最明白这个道理。不是疫情，我还真想不到送你。收下吧，小礼物，这不过是口罩的意义——来，我帮你戴上。说着，苗博就到了火车座的小麦这一侧。小麦背对他，一手托起长发，苗博一边戴项链一边发笑。戴好项链，他回到对面自己座位，说，有镜子吗，自己看看。真是漂亮！

小麦掏出粉饼盒照。这串珍珠项链确实不俗气，长度刚好在小麦的长颈底，松紧正好，椭圆形的一圈，衬出小麦白皙脖子的修长细致。她也觉得还行，同时也看到，苗博嘴上一直有微妙古怪的笑。小麦说，你笑什么？——我也觉得我没有戴珠宝的雍容气质。

不，你戴得非常美丽。

那你为什么这样笑？

苗博笑着指她的侧颈部，说，自己照照啊。

小麦看到了，脸一下子就热了。那是康朝吮吸的痕迹。

有的女孩子，皮肤就像记事本一样。非常可爱。苗博依然笑着说，像是开玩笑，但小麦听来却是犀利与大度混杂。她想取下项链，苗博伸手制止：它只是口罩，等疫情过了，你随便处置。但现在，你必须戴着。

小麦知道他的曲折用心，她心领了，但她不想在这个情感小漩涡里停留，于是转题说，快告诉我疫情的秘密吧。你来往的都是高层，你知道内幕。

本来是有个比较大的决策，但在这里等你的时候，有人打来电话告诉我，取消了。

是不是要封城？小麦说。

嚯，记者的消息还真是灵通啊。

原来真的要封田广？

是的。已经和驻防部队联系好了。但是，又被否决了。苗博说。

为什么呢？小麦说。

因为区域太敏感。那是外资密集的开发区，现在还有那么多空置通用厂房。牵一发动全身啊，他们怕影响再下个月的招商引资贸易洽谈会。

是向京否决的。小麦说。

苗博说，为什么你这么说？

猜的。小游说，你和向京是中学同学，以前，人家不都传说你就是为了向京，才回明城这小地方的。

那只是传说，你没有听过我亲口说过，是不是？

小麦点头。现在，只要关于向京，小麦都病态地感兴趣。她期待苗博展示向京不为公众所知的一面，她想破译这个不寻常的女人。可是，苗博只是一边抽烟，一边深沉地看着她。小麦不想接这样凝胶般的目光,便低头吃面喝汤。

苗博说:这几天,这个城市很浮躁。我自己也是。大家都睡不好。那天我刚把新车开回家,居然做噩梦。我梦到,那车在空中开,好好的就散开了,像花蕾爆开了,发动机啊、轮子啊、方向盘啊,四分五裂花瓣一样往下掉。我自己抱着一个座椅,在水里漂浮,怎么听到有小女孩的哭声,原来是你,那么小,五六岁的样子,抱着一个小靠枕,快沉下去了。我游过去,把你拉在我的座椅上。你就不哭了。

唉,连医生都做这样的梦,这说明我们真的大祸临头了。

我不是爱掏心掏肺的人,但是,小麦,现在我告诉你,我不管你的过去,苗博犀利的眼神滑过小麦有爱痕的脖颈,说,我也不管你的未来。我只想,如果真的在劫难逃,我希望我能递给你一个安全座椅。说不上帮不帮你,也许是帮我自己。因为,在最后的日子里,你总希望身边是你愿意温暖的人。

小麦被苗博惹得几乎泪袭眼眶。她不敢抬头,拼命喝汤。她完全理解这种孤独的心情。这样沮丧的末世情感,她刚刚对另外一个人抒发过,她想起了那个人。苗博把手覆盖在了小麦的手上。小麦的手抖了一下,是生理上排斥这个手感和温度的反应,但她没有把手抽出。就在她抬眼看苗博的时候,苗博也看清她眼里微微晶亮的泪花。苗博一下子被触动,把她的手用力包裹住了。小麦垂下脑袋。

我想问一下,小麦说,人猪共患的传染病多吗?

有一些,但不是很多。

小麦把自己在黄和的见闻，告诉苗博，请他分析。

苗博沉吟着说，我想那些猪和明城的疫情没有关系。

请告诉我疫情真相吧。小麦垂着脑袋说，我就等这个。

疫情还在发展。现在，上面有分歧，一派人想依靠本地的医疗力量快速查明病毒的原因，坚持家丑不外扬，因为，谁也没有胆量让招商引资大会流产；另外一派的意见是，人命关天，要求马上送出病人血样，上报省里，甚至北京，请求紧急外援。

你的朋友是隐瞒派，对吧。小麦说。她指的是向京。

不，苗博说，准确地说，我上面的朋友们在打架。一方竭力保护招商引资会，因为今年筹备功夫下得特别深，明后年本城的GDP腾飞，在此一举；另一方的朋友激烈对抗，说，皮之不存毛将焉附，事关城池危亡，他们力主报送北京。

向京肯定是隐瞒派。小麦说。

怎么老说向京？酸溜溜的。苗博摇头，告诉你，我们俩是初中同学，年少时，我也真暗恋过她。她从小就是那种美好得找不到毛病的美丽勤奋女孩。但那种少年情怀早就过去了。不过，我们一直是好朋友，很默契的朋友。我回明城却是另一个人三顾茅庐的结果，知道我母亲不习惯北方的气候，那朋友说明城需要我。许诺了很多条件，所以我回来了。但后来情况比我想象得糟糕，不是那么回事。我感到很受挫。而我递交辞呈后，让我最终又留下来的，确实是向京。不管怎么说，不管他们政见怎么不同，他们的才华和能力，我都很欣赏。他们在这个鸟蛋大的城市，是屈才了。

你是说，上面的隐瞒派和上报派，都是你欣赏的朋友。

是的，苗博点头，可以这么说吧。

但我感觉你是倾向向京的。她是你的顶头上司，她是上午八九点钟的太阳。

苗博笑，这个女人非常出色，我衷心希望她大获成功、福祉社会。苗博说，你不要对她有误会。她对这事非常着急，已经寝食难安了，现在她是在靠大量的安眠药维持睡眠。毕竟是她分管的事。她身体很不好。知道吗，有一个消息，来自你们的对手的《都市报》，很多人都忽略了，你也许没注意，就在拾荒女人发病的一周前，说的是一个民工兄弟，在环境监测站工地，突然暴死。消息豆腐干大小。我也没在意，但那个时候，向京就关注这些事了。她马上找了我。

你是说，那个民工的死，就是传染病？小麦说。

不好下结论，不是我接诊的，而他又很快死亡。我的意思是，上面比你想象得要敏感负责，他们不敢忽略民生。今天中午，向京还约我在政府招待所一块吃饭，私下交换疫情看法。

你们经常一起吃饭吗？

最近联系比较多。她很着急。不过，我对你说的这些，都不是对记者说的，我是对我的好朋友说的。请别辜负我的信任，小朋友，你懂吗？

放心吧。我不写。

发誓。

我发誓。

一定！这事情太大了，千万别给自己找麻烦。明白吗？日后有情况，我还会告诉你，但你必须对得起我的信任。我知道言多必失，可是，我愿意袒露给你。所以，请不要伤害我。

16

送小麦回到蓝楼宿舍的时候，苗博再次说，带你到湖边兜兜风吧，这个时候空气最好。小麦做了一个疲惫的笑脸，说，现在哪有好空气？你看那咖啡店，到我们走也没有增加几个客人。我也累了，等下次吧。谢谢你。

苗博便不再强留，只说，戴好口罩，记得多喝水、多洗手。保重！

小麦礼貌地目送苗博的新车掉头驶离。她在走进大门的时候，突然想找康朝。

电话响一声就通了，康朝说，咦？不写稿？

小麦说，不写。我陪你去田广好不好？

啊，现在？我已经在这了。

那你来接我。

康朝迟疑了一下，说，真来啊？

嗯！

算了，康朝说，还是洗洗早点睡吧。我可能要忙一晚上。谢谢你这么勇敢。

来接我吧，我不睡。

康朝笑起来，小麦觉得康朝的笑声有点像湖面上反射的一波波月光。今天整个晚上，一想到康朝，小麦就不太舒畅。自己笔下刚刚写完的那个扶危救难功成身退、心如万里骄阳的人，在夏至职权下，竟如此猥琐无措和难堪，他脆弱的低姿态、简直有点低三下四的巴结、他的算计与挫败，都让小麦看在眼里酸楚在心。最后，他可能还饿着肚子。她觉得康朝可怜，精卫救援队也可悲。

七八分钟后，一辆白色的切诺基在街头风驰电掣地出现了。肯定是康朝，他的车速一向很快。这时已经快十二点了。

戴着口罩的小麦一上车，康朝迎接她的竟然是连续的咳嗽。小麦愣了一下，爬上副驾座。康朝咳嗽着，把音乐关小。小麦又伸手把音响开关彻底关闭了。她迫不及待地说了封城一事。没想到，康朝反应平淡。他说，当然不会封，没必要小题大做。

可是，小麦说，如果疫情不控制在田广，后面就可能封掉整个明城！我们都要被封在里面。这不是小题大做啊。

我保证田广没事。

小麦狐疑地看着康朝。康朝频繁地出入田广，他应该对封城之策特别敏感、反应特别剧烈才对。这种淡然无谓，说明了什么？是不是向京早就告诉他封城一事，要不，他还是对疫情的严峻性，完全不上心。

小麦又跟他说起黄和的猪疫情，她从出城说起，说得绘声绘色，为达到警示震撼效果，她还稍微有点添油加醋。康朝倒很认真倾听，有时还扭头看着她说，但是，当小麦说到猪吃了拾荒女人的呕吐物发病时，康朝哈哈大笑。他觉得荒唐至极。小麦则觉得康朝真是迟钝固执得无可救药。她有点不高兴，大声威胁说，医生说，人猪就是有共患的传染病啊！她隐瞒了苗博说的后一句：黄和的猪病和明城没有关系。

康朝的电话响了。两人都噤声。

这次不能像上次一样，在旁边的人也听得一清二楚，康朝用的是耳机。康朝看了小麦一眼，小麦还是从康朝的语言反应，断定是向京。她若无其事地竖起耳朵。没想到，向京还惦记着她的秘密任务。小麦想，女人真是该远离社会权力的动物，否则她的生物特性叠加在控制权力上，会产生匪夷所思的癫狂力。向京比谁都清楚，整座城池正在濒危的滑道上下滑，她心里念兹在兹的，竟然还是如何逃避她多年前的一桩职务过错，她念兹在兹的，还是如何避免对手攻讦，以攀上权力更高阶梯。尽管，小麦知道康朝巴结她的心思，可是，她依然觉得向京太贪婪太自私。如果她真的爱过前夫，也不能在这个危险时期，拼命把他往死境重点区域驱赶啊。

小麦听到康朝说，是，我就在田广。传真我收到了，我记得那些重点线路图。放心。

向京可能问他如何寻找。

康朝说，原来是每天三个小组，三个信号匣嘛。但现在人手不够了，有一个信号盒子指示灯也好好坏坏的。现在，每天保持一个小组的行动是没有问题。不，不，不是不重视，我也希望马上找到。白天肯定不行，你一辆车十几公里的速度，别人……不，不是，三个队员受伤了……

康朝可能被向京打断了，他在听。向京也许不高兴。

好一会儿，康朝说，是这样，我保证近几天有结果给你。只要你给的线路错不了，我们绝对会在这些地段仔细搜找。不，不开车不行，其他组也有自行车摩托车的，但是，长时间你没办法坚持的，很多队员还要上班……对，如果不开车，效率太低了。夜深人静的街头，慢慢开慢慢感觉信号提示，效果会很不错，我看有希望的，除非你那信号盒子有问题。你放心好吗，我们正全力以赴。

康朝又停下来听，这空当间隔里，小麦猜不出向京说了什么。好一会儿后，康朝哑着嗓子几近温柔地说，那你回想一下，除了那事，你觉得还有任何情况，任何时候，我对你有过一丝辜负吗？你的事，一直就是我的事。其实，你比谁都了解我，所以……康朝又说，不不，我知道。真的。是，可能又是一通宵吧。现在人手紧，我只能打算自己干。晚上比白天方便。你放心吧。早点睡吧。明天等我电话。

那个晚上，小麦看到了康朝明显的逢迎与乖巧。那个轻狂孟浪、意气张扬的救援队长不见了，那个无畏落拓的户外气场也荡然全无。他和向京这个电话，与夏至面前的谦卑恭敬又有所不同，这里的殷勤呵护的态度，恳切、郑重的用语，完全不是前两次的那种略带痞气的轻浮。他那种入心体贴的语调，小麦几乎认为，他们还是相爱的人。

收了电话，康朝把手臂横过小麦的肩头。小麦觉得他是在缓解自己的羞耻感。

你为什么不告诉她大车祸的事呢？小麦说。

现在告诉她，她会疑心我帮助她的动机。她是个讨厌人家和她手里的权力做交换的人。她把自己的权力看得很紧。那东西只要一找到，我不要开口，她都会主动帮忙。这就是她的个性。

万一找不到呢？

不可能。

为什么不可能，这是大海捞针啊！

她下午传真给我一个丢失的范围，虽然很粗，但这就不再是大海捞针了。

那她有没有跟你说，田广区是疫情重灾区？

不封城不是很说明问题吗？

不能说明。那是他们在遮丑，怕投资商害怕。再说，如果封了，到处都是军队把守，你怎么再进来找东西？

你想什么呢。康朝说。

我觉得她对你隐瞒了严峻的事情。实际上，这里就是重灾区！

康朝叹了口气，仿佛小麦不可理喻。他说，其实这里的问题和麻烦，她并没有回避，昨天在电话里，她还提醒我们队员，都戴上口罩为好。

那你就该明白了，这就不是掉以轻心的地方。对不对？

康朝又笑。但他点头，一直点头。看那个节奏，明显就是不论小麦说什么，他都准备在形式上认同。小麦瞪着他。她不想挑拨他和向京的关系，但是，她感到自己对这个不顾康朝死活、野心勃勃的女人越来越抵制和反感。一个女人，她连曾经深爱的男人的性命都不在乎，她又会在乎其他百姓的性命吗？

康朝似笑非笑，没有再说什么。小麦感觉他肯定是觉得她在吃醋，这么一想，自己也觉得很没意思。谈兴不由阑珊下来，心情也随之沮丧沉闷。她有点后悔来田广了。

午夜的田广街头，已经像一座空城。一辆两节相连的半旧公交车，从中心区孤寂地开过，在昏暗明灭的街灯下，整个街道，只有这辆公交车和它自己的影子；车厢里面空空荡荡，看不见一个乘客。司机戴着醒目的白色口罩。田广的夜晚小麦是知道的，半年多前记者配合警方清查网吧大行动时，即使到深夜一时，在田广商业中心一带，街边还是有许多红火的摊子在招徕来往的夜客，臭豆腐啊、麻辣烫啊，到处能看到熟食摊的红灯罩，闻到一阵阵烧烤的孜然烟火味；一些晚睡的女子，穿着睡衣、松散的头发，慵慵懒懒轻轻飘飘地走在街边，男人突兀的、铿锵有力的划拳声，也一阵阵不辨方向地传来。在这个打工者越来越多的工业新区，小小的商业街，成了田广中心区域。

但小麦和康朝同行的那个田广之夜，看了却让人心里发毛。那个空寂感，仿佛来自一个死亡的星球。康朝的车，缓慢地行驶在梦魇的边缘。一个比老式手机大些的小匣子，一个进口的老仪器，被他放置在车仪表盘前端。小麦拿起来看了看，外壳已经磨损剥脱，看不清什么文字，好像是俄文。汽车光线也不亮。看不出所以然，她就放了回去。

她觉得这个夜晚的街头，让新手练车挺好。小麦一说，康朝就停下车，示意她来开。小麦犹豫着不敢，承认自己是走后门弄的驾照。康朝说，那你就更要多练啦。来，换位置！小麦还是怕，她知道这不是教练车，副驾没有手刹，她要操作失控，俩人都遭殃。但康朝说，没事，你就是开到对面车道也没有人，我都不怕，你怕什么？康朝说了一半就开始咳嗽，就像在那个私访茶舍里暴发的那样。他边咳边不由分说地把小麦拉上驾驶座。开！——咳、咳咳——慢慢来，没事！咳——

小麦油门突然踩深了，小麦惊叫一声。她紧紧捏着方向盘，死死盯着前方，大气不敢出，副驾座上，康朝哈哈大笑。笑着又咳起了。他一手搭护在方向盘上，一边用鼻子碰触她耳郭。小麦脖颈僵硬、汗出如浆。磕磕绊绊开了数百米，小麦坚决不开了。她紧张得几乎要哭叫起来。

康朝说，你要是应征精卫队员，我们不会要你。你不合格。

小麦不服。说，三公里二十五分钟、一分钟四十二次仰卧起坐、三分钟完成五个常用绳结、立定跳远两米、地图识别、等高线识别、指北针使用、急救止血带的应用、担架的制作和搬运……在红菇那我全部试过，凡是女队员的指标，我都能达到。

我不是指这些。

那还有什么?

内在力量。你的内在力量不够。

哼,我现在也不想加入这疯子队伍。也许以后,我加入给你看!

这更不是赌气能玩的事。康朝笑。他不再逗小麦练车。车子依然是他开。他们就这样蜗牛一样地缓缓行驶在空无一人的大街上。有的地段很久都没有一盏街灯,放眼望去,影影绰绰的天地间,只有天边混浊的红紫色云,如半垂的肮脏的帷幔,还有就剩地面上他们自己渺小孤独的车灯了。

也许康朝不愿再听疫情的消息,他是突然说起故事来的。

……有个小个子的女孩,长相普通却脾气很坏,又很爱哭。研究生的时候,她去宁夏固原支教。

康朝毫无铺垫地讲起了故事,他咳嗽了两声,两手疲惫地直握在方向盘十二点的位置,随着缓慢的车速,他的语调很轻:那地方贫穷极了,很多中学生,一天只能吃到一个馍,零下十几摄氏度,许多孩子们只有一件旧毛衣和普通外套,家里连几块煤的暖气都烧不起,到学校还稍微暖和一些。很多孩子鞋子都是破的。那个女孩说,冬季的时候,一节课里,全班几乎所有的孩子都在咳嗽。因为营养不良、因为寒冷,那里的孩子特别容易生病。一个住校的高中生,因为感冒,半个月忍着不吃药不看病,以为能扛过去,结果,他的肺都烂了,积水。住院一周就花去了家里借来的几千元,家里把最后的几斤扁豆卖了。那个女孩说,当时零下十几摄氏度,她穿着带毛靴,还冻得趾头麻木。那个病孩的父母，穿的只是破旧黑布鞋。

在支教的日子里，那个女孩老哭。不是为自己，是为那些学生。那些支教的大学生研究生，给学生们牛奶、方便面、阿尔卑斯糖，还不断联络内地努力组织援助物品。那个女孩深深陷入感情沼泽地。这是违反规定的。来之前他们就被告知，来之后队长也一再提醒：不要对学生太动情，淡漠一点、克制一点。因为我们一年就彻底离开了。否则，对双方尤其是学生，伤害太深。

这个女孩做得很不好。她也知道自己不好，可是她还是掩饰不了对学生的情感。告别的那一天来了。上一批的支教学姐学兄们，都是偷偷离开学校的，前任的经验告诉他们，那是无法承受的别离之伤。他们那天也是这么计划了，趁学生上课，支教大学生们一个个偷偷撤离。但不知怎么的，学生们发现了，车子开出后，学生们追了出来。他们并不因为汽车的远去而放弃，他们在后面拼命追赶，越来越多的学生，高中的、初中的，他们没有一丝放弃的意思。车里，所有的队员眼含热泪，队长说，绝对不能停下！那个女孩说，如果再不停，我就跳下去。我要和他们告别！就停一分钟！

车子停下了。学生们涌了上来。涌了上来的很多孩子都满脸是泪，更多的孩子默默无言地围着他们，眼里是无限的眷恋和绝望。那个女孩说，太残酷了！我们就像马上消失的彩虹，让他们看到了希望、温暖、富饶和未来。然后，就收掉了。远远的，那女孩看到，一个初中男孩看到他们停下车，就转身离去。当那个女孩到一棵大树后面找到他时，小男孩已经是泪流满面，哭得几乎喘不上气。

就在那个时候，那个女孩发下誓言，我一定会再回来。

去西部、去帮助最不合适人类居住的地方的孩子，成为那个女孩难以忘怀的心愿。四年后，那个女孩终于重返固原。她说，我知道海很大，但我就是一只精卫鸟。后来，她和几个志愿者伙伴在押送一批冬暖济贫物资的西去途中，随车一起翻进了江里……

这故事来得毫无铺垫，但这个故事让小麦暗暗感动。现实禽兽不如，在丑恶自私遍地腐恶之间，能寻找或发现到这样一颗珍珠，是多么滋润眼睛、抚慰心灵啊。

一会儿后，小麦问，我们现在是走在向京传真的重点区域，是吗？

康朝点头。小麦突然又想起苗博的话，便说，关于疫情，听说上面其实是有分歧的，但隐瞒派的影响力比上报公开派大，所以，整个城市的危机，被人为放任了……

康朝在专注开车，突然的，他又咳嗽起来，而且越咳越厉害。小麦被他咳得心虚，一个晚上，他的咳嗽太频繁也太剧烈了。她说，要不先熄火吧。你有矿泉水吗？康朝在车门上自己摸了一瓶水出来，说，嗯，过敏了，神经过敏。每次你一说这事，我就喉咙痒。我们不说这事了好吗？

小麦点头。

17

深夜，在田广空旷死寂的街道上，一辆刮痕累累的白色越野车，蜗牛一样行驶。这辆车包裹在《奥芬巴赫序曲》中。康朝喜欢门窗紧闭地听音乐。小麦想，他的车封闭性很好，外面几乎听不到。

这辆车从田广区的西南角的江中大道进入该区，它慢慢开过光学仪器、不锈钢、光纤通信和铝业制品等明灭相间的通用厂房密集区，再开过商业中心区的开放大道，就进入历史树木保留比较多的进光路、树头东路等东北向的街道。东北角因为有树木，也因为软件园、科技孵化区什么的，远远透过夹道的树木缝隙看过去，倒也一排排灯火冷亮。

这一路落木萧萧。南方的常绿乔木，就这样新旧无缝交替，让人感到抬头是春天茂盛，低头是秋意横陈。小麦跑园林的同事，前两三周就报道说，田广区的阔叶榕，一天落叶三四十吨。清道夫扫得快哭了。很多人建议，这样落叶萧萧的时节，让清洁工带薪休假去吧。我们就要走在落木萧萧里，就要听满地嘎嘎的落叶声响。

现在还有谁来欣赏这落木萧萧、满地嘎嘎的春天里的落叶？那些提这些诗意建议的市民，是不是也恓惶在这个城市哪个角落内心诗意全消？

驶过阔叶林夹道的树头东路，就能看到芝麻山的矮山包了。就是这个时候，他们闻到了煤渣的味道。是康朝先闻到的，他突然把音乐彻底关掉，说，你喜欢这个气味吗？小麦仔细呼吸。康朝说，你把口罩拿掉。

是煤渣味道吗？她说不上喜欢不喜欢，就是一种味道罢了。

康朝说，小时候，我很怕这个味道。那时候，我妈妈经常要去外地出差，一去好多天。我们很怕妈妈回不来。有时候，我姐姐康欣就牵着我偷偷送我妈妈去车站，不能让我妈妈知道，她会生气的。我们一直悄悄尾随，到火车站广场，就不能再跟了。我们不能看到我妈妈进站，只能看到她慢慢融到人群里，消失在看不清的候车室里面。那个时候，总是一股浓重的煤渣味道，把我们和妈妈隔离分开了。渐渐地，很长时间以来，我闻不得这个味道，我甚至是和很多孩子一起在打野战、玩得正疯的时候，只要这个味道一袭来，我就万念俱灰，真是难过得六神无主，心都空了。

小麦觉得康朝的感觉有点奇怪。她说，现在已经没有这种火车了。

是啊，有一次我送一个朋友去远方，其实火车站早就是电力机车了。可是，那个朋友和我说再见后，忽然我就闻到了一阵很浓重的那个味道，我当场就感到说不出话来，心里纠缩着难过。果然，那个朋友再也没有回来。

诀别？

他说，是啊。诀别。

搜找的汽车，像一只觅食的蜗牛。那个黑乎乎的小匣子毫无动静。康朝两次查看它的开关，确认它在工作状态，才放回去。车子从芝麻山下的爱国一路，折回东南方向，开过新时代大桥，他们从南路又慢慢驶向商业中心。康朝往嘴里扔了一颗口香糖。

你忘记戴口罩了。康朝扭头看小麦，说完他先嘿嘿笑出声。

向京不是也叮嘱你戴口罩吗？你为什么从来不戴？小麦说。

她还要求我们打丙球蛋白免疫针。康朝看了小麦一眼，把车子打偏，车子开到了一棵百年老榕树下，车头轻轻扎向了老榕树根须垂拂的深处。小麦环看四周，好像是一个什么小学校的大门口。为什么停在这呢？小麦说，我们要下去走走吗？

康朝摇头，他拉了手刹熄火，手就顺到了小麦肩上。

为什么你不戴口罩呢？康朝不再坏笑，但能听出他的调侃和揶揄：和一个这么危险的男人，在一个这么危险的地方……不戴口罩……

他开始深深浅浅但密不透风地吻小麦。

车子退出老榕树的披拂的根须。他们继续上路，康朝喝水，又给了小麦一瓶矿泉水。说，你今天比那天晚上逊色多了。可以说是很糟糕，太糟糕了！你完全不在状态。是不是觉得我也像病毒？

黑夜隐瞒了小麦的一丝尴尬。他吻她的时候，她确实就想着他的咳嗽，惦记着那看不见的病毒。她一开始并不拒绝他富有表现力的舌头，那是她心底还是相信他的健康。她自己也不知道这是爱还是肉欲支持的侥幸心。正是这样，拥吻才能进行和深入。可是她终究又确实不能彻底放松自己，总有那么一丝担心羁绊着。身体是无法完成欺骗的，康朝当然明白小麦在想什么。他成分复杂地坏笑着，掩饰着失望。她不够正常的表现，彼此心知肚明。但小麦还是分辩说，我不喜欢这个地方嘛。你看这冷清的街道，我敢保证，那些躲在房子里的人，每一家，每一户，都不再有心思做这个了。只有你，在这个重灾区还敢做。你是一个偏执狂。

康朝的笑被咳嗽篡夺了，猛咳了几声停留后，他又咳嗽了一阵，最后是破罐子破摔地狂咳。他的手离开方向盘，捂住嘴咳。咆哮般地暴咳。咳完，他说：不好意思。吓着你了。其实，真的没事。我现在被你弄得有点神经过敏了，一想到咳嗽，喉咙就止不住的痒，越忍越痒。真是见鬼了！

我没害怕。小麦嘀咕，可你真的是个很固执的人。

好吧，固执。康朝清了清嗓子，她觉得他可能又想咳嗽。他忍了好一会儿，才开口说，我相信，这个城市是出问题了。我也相信，我们是处在某种威胁之下。但是，你知道，我必须找到它。我们没有选择余地。你也看出来了，我们非常需要向京的帮助。

如果，她提出跟你做爱，再帮助你，你会怎样？

他很惊奇地看着小麦，你怎么会这样想问题？

因为感觉你们还在爱着。你们很奇怪。

康朝似乎思考了一下，说，你太傻了。

我觉得她会。小麦说。

绝不。你完全不懂她。

她是个不择手段的人。

不是。你不懂。其实她很不容易。

是不是你下意识还爱着她，她并不是你以为的抛来顺接的绣球？你爱她的。

我不爱她。这点，分手的时候，我明确告诉过她。但是，我们是彼此互懂的人。

我不喜欢她这样使唤你！小麦说。

康朝停顿了好一会儿，说，她很难。这么说吧，这是个有洁癖的人。多重洁癖。生理的、道德的、权力场的。这样的女人在日常生活中就已经很不容易，在官场她更是艰难。她外在的美正是一种磨难标志。你到市场上去，大家都在交换东西，是不是很自然？你也在市场里，篮子里还有特别吸引人的东西，你偏偏拒绝交换。你觉得结果将怎样？这个社会，对很多人来说，就是一个交换场。只有一个规矩，那就是算计、交换。金钱、权力、肉体。任何有交换价值的，都在交换中。向京是有能力的，而且清廉。但是，她一直以为她可以用才华赢得信任和支持，却不知道，这个场里，最不值钱的就是才华。她供人惦记的并不是才华。成也萧何败也萧何，如果你不幸有洁癖，那情况往往是，你比一般人更难，你过不了自己这一关。何况，偏偏又有人太想和你交换了。不成交就成恨——道理也很简单啊。

最后两句，是康朝在咳嗽中断续说完的。

记者小麦看着路边轮廓不清的黑暗地带，久久不再吱声。后来，她摇下窗子，她的头发在夜风中飞舞如蛇。

18

小麦赴黄和官桥乡采访的第一病人之死的稿子，没有见报。报纸上、电视、电台里依然是生气勃勃瑞气呈祥。当日，各媒体头条是日本一个农业株式会社前来考察田广区，有意向在那里投资一条大蔬菜生产线。据说是相中了田广区和仕安区交界的尾溪土质和水源以及低廉的劳动力。

向京依然很忙，她的工作信息在媒体随处可见。在小麦第一病人死亡报道被压掉的当日，向京在由市委、市政府举办，市委宣传部承办的"明城投资贸易洽谈会暨商品展销会"的筹备会上，听取了关于"高速公路时代的明城发展战略"的课题报告。之前一天的报纸，市"有关领导"出席了市社科联的"新型工业化"课题研究成果交流会，不知有没有分管的她参加；再把报纸前后多日的要闻版翻翻，小麦还能看到向京参加的省委宣传部、省社科联联合举办的"省百场社会科学专题报告会暨百家民营企业调查活动"，看到市社科联党组书记、主席车小兵，分别向市政府副市长向京汇报关于建立明城市社会科学规划管理制度的设想方案等等。

媒体以外，在社会上，在老百姓的菜市场、餐桌边，关于田广传染病死人的消息越传越烈。在街头巷尾、在办公室、在小区中庭，在商店柜台后面，只要有两个以上的人在对话，那十有八九就在议论这场变态传染病。板蓝根、消毒水、酒精、抗生素、杀菌醋酸，确实脱销；越来越多虚虚实实、真真假假的消息肆虐转播。有人说，田广学校里很多学生座位空掉了，大部分在医院被隔离治疗；有人说，现在只要说是田广出的蔬菜，贱卖了还不太有人乐意买；田广一家明城最大的民心工程"明天早餐"，很多流动摊子已经拒绝进货，成批的绿豆汤、花生糖和米粿、馒头、包子坏掉，说买早餐的人不愿吃来自田广的早餐；一些私人中巴的司机，联合停工，要求老板补贴疫区防护费，否则拒跑田广。这事情闹得挺大，因为，中巴司机和老板起了冲突，发生了流血事件，一个中巴司机的家属，把电话打进了晚报热线，随后晚报读者热线又接到两个相关报料电话，一个新来的见习记者，不知深浅，飞奔到田广医院采访了受伤的两名司机和哭哭啼啼的家属，回来又一气呵成写了稿子交给指导老师。那老记一看，说我操，猪头！别说五号病，单是罢工闹事，肯定发不了。果然，几小时后上面来电话通知，关于中巴车司机闹事的，一律不许发稿。问题解决后，市里发通稿。

那见习生还带回一个田广医院的消息，他告诉小麦说，一个患病小学生，凌晨去世了。很可怜，一条胳膊因为腐烂止不住，已经被切到腋窝，命还是没有保住。见习记者说，白单子底下，小小的身子很是可怜。他一说烂手，小麦突然猜想，会不会就是那个孩子，就是中巴上那女子跟她说的他们公司人的小孩？但小麦已经想不起来那个爸爸姓什么，姓梁？姓姜？还是姓韩？好像不是一个大姓。一时想不起来了。

小麦给苗博打了电话。苗博说，别问了，好吗？

为什么？我不是采访啊。

不是采访，你就更不要问这些事了。好吗？

可是，你一向是我行我素的人啊，你又不在乎乌纱帽，你怕什么呢？再说，我又不报道。

别为难我，孩子。我们有承诺。

承诺不搭理我？

下班我来接你，一起去吃饭，好吗？

你先告诉我，那小孩是不是传染病？

唉，我说了你也不能写，为什么我们还要为难自己呢。

就是好奇嘛。

喂，在明城与黄和中间，有个叫大布塘的地方，那里有非常好吃的黑鱼，非常鲜美。我们去尝尝吧。现在有车太方便了，后天就是周末。一起去？

你为什么不告诉我那个孩子的情况？你一直对我隐瞒着。我们一起喝咖啡，你提都没有提起过他。

好吧，我认错，我不该忘记了——那我们后天说好了？

不，太早啦。明天晚上我才知道有没有急的采访活。

游吉丽天天吵着要请探亲假。老蒋说，趁早死心！你也不要再编什么理由临阵脱逃，你不嫌丢人，我都替你害羞。要走，除非我被传染倒下。老蒋还要求游吉丽，必须每天汇报各大小医院的有关疫情的最新动静，不仅如此，老蒋主任还把机动记者加强到了卫生线上。他的指导精神是，相信奇迹，但我不相信瞒天过海。这百年不遇的大事，不可能彻底绕过去。时刻准备着吧兄弟姐妹们。材料必挖，稿子必写，工分照记，见不见报另说。

这样，小麦就跟游吉丽一样，开始在城里大小医院了解情况。医疗口是游吉丽的根据地，那些医生、护士因为过去的交情，多多少少会跟她闲扯几句，她甚至根本就不愿到医院去，每天在床上打几个电话就算摸了情况。她唯一亲自出门的那次，是参加一个老护士长女儿的结婚酒宴，回来告诉小麦两个劲爆消息，一是参加婚宴的客人不多，原定的十二桌只有八桌有人，而且都坐得很稀，明显的，很多人在回避人多的场合，这个婚礼举行得真是不合时宜；第二个消息是一个"未经证实但基本不假"的五星级机密：说向京在四五个月前，被查出左肺部有结节灶，但她一直没有遵医嘱去CT复查。而这个机密所以泄露出笼，是业内人士在迟迟不开的宴席等待中无聊之际，翻着报纸指指点点说起的。真是人多嘴杂、祸起无聊。游吉丽有关向京的这个消息让小麦大为震撼。

康朝咳嗽似乎越来越厉害了，当小麦急不可耐地在电话里告诉康朝向京私密病情时，他咳嗽着，沉默着。小麦说，医生说了，这种年纪，这种部位的结节，还是早检查为好。肿瘤界医生说过，男肝女肺都是……

回应她的是咳嗽，一声连一声。小麦说，你怎么了？康朝嘎着嗓子勉强出声利索，他说，没事。能吃能睡的。大概夜里着凉了，我的支气管一向薄弱。

哦……没事就好。小麦说，希望向京也没事。

也许后一句说得完全没有感情基础，明显的假惺惺。康朝依然没有回应小麦。小麦也不知道怎么再聊下去，电话便挂了。

这通电话是在康朝的咳嗽声中结束的。晚上，小麦突然接到向泉的电话。开始，他不说话，而他家的号码，对小麦来说是陌生的。小麦说，喂？哪位？喂？里面还是没有声音，她想挂掉，却又感觉里面有细微的异常声音，她说，你谁啊，你再不说话我就挂了。

这个时候，小麦听到比较清晰的啜泣声：……小麦……嗯……

她明白了是那少年。小麦说，你怎么了？

哭声夸张地大起来，小麦不知所措。她听到电话远处有人叫喊的动静，马上声音逼近电话，没事没事，康先生，小泉做噩梦了。没事啦没事啦！

小麦说，是肖姨呀，我是小麦。他怎么了？

他打你电话啊？嚯，厉害了，还会打你电话了——你打人家电话干什么？人家生气了。小麦在电话大声说，我没生气，肖姨！你把电话给向泉！

电话被撂在桌子上,手很重。小麦听到渐行渐远的声音,不要再乱打电话啦!是不是又做那个没有时间的噩梦了?做梦有什么关系呢,都是假的!——去小便一下,肖姨给你去开灯——不,不要碰那个匾,小心点嘛!

小麦在手机里再次听到少年大哭的声音。肖姨在大喊大叫什么。听了一小会儿,吧嗒,电话被谁挂了。

小麦对医疗口和游吉丽比还是陌生的。线人没有她多,虽然她一再申明不是采访,医护人员似乎接到封口令,谁也不愿意多说。很熟悉的人,最多是谨慎抱怨一两句:要求我们接诊医护人员不要戴口罩,真是笑话,我们就是干这个的,我们能制造什么紧张空气,破坏投资环境呢?

游吉丽还足不出户地了解到,田广一私人诊所一下子接诊几个呕吐腹泻不止的民工,因为无法确诊,田广人手不够,被转送市中心医院就诊。

小麦汇报不出什么像样的材料,但因为要每日必须向老蒋反馈,她只好说,那个死去的小学生,听说是田广龙飞电子企业一员工的小孩。如果没弄错,那个公司还有一个电梯工也病倒了。生死不明。主任眼睛一亮,说,好!找到他们家,看看他们家人健康情况。医院严防死守,那病人家属我们总可以聊聊的嘛。

小麦觉得自己真是自找麻烦。害怕领导不满,不由自主说些并不靠谱也并不想做的线索以示有努力,结果反而把自己套牢。小记者总是这样自作自受的。她并不想去田广，更不愿去田广区域的病亡人家。小麦又发短信给苗博，责怪他有消息都不告诉她。苗博回了个电话，说，什么消息？小麦说，你们又倒下了几个民工，你都不告诉我。

苗博说，现在只有医疗专题领导小组最掌握情况。各医院的情况都往那里汇总。

你难道不是小组成员。你又是田广医院副院长！

其实，我每天忙得要命，不是所有病人都过我的手⋯⋯

苗博，我觉得你对我隐瞒了很多东西。你根本不信任我！

别傻了，小丫头。你要能写，我主动帮你收集情况。可是，你能写吗？

不能。但我的工作就是了解情况啊。你一点都不信任我。你就是对我隐瞒了很多事！

我不信任你的报纸，但我信任你呀。苗博呵呵笑，我跟你说的比任何记者都多。

小麦压低嗓子，说，向京是不是肺部有问题？我是说你那个好朋友，好同学。

苗博停顿了一下，说，你哪里的消息啊？

是不是？

你关心这个没意义。这和疫情有什么关系？

是不是？

以后见面聊吧。别信谣造谣传谣。他自己说着笑起来，好了，听我一句话，没事你别来田广就对了。记着。

那你们不是也都在上班吗？

我们是没有办法。别看我们表面都不戴口罩，很多同事已经好多天不回家了。他们担心什么，就是担心自己把莫名病毒带回去传染家人。

医生有被传染倒下的吗？

暂时还没有。但有累倒的。反正丫头，你别来田广就对了。

你知道昨天死去的那个小男孩吗？是不是龙飞公司的小孩？龙飞公司至少有两个人得病了。

也许吧。病人不少，但我不可能都记得住啊。

你什么都不懂。可是，那小孩死了！你肯定清楚。

好吧，回头我问问再告诉你。明天去大布潭的事，没问题吧？我九点一刻到蓝楼大门口接你。

你先帮我落实龙飞公司两个病人的家属情况，我回复了主任，周六大概就没什么任务压力了。

19

红菇打电话给小麦的时候，小麦有点不好意思。红菇说，小麦你有空吗，我想和你聊聊呢。小麦连忙抱了一箱牛奶过去。救援队员出车祸后，她一直想专程去医院看望红菇他们一次，但不知为什么，忙来忙去的，一直就没有去。除了那天因采访路过她病房，打了个招呼就走了。说好要再去看望她的。没想到，伤员电话主动打来了。电话里，红菇还是快人快语地爽朗，想象不出是个断了手脚的人。

红菇在医院待了两天就出院了。她住在自己妈妈家。红菇的家不大，她躺自己闺房的床上，右手和右小腿都打了石膏。床上是一本翻开的《金刚经》。床上人显得苍白瘦削，两只眼睛更大了。也更像漂亮孙悟空了。小麦觉得伤痛让她变得异常清瘦，也异常苍白。

红菇示意她快坐下，说，医院兵荒马乱的，在家养伤比较清静。反正我只是单纯的骨头问题。我舅妈家里都是中医。

小麦觉得她应该是想节省医疗开支。

两人很快切入正题。红菇说，我直说了小麦。我们想得到舆论帮助。

小麦睁大眼睛。红菇说，你的文笔很有感染力，我想你能不能像上次写康大那样，再做个长篇报道。就写我们救援队的这场车祸。

可是，小麦说，那个事故第二天，我们跑交通的记者就写了个消息，已经登报了。再回头写这个事，没有新闻由头啊。主任肯定不让我炒冷饭。

不不，你不懂我意思。那个记者写的不过是普通车祸的小消息，又放在报屁股上，谁会注意呢。我是这样考虑的，你重点写我们车祸后遗症。写我们是怎么接到呼救电话，怎么赶着去救援的。不用回避我们违章速度，救人如救火，读者都理解这个心情。因为急人所急，我们在救援路上，以前还开进过沟里，我们自己也受伤过，外地也有很多民间救援队员，为了救援他人，在救援中还有坠崖瘫痪牺牲的。所以，请你来，是想和你好好聊聊，我提供思路和材料，你来写个大稿。行吗？我们真的需要社会舆论的支持。

小麦有点反应不过来，她只是个小记者，没有发稿权。能不能帮上精卫，她心里没底。她也不明白，在这个兵荒马乱的时候，红菇还在考虑救援形象宣传。不过，她马上猜想红菇可能想摆脱巨额医疗费用的困境。就像康朝努力为向京所役使。

这是你和康大商量好的吗？

他？红菇摇头。他最近焦头烂额。他姐姐要撂担子跟他翻脸了。他们公司经营情况越来越不好。但这事，如果你我商量好了，他肯定会支持。只要舆论能支持精卫，那么，我们也许能跨过这次大麻烦，你知道，这几十万的医疗费是精卫的灭顶之灾。

果然是为这个。小麦点头。她觉得这个民间救援团队，救别人的时候，赴汤蹈火所向披靡，在自我救济的时候，真是卑微而可怜。她真心想帮他们一把，可是，她确实不是报社说了算的人物。所以，小麦迟疑地说，我就是有点担心——

担心什么？

现在的时机不对。就算我的稿子登出来了，读者也根本没有心思看。另外，也是大难当前，媒体都心猿意马，他们会不会把这种稿子当回事呢，我只是小记者……

红菇说，你说的第一种担心，我也想到了，现在，真不是时候；第二种情况呢，倒不怕，只要你写了，我告诉康朝，让他去跟上面的朋友招呼一下，肯定就能登。他有路子。

小麦猜想，红菇说的上面，肯定是康朝的前妻向京。小麦说，如果那样，我写肯定没有问题。我来试试吧。不过，康大如果上面有人，让肇事方直接把责任都扛走，那不是更简单奏效？地平线、火星人和你，不仅有医疗保障，还有营养误工等其他赔偿都可以解决。

唉！红菇叹息。很多东西，没那么简单。一言难尽啊。

小麦的电话响了，她低头看，是苗博。她把电话按掉。这时，红菇的奶奶，给红菇端来一份骨头汤熬制的点心，也给小麦端来一小碗去皮去籽的削好木瓜。上面还插着牙签。奶奶慈眉善目地劝她说，多吃点深色水果啊，会增加免疫力。小麦很感激红菇家人的礼貌，红菇的爸爸、奶奶都没有因为疫情的恐惧而警惕来客。

小麦和红菇吃着点心、水果，红菇说到了康朝。她说，说真的，康大每天带队员去田广找东西，我是有保留意见的。你知道，我们是紧急救援，不是捡破烂的。是十万火急才动用的力量。可我们现在有求于人家，所以，康大也很痛苦非常焦躁，巴不得马上交差。可是，谋事在人，成事在天啊，如果一年找不到呢？我着急的是，你知道吗，B型血的妻子怀孕了，她非常害怕B型血去田广染上传染病，她哭着不愿意丈夫去疫区；北方的狼才结婚半年，因为晚上去田广，他妻子已经和他吵了两次架了，说再去就离。北方的狼不敢跟康大说，他们都跟我悄悄吐苦水。还有小树熊，大学才毕业，他妈妈……唉，这都是精卫核心队员，个顶个的优秀，如果车祸的车祸、传染病的传染病，精卫也就完了。所以，我反对他们这样去冒险，根本不值得！

为什么你说你们有求于人家？求谁？

小麦的电话不合时宜地又响了，还是苗博。小麦直接把它调成无声放进包里。

红菇沉默了好一会儿，她的好手在断臂的石膏筒上滑行，声音很低沉：对不起，你就当我没说。

可是……

唉，没想到这次的麻烦这么大，实际上，我们面临灭顶之灾。康朝跟你说过吗？

小麦点头又连忙摇头。她说，康大一直在努力。我知道的，现在他经常一个人在田广寻找。但是，我不明白他为什么……

他答应了的事，肯定会去做。问题是，唉，这人又很固执。他认为只要把那件事做好了，他就可以扭转局面。可是，他没有想过，如果他被传染了，精卫救援队肯定垮了。快人快语的红菇，还是把康朝的委托人的影响力泄露了出来，她自己并没有意识到，继续往下说。他是这里的灵魂人物。只要他一声招呼，B型血、北方的狼他们的妻子，根本挡不住自己的丈夫。他就是那种可以激发人亡命之徒状态的人。精卫不能没有他。这次，我真是太生气了！红菇没有告诉小麦，她和康朝大吵一架。

如果我写了稿子,他就可以不去田广寻找了吗?

可能……红菇想了想,……至少不用这么急吧。如果车祸的救援队员,能得到社会的理解和支持,能得到医疗援助,至少我就能劝他疫情过后再去做那件事。

康大"上面"的朋友,为什么不能现在就帮助精卫队员呢?小麦追问。

红菇苦笑,事太大,我们的砝码不够重吧。

委托你们找东西的人,不知道田广发生疫情了吗?小麦继续装傻追问。

你觉得会不知道吗?现在,除了电视、报纸、广播不知道,全城老幼皆知、路人皆知。红菇做出了明显鄙夷愤怒的表情。这个强烈的情绪,让小麦感到红菇与康朝的深厚的友谊,甚至是爱。红菇见小麦愣怔着,说,这些事,你别去问康朝。他已经够烦了。你就帮我做文章吧。

20

离开红菇家,已经快下午两点了。红菇及父母坚持留小麦吃中饭,说已经做了她的饭,而且很简单,不过是骨头汤海带香菇煮粉干,不介意就留下。小麦看红菇家人诚心诚意,也感谢他们不嫌疑外人,便真的留下用饭了。所以,直到小麦在回家的路途,发现手机调无声时,手机已经积了九个未接电话。

两个是苗博的，七个全部是康朝的。

小麦第一反应是康朝找到了向京的东西。等她回打他的时候，他的声音让小麦感到陌生。可能是咳嗽过度，可能是焦急。他的声音有点失控的打滑，他劈头问的是，怎么一直不接电话？小泉找过你吗？——小孩不见了！

向泉？小麦非常惊讶：他没找过我呀。什么时候的事？

可能是半夜。早上肖姨买菜回来，叫他起床时才发现他不在。你没接到过他的电话？

没有。我马上过来，你在哪里？

小麦赶紧往向泉家赶。

到小泉家，还没进门，小麦就听到里面康朝咳嗽的声音。

肖姨哭得脸都浮肿了，也许是怕追责，也可能是这十多年的养育照顾，确实情如己出。小麦进门的时候，肖姨正领着康朝要去阳台上，看向泉画的壁画。小麦没有解下口罩，也径直跟到了阳台。

整个阳台的瓷砖墙上都是那少年的画作。好像是一幅幼儿绘画，房子、树木、马路、人物，结构混乱，线条歪扭稚拙，有些地方可能笔墨多，都有了往下流的挂线。这幅作品已经完成好多天了。小麦看着暗想，向泉刚画完的时候，多么希望他们去欣赏啊。

肖姨一直跟着小麦，反复解释说她是怎么怎么寻找的，是怎么一家一户去楼下问人的，说她连小区旧防空洞垃圾车都找过了。她现在怀疑，是坏人上门把他骗走了。

肖姨说着说着就捶膝哭泣。因为极度的悲伤失望，她甚至毫无顾忌地批评向京：做姐姐的，心肠也太硬了！我第一个电话打给她，她说她没空，还让我冷静，我怎么能冷静不着急，好好的一个大活人就不见了，他穿的是睡衣和拖鞋啊。你说这世上，还有什么会比自己弟弟丢了更重要？自己的亲弟弟呀……

康朝制止了保姆的哭诉絮叨。但肖姨还是顽强地嘀咕了两句：我们小泉，连公交车都不懂得坐，口袋里又没有一毛钱……就是别人当他乞丐给他钱，他也不会用啊……肖姨呜呜着泣不成声。

康朝告诉小麦，他已经打过报警电话，他现在急着要找一张向泉的近照，做寻人启事用。他在向泉的抽屉里翻找，保姆肖姨明白他找什么后，抽抽搭搭着回自己屋里，去拿曾经给小麦看过的小相册。小麦突然感到那画有玄机。她再次回到阳台，细看向泉的壁画。果然，她在靠近下水道管子的地方，看到了一栋房子，房子上一个像饼干一样的大窗口，窗口旁边，一栋尖顶大楼扭转身子，探到了窗口，那个姿势，简直把大厦画成一棵树一样的柔软。尖顶面上有什么，一个圆饼，小麦知道它会有一个圆，空心圆。因为这是向泉的梦境，他跟她说过的。那个海关大钟里面没有时针分针了。

小麦上下打量着这幅画。画的右上方，有一个宽边小腰的大圈圈，形状像个花生壳，压扁的椭圆形，明丽的黄色，圈圈内边里面都是朝上的"爪"字，估计代表小草，而不是鸡爪痕迹。外面是好大的左高右低的大门，大门两边有浅黄色的栅栏连接；大门里，有许多"大"字一样的小人在走动；门外是一棵大树，很大的树，大树的叶子画得像大朵的云，连来连去，表示树冠很了不起，树下画了很多细线，下雨似的；墙上在靠近洗衣机水龙头的位置，有一个中式的翘檐小亭子，亭子的旁边，画了一面旗帜，旗帜上写15。这个翘檐式小小亭子，用的是黑色的粗笔画的，它前面的马路都是粗重的深棕色，长长的马路，仿佛伸向天边而延出墙外，棕色的两条线，不祥地伸向远方；整个画面的色调是，上半部是轻浅色，椭圆形的圈圈和一个栅栏连接的大门，都是浅黄色的，树云朵和树下的雨，都是浅绿深绿色的；下半部是深重色，包括延伸出墙面的马路，黑色的公交车……

突然，小麦发现大树下面长长短短的绿色雨丝里，有一个灰色的笔画的一个长方形框子和四个小圆圈。因为它是用灰色的笔画的，在灰米色的瓷砖墙上，她几乎看不清，只有一个斜角，让这个图形浮现出来。但她不能明白绿色的雨丝里，为什么藏着一个灰白色的长方形，两边还各有两个招风耳一样的小圆圈，看上去像一只大大的卡通壁虎。不过，这个角落绿白的色调，看上去非常抒情。

康朝没有找到向泉的近照，他担心110指挥中心不能很好地记录他描述的向泉的外貌特征。由于精卫救援队已经多次和警察配合救助，一说是精卫救援队的孩子，110指挥中心值班警察比较热情地表示，只要有人捡到小孩报警，他们就会比对外貌特征，如果比对得上，会马上联系他。但康朝还是想拿一张向泉的近期照片，扫描后传真过去；他还想制作寻人张贴广告，在小区周围张贴，他估计向泉不会跑太远。小麦突然想起去年世界精神日，他们摄影记者唐佐拍了多张向泉的照片。康朝一听，让她赶紧打那同事电话。唐佐说，如果没删，那就还在单位电脑上。不过太久了。只能去看看。这样，小麦和康朝就往报社赶。

在去报社的路上，小麦的电话先响起，是苗博。她这才想起接了康朝电话，一着急，她竟然忘了回打苗博电话。暗自检讨很不礼貌，想人家也许帮她问来了龙飞两名病人的相关信息。可电话一通，没想到，苗博急切地要落实，明天是不是去大布潭的计划不变。他说他正在商量和别的同事换班。非常时期，岗位上人手很紧。

小麦本来还有一些愧疚之心，一听是明天出游的事，顿时厌烦。张口就说，不行啊，明天有个重要采访。

苗博很有风度，他只是稍微停顿了一下，笑着说，好吧。你先忙。来日方长。

好的好的，我们再约。小麦听他这样说，又有了一丝内疚，她说，对了，死掉孩子的情况，你帮我了解了吗，苗博？

苗博没有回答她，他说，自己多爱护自己。再见吧。

小麦的电话才收，康朝的电话响了。小麦看康朝依然用的是耳机。小麦猜一定是向京的电话。康朝一接，脸色就不好看了，他应答很简短。向京似乎在里面说了比较长时间的话，小麦估计他又在挨训。康朝只是阴郁地用鼻子发出嗯、嗯的声音。大概向京问他在忙什么，康朝的嗓子突然高了：在干什么？在忙着做寻人启事的张贴！在找孩子的照片！

不知道向京说了什么，小麦看到康朝的咬肌都横突在脸颊，表情暴虐厌恶，但是，他最终还是控制了情绪，他说，是的，他是你的亲弟弟，不是我的。是我操心过头。可是，你大概没有想过，这样一个孩子在社会上，你让他怎么活？

小麦的眼睛看着前方，但全身心却都吊在康朝的电话上。她猜向京也许是说了，外人看他这样，肯定会叫警察送精神病院之类的话，因为康朝说，但他现在不是发病期！他的异常是外人看不出来的。他根本没有生存能力！他是你亲弟弟！

康朝又说，我没有批评你的意思，我知道你忙。我也知道这城市天快塌了，你有天大的压力，我懂。我知道。我知道。好了，放心吧，小泉我这事一处理好，马上就去田广。

对方又说了什么长话，康朝听得深深叹了一口气：不是这样。我承诺的，我不会逃避。我只想告诉你，小泉毕竟是你唯一的亲人，一个残障孩子，关爱他是应该的。你也对自己好一点，该去看的病别扛着——

停了几秒，康朝突然大声说，我没什么意思啊！哪有什么谣言？我只是提醒你关心自己和家人……向京把他打断了，而且说得比较久，康朝几次想插话，都被她堵住了。看康朝的表情，已经是恨不得把手机扔出车外的躁狂。他努着嘴巴，一阵阵地咬牙切齿，整张脸扭得很怪异很丑，然后他开始猛烈咳嗽。

小麦觉得他是故意的。

行,最后他说,那我贴了寻人启事就不管了……今晚两个组,嗯,我会去。

他一放电话,小麦就问,她是不是觉得更重要的是找东西,而不是找弟弟?

康朝不说话,狠狠瞪了小麦一眼,随即又是咳嗽。

他密集的咳嗽开始令小麦担心。她悄声说,今晚你还去吗?

他咳着点头,说,我先把小泉的张贴弄完,有一个组会先去田广。B型血和驿动的心先去。下半夜我去。

你咳好几天了……

我没事。

21

晚报出报的忙碌期是早上六点到中午,午后的编辑大厅基本空荡荡,只有西头的两名录入员在电脑后面哒哒哒地飞快录入。这边,摄影记者唐佐在自己的工作电脑里,终于找到了精神健康日的保存文档。现在,康朝和他一起挑选向泉照片。

唐佐知道康朝。感动明城十大人物大会时,是红菇代表精卫救援队上台领奖的。当时,他看到康朝在底下人群里和人说话。在编辑大厅,趁康朝去走廊咳嗽,摄影记者唐佐悄声地对小麦说,上次我觉得康大很酷,很帅,非常男人气,这次看他怎么这么苍老憔悴。他是不是病了？状态大不如前。

是吗，可能最近他们比较累。小麦说。

同事的客观评价，让小麦更加不安。难道康朝真的已经染病？体内已经潜伏着病毒？康朝会死吗？小麦想起了少年的画，想起少年关于康朝没有时间的噩梦的哭诉。少年悲伤绝望的眼泪，仿佛又在眼前。谁看得出来，那少年是多么不愿意康朝离开他，也许，向泉的心里，自认为他就是那个没有时间的人的守护神。

小麦在走神。康朝咳完经过她身边时，拍了她肩头一下：给我杯水吧。

小麦这才如梦初醒，赶紧去饮水机为他接水。

唐佐在报社直接帮他们把照片扫描好，之后，小麦到总编办偷偷复印了六十张，在编辑大厅顺偷了两小瓶透明胶水。到车上，康朝说，现在已经四点半多了，估计大约要贴一两个小时，然后我们随便吃点，再去田广转转，好不好。

康朝以为小麦依然会和他一起去，他知道小麦最近只搜集材料不能写稿，晚上也就相对比较闲。但小麦脱口而出，不，不，我上午不是采访了红菇，我想写你们车祸的稿子。我们都希望最好有人能出来赞助你们，或者社会募捐。小麦有点语无伦次。

康朝扭头看小麦，停了好一会，他理解小麦还是会和他一起去田广。他说，媒体出身的人，真不一样。那么你先回去写，我也处理一下向泉的事。我们十点半过去，我来接你。

不，我去不了。

这个拒绝太直接干脆，康朝有点发愣。

小麦说，那个，我明天一大早，我还要去田广的一个叫龙飞的电子设备厂采访。那边死人了。也许是两个。主任等我情况报告。所以，我……

是这样。康朝说，我还以为你害怕去田广了。

你今晚也别去了，小麦说，你需要睡眠和休息。你脸色很不好。

康朝抬起右手臂，像扁担一样，横过小麦的肩。他一手开车，一手握揉着小麦的肩头。

小麦说，田广的医生，反复叫我们没事别去田广的。

康朝笑，他没有回答，只是横在小麦肩头的胳膊用力压了压她，仿佛试试是否结实。之后，他的手指轻触她的耳郭，并试图把她耳后的口罩绳子拉开。小麦用手压护住，她不愿意脱口罩。康朝抓住她反对的手。她感到了他的手心发烫。小麦把手搭在康朝的额头，又回摸自己的额头，她感到惊恐：你在发烧?!啊，康朝！你发烧！你胃口还好吗？想吃东西吗？

不想。康朝看着她，说，我只想吃你。

把口罩摘了吧。他说，我都快忘了你的脸了。

你有没有轻微的眩晕？小麦心头发紧，会不会感到恶心想吐什么的？刚开始，它就是和感冒症状相似的……

别神经过敏了。你弄得我很不自在！我支气管发炎了，昨晚一夜咳。这几天睡眠太少，机体疲劳而已，就是真发点烧，这也是身体免疫机制的正常反应。你别大惊小怪自己吓自己好不好？要是我觉得真不对劲，我还会想吃你吗?！你傻不傻啊！

百分之六，我们二百五十万人口，那就是十几万人要被染上……

百分之五十也不会有我们。喂，康朝坏笑，你不是说，我只有不穿衣服才像玩户外的，喂？

康朝再次明确暗示。但小麦还是在路过蓝楼对面路口的时候，坚决要求停车，她甚至谢绝了康朝到前面掉头，好停在蓝楼宿舍一侧的建议。

康朝看着小麦不说话，没有挽留也没有生气。他就是那么平静如常地看着小麦下车，直到他再次咳嗽起来。小麦停在车窗外，看到他捂着自己的嘴，咳得脸色发红。小麦于心不安，她又拉开车门。康朝看着小麦，一边咳，一边手指在方向盘上摇晃，示意不用担心，也是示意道别。

直到过去多年，小麦才发现，这一幕，一直深深地刻在她脑海里，随时纤毫毕见地显示。随着时间的推移，她才看到康朝平静如湖水的目光下，沉积着眷恋、尴尬、挽留和失望。可是当时，她看着他的汽车后影消失在暮色中，心里油然一阵松弛。是的，轻松、松弛。小麦丝毫不觉得自己自私、冷酷。她从来不能说服自己承认康朝已经染病，她不能相信，不相信他会生病。但是，她的身体，显得多么小气而执拗。它像小兽一样，本能地在逃避危险。它排斥他的咳嗽，它逃避康朝可疑的脸色，它拒绝康朝的发烧等诸病态。小麦有时想，如果她能像

白口罩

向泉一样梦见未来，她发誓，即使刀山火海，她也愿意再陪伴康朝一程，她愿意反复让他吃掉，她就是愿意，什么都愿意。可是生活的残酷，不就是人们对未来一无所知又自以为是吗。而假如真的时光倒流，一切真的重来，这样的誓言又有几分能确凿成真？

小麦多年后回望，那迷乱失序的两周半，也不过是十几个短暂晨昏的日落日升。可是当时，仿佛每一天都一日长于百年，每一分钟的时光马车都把你从头碾到脚。那座城市在不被承认地滑向混乱，谣言包裹着那座绝望的城池，大船将倾，人们在真假流言中挣扎沉沦；车祸重伤的地平线二度濒危，因为医院的注意力在渐渐转移，医护骨干都被抽调到疾病控制中心和隔离医院。火星人也提早出院，人们不再把医院视为救死扶伤之福地，更是传染病集中传播之重镇。但福大命大的地平线，这个生命力坚韧的救援队员却逐日转危为安，只要保证医疗费用，他似乎就能重回健康。他向心猿意马的医生，证明着生命顽强的奇迹，仿佛是对危难时期的医护人员实施的精神救援。

由于一直没有正式途径公布疫情状况，由于城市决策人惊人的忍耐力和侥幸心，更由于这个普通小城医疗技术的滞后，医务人员对相关知识的普遍缺乏，在这个莫名疫情的进攻下，整座城市始终显得茫然无措、迟钝又彷徨的状态。敏感的市民，看不到任何对疫情的有力抵抗与阻击，他们更不相信广播电视报纸的沉着淡定的虚假面孔；所以，整个社会，流言像毒汁一样在蔓延渗透，群龙无首的惶恐潜流在暗暗流淌。而惶恐本身，成为比疫情更加摧残城市的力量。跑教育的记者说，全市所有中小学校，小学、初中教室，学生平均缺员三分之一，高中部学生还比较完整，尤其是高三生，老师们也在坚守，因为六月初就要高考，但是，据悉，学生家人、教育界人士均一致对明城今年的高考成绩担忧。

思来想去，小麦渐渐恢复了对自己恐惧心理的理解。她认为自己的反应是正常的。她原谅了自己。她想，慢慢地，康朝也能够理解她。怀着对拒绝康朝微妙的内疚，她一晚上把《精卫车祸　英雄气短》的稿子一气呵成地写了出来，中途她给红菇打了两个求证细节的电话。隔天，老蒋主任在稿箱里一扫稿子，一个电话就打了过去：麦稚君，你怎么突然来了这么不搭调的稿子？

能不能用？小麦问得心虚。

当然能用。问题是太啰唆了！时效也差。给我砍掉三分之二，七百字足够了。你不就是呼吁大家捐款嘛，紧凑点主题突出。非常时期，谁有耐心看长文？呼吁捐款，最是报纸社会效果测验题。不能随随便便。总不能一篇文章发出去，一分钱也没人捐，那不是放屁报纸？所以，我说你不搭调啊。你这丫头，眼下的形势是人人自危，你怎给我搞这么个鸡肋来！

22

也是这一天,风传报社的头和电视台的头,先后都去了京城的媒体总编辑培训班。据说是半个月。要在平时,这种消息基本风吹无痕,领导外出考察、学习开会,都是正常乏味的消息,但现在,它却像个不良病毒,在蛀蚀人心地恶性扩散。本来就耳朵塞满疫情消息的小编小记,顿时军心大乱,仿佛自己的船长已经跳船而逃。记者小麦的心境也越来越糟,尤其是回到宿舍,和游吉丽在一起,情绪真是坏到极点。她也没勇气面对康朝,最后去了红菇家。她告诉她稿子不顺利、还要删减修改的情况。

那就删点吧,红菇说,反正能登出就好。越快越好。

看着红菇身边龙腾虎跃的精卫队员,倒让小麦生出一些踏实感,好像黑暗中,到底有些光。她去红菇家的时候,正好看到三四名队员给红菇送两箱矿泉水和一箱苹果。没有一个人戴口罩。后来又来了几个,很快就走了。也没有一个戴口罩。他们是在帮康朝寻找向泉。顺路来看看红菇。

小麦听到红菇在为什么事低声训斥队员。后来红菇告诉她,康朝撒谎说有朋友赞助,让十二名核心队员都去打了丙球蛋白针找他报销。这些救援队员拖拖拉拉的,竟然有半数没有去打。红菇很不高兴,怒骂他们对自己不负责就是对家人和队友不负责。队员嘻嘻哈哈地被骂走了，红菇后来对小麦说，你别看他们什么都无所谓的样子，其实家里压力很大，不只 B 型血、北方的狼，最近很多队员家人都给我打电话，说家里人是支持他们救人行善，但是现在，他们应当把救援重心往自己家转移。身为救援队员，首先要关注保护自己和家人的安全。我觉得这批评得对。我们不需要众叛亲离的爱心，自己和自己身边的人都照顾不好的人，是没有资格去照顾和关怀别人的。你说呢？

小麦点头。她由衷认可红菇的话。看着这两拨进出的青年男女，她对这些穿着浅咖色绿边训练 T 恤的精卫队员，不由得暗生慰藉。这些日子，一般市民的紧张面貌她看多了，包括自己的同事；而这些救援队员，看上去，似乎都显得松弛、悠游。死亡疾病的话题，一样没轻没重地调侃着，他们保持着小团队的幽默调性，说他们阳光淡定，说他们脑子简单、没心没肺都合适。也许，这和他们平时直面灾难、逢生面死的实战和训练有关。至少，他们维持了危急面前无畏镇定的共同气质。

队员们走了，小麦问红菇，康大自己有没有打免疫蛋白针呢。红菇耸起没有断臂的那个单肩，说，你相信这个亡命之徒吗？

小麦轻微地摇头，说，他咳嗽发烧。咳得挺厉害的……

是吗，你怎么知道？

他去向我们摄影记者要向泉的照片。我同事拍过。我同事说，康大脸色太憔悴了。他不断咳嗽，他好像在发烧。

红菇说，那，应该没事，他气管咽喉一向不太好。

红菇宽慰了小麦稿子被退改的事，又聊到了救援队的郁闷处。她说，七八个主力队员，下班之余轮班在医院看护地平线，和他妹妹换手。救援队请不起护工，而外围队员，很多本来就是激情冲动型的，他们喜欢出生入死应对危机，所以，到医院看护地平线，新队员觉得是很不带劲的婆婆妈妈事，前两天，康朝不得不把自己公司办公室的一名女后勤请去医院顶半天。那女后勤不愿意去，找康副总央求换人，说，这个时候，你叫我干什么都行，就是别让我进出医院，我的女儿才六岁啊！康朝姐姐康欣很不高兴，怒责康朝说，万一她被传染上了，这个责任谁负？

肇事大土方车公司首期支付的医疗费已经告罄，后面的款子迟迟不到位；康朝不得不去找夏至。据说，嘴里衔着康朝送的英国烟斗的夏至倒很干脆，没事，说我帮你催款。但他又说：你们要有准备，不要大手大脚，听医院的胡乱花钱，过度医疗，到时，主次责任一确定，说不定你们现在花的都是自己的钱。这事情已经出现过很多，我必须提醒你们。

红菇说，康朝又吃了软钉子。

告别红菇，在回去的路上，小麦觉得自己真的是爱上了精卫。她真心为他们感动。她爱慕他们心底那股傻乎乎不计人间烟火的火山岩溶，他们随时能暴发，随时能出发。她怜惜他们的处境，因为他们可怜，所以更加可亲。晚上，她把这话题跟游吉丽交流的时候，游吉丽不以为然，她说，我问你，你会去当救援队员吗？

小麦结舌。

游吉丽说，你不会！因为你不会那么一根筋。你有脑子！你也不是敬爱所有的队员，你不过是爱上了其中一个——也许就是那个一根筋队长，或者别的什么一根筋队员。你也不是爱慕他妈的什么小鸟精神，你犯的是判断力障碍的恋爱病！

为什么你这么说？

我不告诉你了嘛，游吉丽说，虽然老蒋总骂你笨，但你其实是个蛮聪明的小孩。你不会干一根筋的事。你要是一根筋了，肯定就是恋爱弱智了。

难道……你从来不为他们感动吗？

我感动过。但感动而已了。你不觉得他们跟这个社会很不协调？

那什么是协调的？

你别用苏格拉底的装傻绝招采访我，我不知道。也许，和他们做的相反，就协调啦。

小麦被游吉丽绕得有点发晕，她知道她不对，可是，同时又觉得她有点道理，这样的辩论，她自己就有点底气不足、脑子混乱。

次日，向泉依然没有消息。康朝对小麦若无其事，他会给她打电话，发她短信；小麦短信他，他也回复得很快。只是他不再要求小麦和他在一起。和她在一起也绝不触碰她。小麦知道他们之间有了缝隙。这个缝隙令她难过。但她不知道如何修补。笼罩在疫情的阴霾下，他们彼此都在假装若无其事。人多的时候，康朝的眼神依然在无所谓和苍凉之间转换交织，偶尔有一点轻狂孟浪，这是他的招牌神态。那眼神如此苍老虚悬，和那个结实年轻有暴发力的身体，构成强烈的反差。小麦为这个反差迷惑，也为之沉醉。但那个苍老眼神已经越来越让小麦不安。它看透了死亡。当小麦的生命和他有了深刻的交集，当她永远失去这样的相逢，她才从这样的眼神里，越来越敏感地捕捉到那里面坚忍、无奈，以及绝望的地狱风流。

地面上，谁也无法看到精卫的眼睛。在中国海面飞忙的精卫之鸟，也许就是这样的眼神。这个眼睛看清了大海是如此之大，填不胜填，也看到自己征服之羽翼闪耀着孤独的阳光，它看到了自己不得不坚持的疲惫而渺小的海面倒影。

而小麦，就这样和一只坚忍不拔、势单力薄的小小精卫，疏远了。

23

金星凌日，果然大凶。

两天后，小麦最后一次看到康朝的紧急救援。那个夜晚，红湾技校大天桥突然全面垮塌。那是在疫情恐慌达到巅峰前日的飞来横祸。小麦没想到，康朝又出现在那里，更没有想到向京也在那里。

据报社热线记录，大天桥是晚上十点十一分突然垮塌的，桥上十多名学生掉了下去。报社热线是十点二十四分接到读者报料的。说是很多外出看电影的技校生掉下来了，惨叫一片；垮塌的桥，又砸坏了正好经过桥下的汽车，后面的汽车又追尾。

小麦与摄影记者唐佐和一个实习记者打的赶去。的哥很兴奋，他严严实实的卡通口罩上，两只铜铃大眼的眼角不断扫视乘客，十分饶舌。记得他最后说，太阳底下没有什么稀奇事。说句实在的，那一带本来就是乱坟岗，学校选在这里，不死人才怪。以前三天两头出车祸，搞了个人行大桥，以为避免了车祸，结果这一下子，把三年的死亡指标都用完了！说句实在的，今年年份本来就大凶年啊！

红湾技校大天桥实际上是个公路桥，也是事故多发地段的平安守护桥。324国道开通以后，附近村庄的村民因为喜欢抄近道，经常横跨公路，人、狗、牛，已经发生了不少事故。这地段前面是个急拐弯后的下坡，司机下来速度往往快，拐弯又急。四年前，红湾技校选址在此开办，像城区干道一样专门画了斑马线，急拐弯的标志旁，还设立了一块事故多发地带的提示牌，可是，学生过斑马线发生车祸依然不少。一个乡下法官在不断堆积的交通事故赔偿案子前，终于拍案而起，投书报社大声疾呼，呼吁建过街天桥。前年年底，一个做鲜牛奶发财的老板，一掷千金，捐助了这个红湾平安天桥。媒体称爱心守护桥。当时，这个爱心桥，开工和竣工，许多媒体都不吝版面给予醒目报道。那位热心回馈社会的企业家，后来还当选为市政协委员。正是这样，媒体一线从业人员都对这个地带很熟悉。小麦到的

白口罩

时候,明城几家媒体记者基本都到了。明城一套电视台扛机子的柳大个,戴着白色的大口罩,高人一头,十分醒目。

现场比记者们想象的糟糕。桥并不长,但大桥的整个桥面断下来,光剩下公路两端的上下残梯。那十来个进城去看电影的学生是和水泥桥体,一起坠向十多米高的路面的,桥下正好有一个集装箱大货车通过,货车屁股被断桥桥梁砸烂了;最麻烦的是,由于国道没有路灯,大桥垮塌后,依然有后车从急拐弯的下坡奔驰而来,因为反应不及,又追尾了两三辆车。所以,这个地段,乱成一团。交警在声嘶力竭地疏导交通;强光手电太少,消防车车大灯临时担负着局限性的照明,所有赶来的救护车、交通指挥车辆,也都被要求开着大车灯。在纵横交错的车灯里,白口罩特别扎眼。看热闹的村民、先后抵达的救援人员,以及被人们从废墟里,弄出来的伤员,也赫然戴着白口罩。到处是伤员的哀叫、短促的号叫。据说有几个伤员因踩伤搬运不慎,而发生了二次伤害。

小麦跟着几个消防兵,在救一个大个子的男学生。他被一根断桥钢筋穿透了腹部,那钢筋腹部前的一头连着水泥墩子,看着十分恶心;消防兵准备把腹部前的大水泥坨上的钢筋切断,然后要连钢筋一起把那个学生送走;那学生的口罩上都是血迹,不知道是谁的。学生的嘴在口罩里不住地发出尖锐蚀骨的呻吟。消防兵哀求他说,唉兄弟,忍一忍!你再叫我都下不了手了哇!

这样的危急场面,小麦已经习惯了有精卫队员身影。她知道,现在越来越多市民都把精卫紧急救援的电话号 72 95995

（精卫 救我 救救我），输入手机。精卫的专业、勇敢的无私背影，越来越在群众口碑传颂。老百姓认为，民间救援队员比职能部门人员更亲切更贴心，也更高效，而且总是功成身退、不等待一声谢谢。四年多来，相遇过精卫的人们和他们的亲友，口口传颂，精卫日渐深入民心。相比职能部门救援机器的运作原则和结构体系，带着人的体温和爱意的精卫，更温暖人心。

事实上，连110指挥中心、辖区各派出所，只要接到类似精卫帮得上忙的报警求助，他们第一时间，都会顺发给精卫。精卫队员永远心甘情愿毫无怨言地来，永远筋疲力尽后悄然无声地退走。无论是深山老林，还是荒滩野岭，无论是救人，还是捞尸体。

但是，在红湾那个哀号混乱的现场，小麦想精卫不大可能来了，因为他们现在自顾不暇。没想到，后来她在集装箱那边，隐约看到有个身影很像康朝。她找过去的时候，那身影就不见了。随后她到马路隔离栏边的几畦菜地上，采访一个哭泣不止的女生，一个小模小样的男生，搂住女生的肩，不断亲吻她的头发。她之所以幸运地没有掉下桥，是因为和那个小男生拥吻着走慢了大伙几步。但目击这一瞬，让女孩几乎崩溃了。

电视台的记者在问，请问，你们这是去看什么电影？

女孩光是哭泣。

小个子男生说，《我的父亲母亲》，章子怡主演的。

……

突然，小麦看到B型血跪蹲在一个学生面前，人们刚刚把他身上的水泥块移开。B型血没有戴口罩。小麦一下认出他。他不让其他人动那个学生,而是在和他说话:……试着动动你的手指、脚趾……好的没问题,再往下,感觉一下你的腰椎,对,有没有酸、麻、胀?好,再缓慢深呼吸,呼吸通畅吗?有没有胸胀?异物感?好,我们轻轻移动你上救护车……

小麦跟他们到救护车旁。B型血见到小麦就说,嘿,康朝在那边!

小麦说,你们来了几个?

B型血说,五个。我和康大是从田广过来的。先是110指挥中心的电话,之后又接到一个技校老师的电话,老师哭了,后悔得不得了,她说,学校已经计划明天起封闭校区,不让学生出来以躲避传染疫情,没想到就差一个晚上……女老师哭着哀求康大。康大受不了,我们就抄近路赶过来了。B型血语速很快,他指着桥下说,你看,现场的光线太弱,学生不懂,在瞎着急瞎搬瞎救,这样要发生二次伤害。康大在那边,他说,那边!

B型血说,他想让政府部门人员,赶紧协调隔壁工地把施工大灯调过来。你要采访,找他。就在那边!

有个消防兵莽撞地撞了小麦一把,匆忙打了个抱歉的手势;有个老师模样的人,在斑驳的暗处声嘶力竭喊,小心移动!小心脚下!

小麦再回头,B型血不见了。

一个穿背心的人急速穿过低矮的灯柱,往最大的断桥水泥堆那个方向而去。小麦先是被灯柱里他那血迹大面积染红的灰背心吸引,马上她反应过来,这是她熟悉的身体,是康朝。他没有戴口罩,她想尾随他而去,却被电台的一个迟到的记者叫住,问伤亡总数。问也白问,小麦喊,这么严重,你就等着上面发通稿吧!

小麦忍不住张望着,寻找康朝。没想到,在集装箱后面她听到了康朝的声音。是他咳嗽的声音吸引了她。她和他都处在光线的死角,循声她看到了他的背影,站在他对面的是个女人,没错,那韵致美好轮廓正是向京。科教农卫,这事还真是她的责任田的事。小麦觉得这是个倒霉透顶的衰人,一波未平,一波又起,一屁股烂事。小麦看不到他们两人的脸色,但看身体语言,康朝像是临时停下,也准备马上离去的样子。

当然没必要。向京的声音。

既然有求救,怎么见死不救?田广穿芝麻山过来也就十多分钟。

什么叫轻重缓急,你怎么就不懂?!

你……疯了?!康朝低声咒骂的语气,小麦听不清。随后是他咳嗽的声音。

以后,你就知道什么叫轻,什么叫重!向京的语气很冷硬。

太自私了你!一个小遗失物,还重过这么多条生命?!

我以后会跟你解释。你现在就撤吧!职能部门都到位了,五套班子也都到了……

你赶紧把现场照明落实了。还有,这些人根本没有受过急救训练，都没有完成伤情初步判断，就随便搬动伤员，刚才一个可能骨盆骨折的，他们没有先固定骨盆就……

向京突然像被什么呛住了一样，猛地咳了两声，咳声稍稳，她说，别说了，我的事刻不容缓！快走吧。求你！

康朝又是一阵咳嗽。他的声音因为咳，而变得毛糙嘶哑：你没听到120医务人员在抱怨吗，今天出警的联动单位特别慢，大概传染病疫情让很多人害怕，他们畏畏缩缩、推三阻四、磨磨蹭蹭。你该去查查，有哪家是按规定的出警时间到位的，你应该知道，外伤性救援的黄金十分钟……

够了！我的事我会管！请你别再一点风吹草动就擅离岗位。本来想你三天、最多五天就搞定的事，你看看已经多少天了！！快通知你的人撤吧！

康朝又咳了好一阵子。向京语气略缓，她说，这一段，我也老咳嗽，胸口难受。但我不会为我的咳嗽紧张，同样，也不会为你的咳嗽吓住。别相信什么狗屁疫情。我知道我们都平安无事——好了求求你，这里差不多了，带着你的人快走吧！

等等，跟我说句实话吧。那传染病——究竟有多严重？到底死了多少人？

向京没有回答。她突然又暴发了一阵急促的咳嗽。

康朝说，那个全身烂掉死去的少女，那个拾荒女人，还有前天死掉小孩，还听说又有很多民工倒下了——这些是真的吧？

谣言止于智者。全身烂掉死去的女孩，肯定和传染病无关。专家初步判断死于三氯乙烯过敏。这个病在广东很多。属于职业病。一些小报就是爱不负责任地炒作。

那为什么不告诉市民真相?

现在谁听得进去——你说了，大家也不相信。本来通稿都拟好了。最后考虑到这个敏感期，只要一触发，就是谣言四起。不如干脆让它安静过去。向京的声音，沉郁而蔑视：媒体的德行就是唯恐天下不乱，夸张、造谣、小题大做、无事生非，以炒作为生机。你要信它，你就不要活了。可是老百姓糊涂。你说的什么很多民工，真是胡扯淡。不过死了一个，是不是传染病，还另说，他们来找工作的，工作没有找到，说不定是别的城市带来的病根。我实实在在地告诉你，我们明城，是有了一点麻烦，但是，绝对是小麻烦，发病比和死亡率都非常小，是可以控制的临时困境。

向京一声异常的叹息。有点像痛哭后孩子控制不住的抽噎。

康朝没有说话。也许他轻声说了什么，小麦听不到。

向京说，总之，田广是安全的。明城没有大危险。我敢说这话，就是我信任你——请你也相信我。你以后会明白的！

向京自己转身走了。她的背影步态天然的好看而自信，她知道康朝会把她当回事。

小麦从黑暗中走出来，她走到康朝面前。他也看到她了，好像也不意外。也许他早就在抢救中心地看到了她。小麦感觉他笑了笑，他在使用对讲机，好像在联系B型血，那边可能吵，他的声音突然提高很多，他喊：叫老三、土拨鼠他们都回去！我们撤！

小麦说，你要走了吗？

康朝说，差不多了，让政府收拾残局吧。

小麦说，我听到你和她的对话了。

康朝把血染的灰背心脱了，随手扔在了路边。现场昏暗的光线，打在康朝汗水透湿的肌肤上，衣服脱掉，那些汗水反射的微光，显示着康朝匀称强健的户外运动形体。赤裸的康朝比穿衣服的康朝更凸显力量。晚风寒冽，小麦担心他会着凉。

你的救援黄背心呢。小麦说。

刚被一根钢筋勾扯撕裂了。

深夜呢，你在咳嗽啊。不穿行吗？

没事，车里也有备用的。

小麦跟着康朝一起走向十来米外他的车。边走，小麦又说，哎，我听到你和她的对话了。康朝走了几步，收脚，说，我知道你在想什么。是的，我也不觉得那个遗失物有多重要，但是，对我来说，对整个精卫救援队来说，地平线很重要。我的兄弟姐妹们很重要。这个你知道吧。还有，今晚，我不接受采访。你就当我们没有来过。

我不是采访。小麦说。康朝在清嗓子，喉咙深处有障碍似的，还呃逆了一声。小麦知道他想忍住咳嗽。她也不想让他感到她很在意他的身体。于是大声说，我不采访。我只想问你，后来你跟向京说了地平线红菇他们车祸的事吗？

交换过意见了，她说她会处理的。康朝说着拉开后车箱，从一个背包里翻出一件看不清颜色的短袖T恤，飞快地套上。

小麦闻到一股汗酸味，肯定是脏衣服。

小麦说，那她弟弟的事呢？谁管？

远远的，救护车那个方向，B型血在大步跑过来。康朝突然说，想跟我去田广练练车吗？你去我就送他回去。

噢不！小麦说，我不能的，我要回去写稿，这么大的事，我也还没采访完……

康朝跳上汽车，嘭地随手带上车门。

小麦拍门，她从包里拿出一个口罩，递给康朝。康朝不接，但看着汽车前方迷蒙的夜色，笑了笑。

小麦感到不自在。她说，你爱她。就是！

驾驶室里，康朝扭脸看小麦，一眨不眨地看着她。她也看他。俩人无声地对视着，彼此都不客气。他们在彼此的眼睛里，互相看到了彼此嘴里说不出的话。小麦身后的现场，传来一阵众人不整齐的欢呼，应该是施救人员克服了什么难关，好像是工地的灯移过来了，也许是救出了一个很难救的人。但是，小麦和康朝都没有转头去看。直到B型血一阵风一样从另一侧跃进汽车。康朝发动了汽车，随后他说，别忘了戴好你的口罩。

康朝的汽车轰然蹿出，迅速消失在黑暗之中。

小麦颓然蹲下。她呆望着远方模糊的天际线。康朝在车里直视她的眼神，令她两颊有些发热。是的，他当然知道小麦在逃避。当然知道小麦在为自己开脱，她几乎在耍赖。真的要赶稿子吗？他不一定会相信。小麦早就跟他聊过，越是突发性大事件，越是发通稿的可能性大。什么叫通稿，通稿就是上面统一传发的通用稿子，没小记者什么事。他一眼洞穿了小麦，看透了女孩怯弱逃避的可怜小心思。小麦觉得，他最后的那句叮嘱几乎就是讽刺。不过，它是温和的，说它礼貌也对。她想，他们的关系，仿佛还没有正式开始，就已经基本终结。她模糊脆弱的英雄情愫，根本无法穿越疫情的魔爪，根本无力超越这零距离的生死考验。

24

大桥垮塌事件，最终倒没有发通稿，但上面统一了宣传口径。包括伤亡人数、事故情况、事故分析、领导态度等等。还是老模式，五分之一写事件本身；五分之四写领导急民所急，调度有方，写职能部门赴汤蹈火勇于奉献，再写些百姓大难有大爱的爱心；小麦随稿写的《记者手记》被毙。它涉及现场不少人对大桥质量的质疑，如，人们发现大桥水泥钢筋很少，水泥标号应该也有问题等等。这个采访手记不予采用。领导说是未经查实，给报社留个进退空间。所以，后来见报的就是个通用消息。

本报讯（记者 麦稚君）昨晚，红湾爱心大天桥垮塌。7名学生同坠断桥。一名男学生生命垂危。桥下，多辆汽车，刹车不及，连续追尾。一名驾驶员当场身亡。

昨晚十时十一分，红湾爱心大天桥突然垮塌，看完电影回校的多名技校学生，随桥面坠落。天桥下，324国道上一辆拉石材的货车，车厢被砸，车头失控打横。随后，一辆小东风追尾大货车。现场哀号哭叫声成片。接到报警，110、120、精卫救援队、交警、公路局等火速赶往现场，紧急救援。市五套班子领导第一时间赶到出事地点，市委书记金达中、市长陈志忠、政法委书记张本祥亲临一线，指挥调度。金书记在现场中，因避让伤员担架，扭伤脚踝，但坚持不离现场；消防特警中队最早赶赴现场，克服了光线不足、水泥块沉重等施救困难；辖区交警也在最短的时间内，奔赴现场指挥疏导交通，避免了追尾事故的继续发生；120也派出精干救护人员，最为可贵的是，红湾村民自发参与对学生的救援，有人为现场救援人员送来了两箱矿泉水……

……

发了稿后，小麦一夜无眠。她以为自己睡着了，却再次听到了那种奇怪的夜鸟怪异鸣叫：朵—凹—嗷——朵—凹—嗷——，这叫声如此凄楚辽远，它覆盖了整座城池。而你屏声静气仔细听，它就消失了，但那个不安感却消弭不去，这声音使她在朦胧中听到自己迷乱无序的心跳。她在想那个叫向泉的少年，他一定能在这个声音里，看清是否吉祥的天空的颜色。也许，他早就看到了，正因为看到了太多，少年才绝望地选择了逃离。小麦又想他会不会已经倒在明城的哪个角落了，一个毫无生存能力的精神疾病患者，如何能走出这个不祥之地；他姐姐向京今晚睡得好吗？向京不可能睡好，但她是活该的。为了她自己的荒谬目的，漠视所有其他，大桥垮塌学生死伤多人算不了什么，康朝算不了什么，亲弟弟也算不了什么。小小的官场，把一个女人改变得远离正常，就像失心疯。她不肯说疫情到底死了多少人，不肯承认病人在不断增多；但她承认是死了人。可作为这么一个最知道危情底细的人，偏偏不能等到控制好疫情，再料理她的私密事务。她非得让康朝去重灾区为她冒险。这样心思，除了官场扭曲心态，其他又怎么解释得通呢。

向京已经成为小麦心中隐秘的蛇之结。

夜深了，康朝在路上。在田广死城般的深夜街头，他和他的车，像吸尘器一样缓缓搜过路面，一趟又一趟。这个画面，是想象还是梦境，后来小麦都有点模糊了。她的脑海里突然出现了向泉的阳台壁画。

她重新看到了那幅画，它在她模糊断裂的梦里，突然异常清晰地展开：在梦中，小麦看到那个花生壳椭圆形的东西，只一眼，她就立刻明白那是校园的运动跑道，她看到孩子在上面奔跑；看到大门上的牌子，是厚德小学字样的大红字，她看到了大树下雨丝披拂的带小圆圈的灰色方框子，那是康朝刮痕累累的白色越野车。四个耳朵，是它的车轮。她看到他们在车里亲吻纠缠。他们的身后，黑雾渐变性地加深，但汽车突然动了，小麦仿佛被人抛下悬崖，猛然的失重感，使她在大汗中惊醒，脑海里，向泉的壁画纤毫毕现，上白下黑——天啊，他画的就是田广！他怎么会画田广？他怎么就看到了她和康朝，看到了我们在厚德小学门口的大榕树垂须丛中的停留？一切都是真实的，这是一幅预言画！

小麦几乎战栗起来。按时间上看，少年在康朝和小麦在榕树下做爱的前几天，他就已经看到了一切。向泉一定看到了很多他们并不知道的东西。小麦没有多想，立刻拿起电话，就打给康朝，但康朝的电话无人接听。她发现这时是凌晨五时半。小麦挂了电话。她想，这应该是康朝最疲倦的休息时间了。

小麦翻身下床，抓住残余梦痕，她在采访本上把梦境轮廓画了下来。就像把向泉的阳台画，缩微拷贝在自己的采访本上了。

那少年什么都知道，是的，他看到了未来。

25

没想到，向泉的保姆肖姨找到了报社。热线值班记者打小麦电话。正要离开单位的小麦，便去了热线室见肖姨。一下子小麦没认出她来，肖姨戴着口罩，把一个两提耳的长式旅行袋，像背双肩包一样，紧紧扣在背上。见到小麦，也不放下那大油条般的包袱，也没有脱下口罩的意思，似乎不想长时间逗留。热线室里，跟楼上的编辑大厅一样，到处都是熏醋的酸气，令人头昏脑涨。热线员都泡着板蓝根冲剂喝，来访的读者依然喝桶装水。肖姨把热线员倒的纸水杯拿在手里不喝。小麦以为肖姨是因为向泉的事来找她,但她不明白肖姨为什么背着包。

小麦说,还是没有向泉的消息是吗?

肖姨四下张望着,似乎觉得不方便谈话的犹疑样子。小麦便和她一起走到外面相对人少的走廊上。肖姨说,小泉我是等不了了,我女儿让我赶紧回老家。

小麦以为自己听错了。肖姨有些焦虑不安地看着小麦,似乎等小麦对她的决定起反应。小麦很意外,猜想她是不是家里真发生了急事。小麦说,那你……

你先跟我说实话,肖姨严肃地说,这个城里是不是有很厉害的传染病?是不是天天都在死人?

你听谁说的?

我好多老乡都卷铺盖走了,有的连工资都不要了。外面到处人都在说这事。其实,我也不要问别人,我们根尾菜市场,戴口罩的人越来越多。这是不正常的。你看你们这里也都是一股烧醋的味道,到处都在杀病毒。这太吓人了!我们这些打工的,哪里病得起,你们有医保……

小麦说,你走了,小泉怎么办,他回家还是要人照顾呀!

唉……肖姨有点想哭,但她马上摇头挣脱了这个情绪:那你说我怎么办?我也急啊,现在到处都是传染病,你看他还回得来吗?都三天了,一点消息也没有,现在谁还顾得上找他啊……连他亲姐姐都不管,我一个保姆能怎么样?肖姨的眼泪还是淌了下来。她用手背狠狠擦去,神色黯然。她说,这一段,小泉天天晚上做噩梦,半夜杀猪一样死叫,后来就不肯睡觉。

他就是怕梦到他哥哥死掉。

你说什么?!

肖姨不答,换了话题说,现在每天是不是一直在死人?

你说向泉梦到康朝死掉?

唉你不要跟康先生讲啊!他知道肯定不高兴。平时这样梦死人都不吉利的,现在又到处是传染病。我听他们说,这被传染的人都是一点点烂透死掉的……

没那么严重了。小麦说,只是病毒比以前厉害一点——你刚才说,向泉天天梦到康朝死?

他是着了魔。天天哭醒,尖叫。说哥哥烂掉啦。我都不知道怎么回事。那天,我打了他一巴掌,要他醒来不要害怕。后来他就不肯睡觉,死死抱着我脖子,说要去找他哥哥。可是,康先生不接他电话。

他有接过向泉的电话吧?

接了也没用,小泉呜呜哭不停,他哪里耐烦理他。

保姆的话,让小麦情绪很不好。她说,那你找我干吗呢?

他姐姐不接我电话,她以前就不让我去找她,我也懒得跟她说。康先生也不接我电话,我没办法,记得你的单位在这里,也是顺路,我就自己找过来了。我真的是没有办法了。

有事你快说,我还要出去。小麦说。

我想向你借一点钱买张汽车票……

小麦很吃惊,也不太舒服,毕竟没有交情,但她还是打开包,给了她五十元。肖姨摇手,脸上有些不自在,也有明显的狡黠。肖姨说，我想向你借七百，我会还你的！他们家这个月工资还没有给我，如果我不来，你可以去取我的工资，对抵……

啊！你不打算回来了？小泉是你一手带大的……

那我有什么办法，找不到人啊。我现在是眼泪都哭干了，天天睡不好，想想也是狗拿耗子。人家亲姐姐都不管，我图什么？乡下我自己的亲孙女还没有人照顾。肖姨说着，眼圈又泛红，看得出她对向泉有感情，也看得她见缝插针地诋毁向京。小麦不掩饰不快地掏出三百元说，我没那么多现金。你还不还我，无所谓。不过，你不能再等小泉两天吗？

保姆肖姨低头不语，等着小麦把钱放她手里。小麦终于还是把钱塞给她。肖姨说，他们家有我儿子邻居家的电话，有什么事，可以找到我的。等传染病过去了，小泉回了家，我也会再回来的。先等传染病过去吧。

喂，你什么时候打康朝的电话？小麦又叫住她。她破译少年的画后，一上午都没打通康朝的电话。

肖姨说，我昨天下午，还有昨天晚上都有打他。他都不接我。他也心烦了。——哎你能不能，让你同事先借你四百给我——我反正会还你钱的，不还钱就让我得传染病烂死！

她还是不甘心。小麦很烦她。肖姨说的话，关于康朝的死，关于传染病、关于借钱，都让她极其不舒服。小麦也恨她在这个节骨眼上不仗义，不等那患病孩子，但是，疫情之下人心惶惶，还有什么可劝说的呢。她自己不也在心虚回避吗？

小麦底气不足地说，向泉说不定今晚上就回来，他不能没有你呀！

唉，要是他能回来，早就回来了。他走的时候在发烧，咳嗽药吃了那么多，也没有好，我还以为他得了重感冒。现在我都不知道他是不是已经得了传染病，说不定都……阿弥陀佛，反正这里是留不得了。你帮他借我七百块吧！

26

游吉丽跟报社副总老罗大吵了一场。她坚决要请探亲假。

老罗说等实习生来了就批她假，现在人手紧。游吉丽不依不饶，非请不可，说她去年中秋没回、今年春节没回，本来清明要回，也说人手不够。现在她妈妈爸爸身体都不太好，如果不回去有什么遗憾谁能补偿?！老罗逼急了，骂她不过是临阵脱逃、扰乱军心！

游吉丽也急了，说，大头都临阵脱逃了，我一个小屁新闻虫依法探亲，又能影响什么军心？

老罗说，领导是去培训，你别造谣胡搅蛮缠！我，还有报社所有编辑记者，一个个不都在岗位上吗?！

你！游吉丽说，那是因为你要乌纱帽，你们要加官晋爵。我不要！我要我的命，我要我爸妈！

老罗气得拍了桌子，游吉丽还之以失声痛哭捶打桌面。外面，整个编辑大厅里的记者编辑，都听得鸦雀无声、心有戚戚。主任老蒋过来把小麦叫到一边，嘀咕说，这影响太坏了，你快把她拉回去。小麦点头刚走，老蒋又叫住她说，疫情可能包不住了。到时，小游靠不住，你还得做采访主力。我们做新闻的，你知道，这与其说是职业道德，不如说是新闻人的理想挑战。可遇不可求，很危险也很过瘾。但老百姓有这个最基本知情权，是不是？——拜托你了！

小麦不由郑重点头。

小麦好容易把情绪激动的游吉丽劝离了报社。游吉丽的眼泪把她戴的大口罩的眼袋位置都浸湿了。两个女孩无言地回了蓝楼宿舍。游吉丽一进宿舍，又蹲在地上大哭：他们要升官发财，凭什么要让我们和这个城市一起陪葬？！

麦，你也快走吧！游吉丽说，要全面封城了。再不走就走不了了！

谁说的？

你别管。反正不止是田广区，是整个明城！全城！实际上，疫情一直在加重，城里一直在死人，但现在，这是一笔糊涂账，因为，谁把死亡数字说出去，谁就革职查办！

你说的是真的？

不是真的，我急什么？你父母不在深圳你哥那吗？赶紧走。

小麦有点发愣。

昨天下午，苗博按小麦的要求，把龙飞电梯工老占的家庭地址，悄悄弄给了她。同时，他约小麦一起吃晚饭，被小麦拒绝了。小麦的语气还故意有点夸张地埋怨：现在谁还敢到公共场所找死啊！

苗博说，有我在，你怎么会死？我知道哪里是安全的。

小麦拒绝。苗博还是那样大度雅致，他微笑着，说，好吧。等你约我。

现在，小麦主动打电话给苗博。她说，你知道哪里是安全的对吗？今晚我不想再吃方便面了！

苗博说，可我在值班哪。整个晚上。你知道的，现在这特殊时期。

你换班。不然我就过来。

你别来！没事你来田广干吗。

有事。

什么事？

小麦沉吟着，不知怎么往下问。之所以打这个电话，就是她有个直觉，苗博肯定知道封城的事，甚至更深的内幕。苗博知道的东西，远比他说出来的多。这是多年的察言观色的职业训练，让小麦捕捉到的东西，可是，让一个心智老练的中年男人，敞开所有心扉，小麦感到还无从下手。

小麦迟疑不语，苗博便追问，为什么心血来潮呢？

现在哪里最安全？小麦绕着说，她心里还是认为这种事，如果不面对面地说，会衰减很多信息，甚至是至关重要的信息。

你问哪里最安全？苗博笑道：最安全的是我家。你来吗？呵呵。你愿意来我不胜荣幸。

你不是说田广不安全,你不是叫我回避田广吗?

我什么时候告诉你我家在田广?我一直住在凤凰河畔。

你不是调田广……两年了吧?

可我没搬过来呀。要不,我那么急着买车干吗?你坐了我的车,从来就没问我的家在哪里。苗博用大声地笑,装饰了这个批评。他说,说真话吧,你想干什么?

是不是——真的要封城了?

苗博不说话。然后,他说,封就封吧。没事。

真封啊!!!小麦呼喊起来。告诉我为什么?我想知道。不是写稿。小游劝我赶紧请探亲假,去深圳找我爸妈。

你别紧张。这样吧,有个病人在里面等我好几分钟了。等我忙完,我打过去。拜。

小麦和小游煮了两包方便面。小游除了恐惧,就是打游戏机。

直到快十一点,苗博电话才响起。小麦把自己的房间门轻轻掩上。她就是觉得,这一通电话,肯定会带来秘密。她没有把握苗博能袒露一切,但她能把握这个男人是惯她的,这是她可以任性强索的前提和基础。

电话一接起,小麦就抱怨说,怎么这么久啊,是不是又死人啦?

哪有那么多死人。只是病人有点多。

都是那种传染病?

不是。没那么多传染病。一个急性阑尾炎,一个人被狗咬了，还有三个小伙子车祸。骑着一辆摩托车上，撞了一个皮卡车。

反正你骗我，我也不知道。

苗博笑。

封城是怎么回事？小麦再次追问。

苗博说，全城封闭。但可能会缓两天执行。现在，上面两派观点争执很厉害，要求把疫情上报并公之于众的声音，越来越强硬。封城就是公之于众了。但是，招商引资贸易洽谈会，成为最大的顾忌。你们报纸不是都在登贸易洽谈会的倒计时牌了吗？

是向京说的吗？还是你别的高官朋友？

别问消息源了。

那就是说，封城，但缓期执行是确切无疑的了。我明白了。你的哥们儿又输给了你暗恋的女同学。看来关键时候，书记还是站在美女一边。

你瞎说什么啊！现在可能的折中方案是，封城前，悄悄请外援专家过来。不过，事情僵持在——反对派不让步，他们说，世上没有不透风的墙。只要找了你管不住的外地专家，你就等于家丑慢性外扬。

我就知道坚持把丑事烂在锅里的那个人是谁。她根本不顾老百姓的死活！小麦说。

苗博不回应。

小麦说，那小游说，又死了很多人，这总是真的吧？

不是。病人在增多，但是，没有死人。

那你为什么不要我去田广？

你没必要来招惹什么嘛。知道吗，前天我接诊了一个贫嘴的病人家属，他在抱怨说：现在在田广步行要小心，满地的呕吐物比狗屎还多，难以下脚。因为整个区的人，都在发病，都在呕吐。

小麦听得也笑了。她说，明天我去老占家。他家很安全吗？

不安全我怎么会给你地址呢？他妻子女儿都很正常。这个病毒，没有你想象的那么可怕。

说好说坏，都是你！苗博，你没有说真话！

你记着，我跟你说的全是真话。只要我开口，我就不骗你。你以后就明白我说的全是真话。

我更想知道你不开口的部分。我觉得你隐瞒了很多东西。

我毫不隐瞒。苗博呵呵笑，我对你知无不言、言无不尽。

你是大骗子！你根本不信任我！你就是怕我出卖你！你是胆小鬼！——听上去小麦在撒娇，但苗博能在她的语调里，感受到小记者追问的激将小心机。他一笑再笑。

呵呵，我是很怕你卖了我。苗博说：好了，认真听我的劝告：你不用逃跑，你不用逃到广东去。如果真的需要跑，我第一个通知你。我保证你有逃跑时间！

27

电梯工老占,就住在老市区。他住院观察的时候,医院阻挡了所有媒体的靠近。又因为莫名的传染性,老占被快速火化了。

游吉丽坚决反对小麦去老占家。她说,一个卫生局的哥们儿告诉她,田广的病人一直在增加中,打工者、中小学生居多。十多天以来,病人虽然没有专家预计的几何级的骤增,但却一直以8%左右的速度增加,病人一排排倒下,就像有一排士兵端着刺刀列队步步沿途逼近;不少病人皮肤溃烂,尤其是下肢,不少病人头发开始脱落。已经倒下的病人,很多会莫名其妙地在一到三天里恢复正常,只有血象不太好,但两三天不到,所有症状又回来,血象继续恶化。这些假愈现象,让医生很困惑。游吉丽说,那个老占家,说不准就是病毒中心!

游吉丽说,别那么傻积极。你想火线入党还是怎么的?我们同吃同住唇齿相依,你要这么傻积极,我哪里还有安全感?

小麦被游吉丽说得心烦意乱、很不开心,她并不是具有精卫队员的勇敢,但她也很瞧不起游吉丽的神经质的胆怯。她不想和她争辩,她心里很清楚,她一定要去。这个决定基于两个前提:一是苗博告诉她,老占家里是安全的;二是主任老蒋的叮嘱。也算是职业的自尊心吧。如果疫情舆论一旦放开,她不可能手里没稿子。

电梯工老占家在市中心老区的古树街道的树前居委会辖地。地方史志说那块地方是明城的发祥地,但不知为什么,那里一直是全市城建发展最慢的地区,居民老宅和棚屋以及"文革"时期的平楼参差交错,市容灰暗、人口密集,发生过多起火灾,但一直难以拆迁改造,有说是树前那两棵三百年的风水大榕树,事关明城的吉祥发达,万万动不得。小麦要去的老占家,就要通过那其中一棵根须展开约有一百多平方米的树荫遮挡下的石头路。

老占家在树前居委会旁边的一条小巷里。没想到,走进巷子不到十米,就有一个分岔口,小麦向两名戴着口罩、年龄不详的女子打听树前巷四十八号往哪里走。女子反问她找谁。小麦说找老占家。那女子问小麦找他家干吗?另一女子严肃地说,老占得传染病死了。没事别进屋,他们家已经被采取隔离措施了。

小麦一下子没反应过来,她不知道一个死了病人的家庭,再隔离是什么意思。小麦说,我是记者,想来看看他们的家。语调严厉的女子,立刻很礼貌地对小麦笑笑。小麦是看她口罩上的眼睛,感觉到她态度的友善转变的。哦,记者。那女子说,我们是树前居委会的。刚刚给他们家送过快餐。再封闭观察两天,如果她们没人发烧呕吐就没事了。你是来采访我们的吧,要不你就隔着防盗门问她们情况吧。不要待太久哦!

小麦说,为什么要隔离?

女子说，社区人心惶惶的，是应大家要求隔离的。他老婆女儿也通情达理。你知道，我们树前居委会老弱病残多，经不起事。他老占病倒的时候，很多人都捐了份子钱帮助他。他家很困难……虽然三五十块钱不算多，可是，连困难户老李老邱家，都捐了钱，三块、五块也是心意啊……

她们陪小麦左拐。走到一排像是加盖的棚屋那里，一个肮脏小水井对着的绿漆木门，就是老占家了。那户人家果然两道门紧闭。她们敲门的时候，一个二十多岁的马脸雪肤姑娘，开了木门一尺宽，探询性地看她们。居委会的两名女子一起说，记者来采访啦！我们刚才送来的快餐，你们吃了吗？

马脸姑娘不冷不热地说，才十点半，谁吃得下！我妈也没有心情吃。里面立刻有哭声，从小麦这个角度能看到里面黯淡的屋子前，有个男人的照片，照片前面供着几根香蕉。但里面光线太暗了，也许她们也舍不得开灯。小麦看不到哭泣的人。

小麦说，我问几个问题就走。

马脸姑娘不冷不热地盯着她，不说行也不说不行。小麦便说，对不起，打扰了。老占师傅是哪天发病的，当时是什么情况？

马脸姑娘说，加班嘛！累死累活，哪有什么抵抗力！

他发病那天在加班是吗？我知道他们龙飞公司在田广。

那你就替我们去找公司反映问题，不能一个人就这么没了，一千块钱就打发了！我爸认认真真兢兢业业，从来不迟到不早退，加班从来没有一分加班费……

发病的那天，占师傅是加班吗，那是几号？

马脸姑娘扭脸用本地话问里面，她母亲也用本地话回答了，声音很小。马脸姑娘说，四号。如果那天不加班，我爸就不会那么晚一个人回来，那天回来都十点了，田广那边风又大，回来老爸就吐了，说难受……里面的人又说了句什么，似乎更正了时间，马脸姑娘侧耳听了，果决地说，反正等了一个多小时的车，他不知道，公交车已经下班停开了。他不懂，在那里傻等。他本来就有点肺气肿，身体不好，又没得午休……你们媒体要是有良心，帮我们去公司讨个公道，打发乞丐也不能这样，追悼会只来了一个副股长……哼，副股长！马脸姑娘越说越愤怒，门就开大了。躲在三米外的居委会干部，慌忙大声提醒说，小占！门……她讨好地打着掩门的手势。另一个居委会干部谄媚似的突然大声附和地说，是啊，人都没有了，这公司还这么没人情味！我们社区虽然不富有，但是，大家都是自愿凑份子，这快餐都是我们大家的心意……

小麦说，那天他早上出门的时候，身体还好吗？

当然好！我妈让他加个背心，他都不加。他就是半夜在街头等车，着了风寒才没有抵抗力，那里又是传染病区……其实他根本就是工伤，是因公被传染。你看我和我妈，照顾他这么多天，我们怎么都没有被传染？你有抵抗力，就不会被染上！

占师傅住院了几天？病情都没有好转吗？

屁！住了十几天！把我们的钱榨干，就让他死了！好转？他们除了坑我们老百姓的钱，会看个屁病！各种各样的检查、乱七八糟怎么贵怎么开的药,有用吗,屁用!医院里都是穿白大褂的白匪!

马脸姑娘的火气大得不得了,一口一个屁。小麦觉得,居委会很厉害,能把这样一个泼辣姑娘隔离起来,真是不简单。居委会人听了小麦的由衷赞美,竟然也说了一个屁!她们说,要不是我们免费送吃的送喝的,你看她有这么配合吗?她们家是在白吃我们大家凑份子的血汗钱,你说,她还有什么牢骚可发的?

28

老占的死亡,让小麦感到疫情的神秘莫测。

如果那个马脸女儿说得没错,这种传染病的发病简直像抽奖一样。早上出门还是好好的,晚上回来就倒下了。第一个病人,那个拾荒女,早上出门还在满大街翻找可回收的垃圾,然后,她被选定,当街就倒下了。小麦记得那两位救助她的女尼说过,她的拾荒工具还在身边,人就支持不下去了。但是,那四个找工作外来务工者,又是怎么回事呢,他们为什么同时发病?按说是老弱病残容易被感染,病人里面,据说也确实是田广的小学生居多,四个青壮年怎么会同时发作呢?是不是真的找不到工作,没吃没睡的体质虚弱?他们被病魔选中的理由是什么呢。小麦打救助过拾荒女的女尼的电话,想证实她们是否依然健康，尤其是那位已经发烧的女尼。其实，她从黄和回来就打过电话，当时是想反馈一下，感谢热心的女尼。但是，电话不能通。里面什么提示也没有。她想也许是女尼做功课什么的不便接。后来，她自己忙来忙去的也忘了。从老占家回来的路上，她就边走边拨打女尼的号码，她克制不住地猜想，觉得那个发烧的女尼，可能已经沉疴不起了。

但是，电话不通。依然什么声音也没有。小麦回到单位的资料阅览室，开始查找《都市报》四月下旬关于民工兄弟突然死亡的社会新闻。

那消息总共两百来字：本报讯（记者韩海）前天下午，一名外来务工人员突然中暑暴毙。连日反常高温，专家提醒注意防暑工作。

前天下午，在田广区环境监测站工地，一名何姓民工在烈日下的施工现场，突然呕吐晕厥，当晚送救不治。工地传言称因地形凶相、开工不慎，得罪了土地公等，致使多名无知务工人员因此放弃了岗位。救治医生否认了关于迷信的无稽之谈。专家指出，今年天气反常，才进入四月已是连续多日高温，本市已发生了多起中暑病例。专家提醒，从事户外工作的单位和人员，应当提前注意劳动防护的防暑降温工作。

就在小麦在报社楼下的资料室查找第一例传染病死亡消息的时候，楼上，明城晚报的副总办公室，游吉丽在和老罗最后一次较劲。她本来还是想努力请假成功，但说着说着，就没有退路了。游吉丽狗急跳墙，直接上了威胁手段，她说：行，你不放我走，也行，我就把明城传染病事情捅到因特网上去！我要让全世界看到真相！

副总老罗说，没事，上面若追查，不管是不是你的 IP 地址发布的，你都负责去上面证明不是你干的就好了。

想吓唬谁？游吉丽气急败坏，我辞职！我今天就辞！我看你们谁还能把我怎么的！

那是你的自由。不过，这也得按手续流程走。老罗说。

游吉丽摔门而出。

小麦回到蓝楼宿舍，游吉丽正在写辞职报告。小麦的进门动静一响起，游吉丽就在里面喊，麦，今天又死了一个！——我不干了！

男的女的？小麦一惊，她只关注到又死了人。

游吉丽说，女的！上午的消息。一名下岗女工。她去田广一家鞋厂应聘复试，说是回来淋了雨，就开始发病了。

哪天的事啊？

五一过后，有天傍晚不是有场大暴雨？就那天。

小麦查了下采访本，那就是 5 月 2 日，因为那天她也被淋到了，她在采访一对抚养五个残疾弃婴的老夫妇。但说到淋雨得病，她感到震撼也很后怕，难道雨丝里也带着病毒？游吉丽说，那女的说是浑身淋湿后，正好 15 路车又脱班，她又湿又冷的，等了四五十分钟，当场就发病了。

那同时倒下的四个民工呢？青壮年，他们也没有淋雨、受风寒呀……

游吉丽转过身子，对小麦瞪直了眼睛：我告诉你吧，这是在杀人！就为那个投资招商的破会，他们根本不顾我们的死活。他们就是在杀人！本城医疗界束手无策，那群孤陋寡闻见识短少的土包子医生！这么久了，你看他们控制了什么？毫无作为！不断有人在死去！说不准明天就轮到你和我！上周，电力疗养院整个都被腾出来，里面全部是隔离病人。他们所做的，只有隔离隔离，还是隔离！

但如果疫情控制不住，最终纸包不住火，局面不是更糟吗？

对！让他们等着一百年后再有人来投资吧！游吉丽把鼠标边的毛绒小流氓兔，使劲摔向墙壁，流氓兔无力地蹦了回来。游吉丽显得情绪失控，眉目激愤暴戾。麦，我简直不明白，为什么总是脑子里装满猪粪的人当管理者，我真不明白卫生部门那些脑残专家是怎么汇报的，白痴才会相信——这神秘病毒，最终会自我耗尽。

小麦说，昨天你是说，疫情很蹊跷？

不是我，是一些人微言轻的小医生在背后议论。他们说，病人出现的区域是相对稳定的，凡是发病的人，不是在田广工作生活，就是去过田广的人，但它袭击的对象却不明确，老中青都有；病人发病的轻重也各不相同；——不过，我不管蹊跷不蹊跷了，我不干啦！我已经跟我们猪粪副总摊牌了。无欲则刚，我什么都不要，他又能怎么我？！我明天就回安徽！辞职！

远离这个杀人场。你也醒醒吧,麦,别把自己陪葬在这个愚蠢的地方!

你真不干了?没想到游吉丽真走。小麦心里顿时不是滋味。

游吉丽在电脑里写辞职信了。写了两行又回头喊,麦,你父母不是在深圳?你直接过去,让你哥帮忙进报社一样干!去一家好报纸!去一家真正能实现新闻理想的报纸!

小麦怔了怔,然后像呆头鹅一样退了出来。她回到自己房间。

游吉丽辞职走人,想想也是意料之中的,但是,一种深切的恐惧,类似兔死狐悲的感觉,毒蛇一样越来越紧地缠绕小麦的心头。她站在自己卧室临街的窗前,茫然地看着窗外的街景,看着看着,手臂外侧阵阵发凉,起了轻微的寒战,一种黏滞的惆怅把她从头到尾包裹:田广啊,所有的疾病与死亡指针,都指向田广。田广就是绝对禁区,一座不折不扣的死亡之城。康朝会死在那里吗?康朝在干什么?少年在为谁哭泣?康朝是不是已经在潜伏期?向泉为什么说他没有时间了?

小麦手上,反复调出了康朝的电话号码,可是,她一直摁不下通话绿键。跟康朝说什么呢,说危险?康朝早就蔑视这种狼来了的劝告,他是不会听她的,何况,他必须在封城之前完成向京的任务。也许,向京就是为了他的行动,而再三延迟封城的。那么告诉他,向泉对哥哥"没有时间"的强烈忧虑?这不好,这个道理,连保姆肖姨都懂;小麦再次觉得自己和康朝的情谊,比玻璃纸还脆弱。现在,她很清楚地感到,她和康朝,都在微妙地被对方牵挂和抗拒着。她内心深处的强烈不安感，正好和他坚韧的尊严对峙。没有中间地带。解决问题的唯一途径，就是传染病毒得到彻底根治。

小麦打不出康朝电话，还有另一个重要原因。她能想象康朝会对她所有疫情动态报之一笑，然后邀请她一起在田广深夜练车，或者，他不再邀请她同行。小麦知道，不管康朝邀不邀请她，自己都会陷于为难和尴尬之境，而康朝，也会因为自己的为难而再次受伤。其实，小麦已经能看出康朝的克制与回避。想到这，小麦暗自叹息，这纸一样的情谊，怎么就偏偏滋生在这乱世危情里，既然相遇，为什么非要相遇在有田广的地方？

从傍晚到夜里，小麦没有一丝食欲。她听到游吉丽电脑关机的声音，听到她乒乒乓乓地收拾行李的动静。小麦想了想，从自己塑料鞋架改装的书架里，抽出一本普利策新闻奖的书，木然写下"吉丽留念"几个字，到隔壁房间。小麦站在游吉丽门口，看着游吉丽挑三拣四地往牛筋行李箱里扔衣物。一种绝望的窒息混杂着倍感孤独的思绪，悄悄啃噬着小麦的心。她呆立在小游门口，她脑海里，康朝苍凉苍老的眼神时不时出现，她沮丧地想，那种眼睛，就是看透了包括她在内的、这世上的所有褶皱吧。与康朝红菇B型血他们相比，小麦既对游吉丽的逃离无比失望，也对自己的怯懦，失望至极。

游吉丽扭头看到了她。说，听我的，你也赶紧走吧！

小麦没有说话，把书递给她。游吉丽把书接过，潦草翻了翻放进了行李箱。她想起了什么，到拉链布柜子里，抽出一个无纺布包，约两个纸巾盒大小。她把整个包塞给小麦，我用不着了。四十个。如果你要死守，这送你！也许最后你需要两个叠在一起用，才能抵挡全城腐烂的臭味。

没有打开，也不用小游渲染，小麦一接过，凭手感就知道是口罩。

直到很多年过去以后，小麦才能够慢慢清晰地回望了自己，清晰地看到了那个时候的一切。每一次回忆里，一想到那个时候黏滞沉重的怅惘，她就不能原谅自己。她认可红菇的观点，红菇认为，人的灵魂是全知全觉的，它能够向你发送信号，可惜很多信号会被你的头脑、身体的声音修正，以致你不能准确地识别和感受自己来自灵魂的声音。也就是说，其实，那个时候，她已经感受到了威胁，也感受到了行动的召唤。这个行动就是，告诉康朝，拯救康朝，告诉他一切。她应该努力唤起他的头脑的危急处理系统，他会分析，会思考，会做出安全的决策。可是，她没有做。因为她没有足够的勇气，迎着康朝走去。

那个晚上，正是明城疫情出现大转折的夜晚。小麦以为自己严重失眠，她觉得自己没有一分钟入眠，但是，游吉丽说，你睡得像死猪！快两点时我一接到电话，就跳下床猛打你的门，但老半天里面都没有反应。我只好用脚猛踢。

当时，游吉丽踢打着小麦的门，疯狂地尖叫：出大事了！麦！！完蛋啦！！！

小麦从床上坐起来。

小麦一直以为自己没有入睡，没想到游吉丽的踢门声，却让她有魂飞魄散的惊骇感。眼睛睁开了，好几秒钟，却无法聚拢神志。一时间，她分不清梦里梦外，光瞪着被小游猛烈踢打的门发愣。她从睡梦中醒来，她是沉溺于梦乡了，她确实一整夜听到朵—凹—嗷——，朵—凹—嗷——的声音。那种不知真假的夜鸟，不知疲倦的、只有她能在梦中能听见的鸟鸣，一声连一声，越叫越急，越急越密，就在那个不祥的声音在夜色里笼罩全城的时候，明城一中两百多名学生集体发病，上吐下泻，被大巴车紧急送进市第一医院抢救。整个医院的门诊大厅，遍地躺满了病人。

　　游吉丽的消息来自市第一医院的一名年轻的女护士。那个时候，已经是距事发五个小时后。游吉丽立刻提着行装出门。没有告别，小麦是去洗手间的时候，发现游吉丽的屋里，已经人去屋空。小麦在小游敞开的门口，愣怔了好一会神，她还是打了康朝的电话。马上就有人接了。是轰然激越的《奥芬巴赫序曲》，随即音乐被关至无。他肯定在汽车上。康朝说，怎么，还没睡？

　　出大事啦！小麦喊，传染病大暴发！明城完蛋啦！

　　怎么回事？做噩梦了？

　　几百个一中学生突然倒下了，上吐下泻，医院躺了满地……

　　没事。食物中毒。

　　是真的！我同事刚刚接到医院线人电话！

　　医生说是传染病？

……没有,但是……

是食物中毒。你别紧张。

小麦被康朝愚蠢的固执激怒:不是!不可能!

是食物中毒。我知道。

你猜的?还是谁告诉你的?!

我知道,已经查清楚了。

又是她告诉你的!她在胡说!她就是怕你不替她干活。她是个疯子!

有时候看你真是幼稚啊。去睡吧,安全的。

你才幼稚!昨天又死人了!一个下岗女工,她去田广求职面试……

康朝嗯了一声。

你现在还在那里吗?

康朝又嗯了一声。语调降下来,不再有调侃的意思。

今天你和谁呢?

一个人。康朝说,我不想叫他们再来了。B型血和北方的狼,家里需要他们。

要不,你也回去休息吧,反正又……

我没事啊,累了我这车座位放平很好睡。

向泉……有消息吗?下面的话都到嘴边了,小麦还是没有说出口,其实,她真正想说的是,向泉肯定是预知到了什么,你没有时间了!还是先离开田广吧!可是,说出来的话,变成了她关心向泉的下落。

康朝说，还没有消息，老市区里，其他兄弟都在找他。他们又帮我复印了小泉的照片和寻人启事，在到处贴。

29

小麦第二个深夜电话打给了苗博。也是响一声铃，苗博也就接了。奇怪的是，苗博和康朝也一样回答，没事的。是食物中毒。

你怎么知道？病人全部在第一医院！又不是你的田广。

苗博轻声笑着，听上去他电话那边远远近近人声嘈杂。苗博说，我就在这里。

第一医院？你在一院？如果只是食物中毒，一院没必要请外援啊？明白了，你又在骗我！如果一院没有出大事，你根本没必要半夜过去。

但真是食物中毒。一些症状轻的学生已经回去了。

我知道你在担心什么。可我不是采访写稿！——你们一个个总说是我朋友、好朋友，可关键时候，还不是乌纱帽比朋友分量重！

但我真是你最可靠的朋友。

——都到这个时候了，还要把我当记者提防？媒体早就去势了，你还怕什么……想想真是太可悲太可恶了……现在，我只不过是关心我自己和我朋友们的生命安全！

苗博说，确实是食物中毒。小麦，我一直是把你当朋友，而非记者。还记得我告诉过你的话吗：只要我对你说出口的，绝对是真话。

我不是三岁的小孩。你对我说出口的，也许不过是海面的冰山。我知道你隐瞒了很多。——太可恶了！整个城市，大家的性命都在别人的手上，我的朋友在最危险的地方工作。可你们为什么要这样，为什么不痛痛快快地说出来，为什么不大声提醒，大力拯救？为什么非要这样自欺欺人，让大家恐惧害怕，让我们失眠、崩溃？

苗博听到了小麦忍不住的哭泣声，他瘪着嘴巴在深深吸气。这时，有个护士过来拍拍他，示意他快过去。苗博叹息了一声。假到真时真亦假。他无法安慰电话那头濒临崩溃的女记者。必须挂电话了，苗博再次一声叹息后，说，小麦子啊，等天亮你就清楚了，你就明白我说的是事实。如果你相信海面下还有冰山，那么，对你，它是透明的。我不会也不愿意对你隐瞒。真的。你懂的。有个碰头会，再见。

随着太阳升起，这个从黑暗中醒来的城市，第一眼看到的就是末世的混乱与惊恐。这个充满经济理想的内陆小城，已然深陷于史无前例的混乱与疯狂之中。

而小麦是迟钝的。一个破碎混乱的夜晚，让她醒来也混沌迷茫着，关于黑夜发生的事，大脑像逃避瘟疫似的，拒绝反刍和思考。她和窗子下面张皇喧嚣的世界，还隔着窗帘。她不知道，全城每一家媒体的市民热线，都被四面八方的惊慌求证电话打爆；她也不知道，全城所有的报纸、电视、有线电视和电台，依然缄默，依然不着一字。这个我行我素的姿态，终于激怒了读者。有几个人把一大摞日报晚报、《都市报》，以及破电视和旧收音机，在五一广场中央，把它们堆在一起浇上汽油烧了。她当然也不知道，今日太阳未出，小道消息就已经像细菌一样疯狂传播：

明城一中暴发了恶性传染病，几百个学生一夜之间倒下。

变态病毒传染期潜伏期半个月，现在到了全面暴发期。

病死之人全身溃烂，无法化妆、恶臭冲天，殡仪馆火化工全部都逃跑，殡仪馆停摆。

病毒通过空气传播；一旦发病，无药可救。

……

事后报社一编辑估算了一下，学生集体倒下之所以在社会上那么震撼，是因为每一个家庭至少有数十名直接间接亲属，每一个亲友、同事，又都有自己的直接传播半径，也就是说，这两百多个学生病人的辐射面太广泛了。一夜之间，那黑色恐怖消息传遍全城每一个犄角旮旯，整个明城就像进入无政府状态，人们惊恐不安、奔走相告，歇斯底里：瘟疫！传染病！！！最凶猛的传染病！！城里最迟钝的人，也被卷入这致命的传言。前半个月的仿佛不过是序曲，现在，从现在起，真正大规模的疫情登场了！变态病毒全面攻城！明城毁灭在即！！全城形势陡然严峻到极致，仿佛一个被吹到极限的气球，只要一根针尖的轻触，它就瞬间爆炸了。

披散着头发的小麦，在自己的电脑前发呆。她调出之前存盘的、给父母的信，决定重新写了。爸妈，哥哥：写了开头，她不知道怎么切入事件的角度是最不刺激父母家人的。想来想去，她上了一趟厕所，再回到自己桌前，但她还是不知怎么往下写。她瞪着手机，手机在等老蒋电话，如果主任干活的电话一到，就意味着舆论解禁。她又要开始玩命奔忙了。那两百名学生究竟是什么病？肯定是疫情大暴发。内心深处的不安，让小麦有点坐以待毙的感觉。苗博错了。大错特错。不可能是食物中毒，不可能在这个关节点上，这么大规模的食物中毒，这是借口，显然是全城人谁也不相信的荒谬遁词。

整座城市，被谎言笼罩。

游吉丽逃走了。天还没亮，她就拖着行李箱掩门而出。她赶第一班火车离开明城。她没有和房间里的小麦告别，只在客厅电视机屏幕上贴了一张潦草的几行字的便条：我的辞职信，已发你和主任邮箱。若罗猪粪还臭叽歪，请帮我打印出来再以纸质版送交。我走了！祝平安！

小麦又去了趟洗手间。途中，她揭下小游的留言，又回到自己房间，继续写信。她在写一封准备由哥哥邮箱转父母的信。不知怎地，信一开始，她的遣词用句还有点悲壮的暗示。想到她万一真的出了什么情况，想到家里人回看她留下的最后一封信，会恍然大悟地痛苦万分。这么一想，她自己也泪眼汪汪起来，但后来怎么写着写着，就成了蛮诙谐的平安信。她说明城虽然有点乱,但她一切都好,活蹦乱跳。几百个学生因为食物中毒,搞得很紧张。传言比较多,人心不太稳。不过,单位里和她所有认识的朋友和熟人,都很平安。请他们不用担心。

发出家书后,小麦心里竟然有了些安然。她出去给自己冲泡了一碗速溶甜麦片。以前她很喜欢在早晨闻到这样的奶香味。但今天却感到胃口滞胀。电话响了,她以为干活的命令到了,没想到却不是主任,而是跑教育线的同事。同事大声问,小游电话怎么打都关机?医院情况到底怎样?!小麦回复说,不清楚啊。有消息说是食物中毒。

同事说,——屁!——鬼才信!

小麦看着小碗里袅袅腾起的奶香味的轻软雾气,忽然有些恶心。她伸出一根食指,熏香似的让奶香味熏着指头。她感到阵阵恶心。她决心切一个柳橙,摆脱这个不快。这个过季的水果,皮有点干,很难切。这时,电话又响了。这一次肯定是主任。她放下水果刀,慢慢吞吞地走向手机,她在想是不是该跟主任说,我身体不太舒服。今天有点恶心反胃。没想到,却是康朝电话。

康朝语气很急,他说,有人在你们报社附近看到了小泉!在西门小吃街!因为偷吃东西,被揍了一顿,店家报警。但是,可能没捆紧,警察去的时候,小泉又逃走了。如果你在单位,请你帮我找找看,可能他是去找你的……

小麦没想到,康朝还在操心这个事。她忍不住叫喊:你在哪?我同事连夜逃跑了!

我在我公司。你别紧张，康朝说，我现在走不开。一大早已经有两个大公司发来传真，要取消来明的合作考察，康欣快疯了。本来说好等到再下个月招商贸洽会上，双方正式签署合作意向书的。

肯定是我们暴发的传染病让人家害怕了。

所以我要马上消除误会。本来早都签合同了，但区政府知道这个项目后，非要让我们拖到贸洽会时一起签。唉作秀害死人！我正事要黄了！

小麦说，你还想让合作方相信这里的疫情是误会？一大早跑教育的记者说，今天很多学校才开始上课，就有很多家长直接冲进学校，冲进班级去拖孩子走……

但是，那两百多个学生真的是食物中毒啊。康朝说。

到底谁说的？！

你相信我的消息吧。放松点。小泉有消息，就说明他流浪这么多天，并没有染病，不是你担心的那样；还有，我要告诉你，我咳嗽好了。前两天我确实一直在发烧，但是，现在都好转了。所以，我也不是你害怕的那回事。

这个传染病有假愈期——小麦脱口而出，那个占师傅……

说完这话，她后悔得差点咬掉自己舌头。

康朝沉默了一下，说，好吧，不说我的事了。拜托你，如果可能，请帮我在你单位附近找找小泉。有情况，立刻告诉我。

他亲姐姐为什么不找？！

康朝沉默了一下，说，……昨晚她昏倒了，……这一段她快崩溃了。

就是她说的——学生只是集体食物中毒？

是。她一直坐镇在医院指挥调度。通宵未眠。我相信她。

你当然相信！只有你相信！这件事，她十有八九是谎言！她从来都没有勇气面对公众说明真相。你要是当过记者，你绝不会这么轻信！我相信，如果她可靠，事态就不会发展到这么不可收拾的地步。她是有罪的！她想假装天下吉祥，她好平步青云；她希望你相信她，是她要你安心帮她找破烂。这事情开始是天灾，现在，这分明是人祸！！她绝对是明城罪人！

康朝没有回答小麦。女记者反常的伶牙俐齿，令他有点不适应，几乎有些憎恶。而小麦自己也有一点不自在，咄咄逼人是她并不习惯的风格。她自己也不知道，为什么她对向京积蓄着这么大的怒意，简直一碰就炸。康朝再次沉默了比较长的时间，最后，他说，拜托你，麦稚君，我怕他走远了更不好找了。我公司这边的事一处理好，我就不麻烦你。他停顿了一下，换了语调，说，知道吗，从小，小泉就是凭颜色亲近人的。他大概喜欢你。

30

小麦把没有喝的一碗麦片汁，统统倒进洗碗池。那个切好的橙子，她看了看，也扔进了垃圾桶。

她随便抹了把脸，拿了一个口罩，想想又在包里放了两个。关门下楼。

刚走下楼梯，还没到院子口，她就看到，天天到人民路路口卖豆浆馒头、炸油条的江西夫妇，神色恓惶地推着炸油条车摊子，奔进大门，推车差点刮到小麦。见了小麦，那男人大声说，要封城啦！都没有人吃早餐了啊！大瘟疫来啦！女人喊，几百个学生全部都死掉啦！推车的男人急急忙忙地把车推停在自行车车棚外。不知怎么回事，突然，车摊子咣当倒下了，可能他急着要回屋子，根本没有停稳。车子一倒，上面的油锅、豆浆桶，全部倾倒，黑的白的横流一地。男人回看一眼，说，拉倒，反正也没有人会再买了；女人顿足哇哇叫了两声，想想也不想骂了，更不去扶起车子，而是随着男人也往屋里蹿。

走出宿舍木栅栏大门，小麦也有些回不过神。满城尽是白口罩。一条条急遽错乱的身影，活像被打上封口签的巨型没头苍蝇。街上的人并不算多，甚至比平时少，可是，满眼看去都是惊恐颓败之气象。半个月来始终在疫情一线、有充足心理铺垫的小麦，都无法想象，一个城市，怎么一夜之间，变得如此混乱衰竭，肃杀凄惶的街景，简直让人有不知今夕何夕之感。从小到大，小麦从来没有见过如此冷清的街头。那情境猛看有点像大年三十的下午，但却没有那个时刻按捺不住的喜庆之蕴。

蓝楼宿舍楼面临的这条大街，两边都是大叶杜英夹道，每年春天，春花竞放之际，它总是落叶飘零，稠密如雪飞。一两夜间，路边就堆卷起无数轻逸的黄叶，更多的落叶在道路中间追逐汽车。每年在这个时光迷乱的春季，小麦都流连这个反动春天里秋意横陈的洒脱与迤逦，但是，那天，站在那个落木萧萧里，看行人张皇踏过满是落叶的人行道，小麦几乎想哭了。

完全不能想象，那是大上午，是一天中最精力饱满的黄金时段。她看到沿途的店面都在关闭或正在关闭中，一路都是卷闸门哗啦哗啦的响声。所遇之人，互相短暂瞪视，都面有惊惶之色，即使戴着口罩，也能彼此交换到他们眼睛里的恐惧；这时，小麦接到了老蒋电话，他几乎在怒吼：游吉丽在不在你身边！为何不接电话？

小麦说，她已辞职走了。回安徽老家了。

老蒋嗷嗷叫出声，骂了一句粗话。最后他吼：你绝对要保持手机畅通，随时待命！老蒋的声音很大，听得小麦也不由大喊：学生是不是都死了？

主任喊，我不知道！但整个情况很糟糕！

要封城吗？有人说下午就封？

到处都是谣言！根本搞不清谁真谁假！老蒋怒气冲天地挂断电话。

落木萧萧如雨，整条老街，只有小麦站在萧萧落叶中发愣。

她这才发现，根本拦不到的士，连那种天津大发的一元小面的也没有。她只好转道走远一点，去人民大街乘11路公交车。站点是有点远，但这是去她们单位的直达公交车。也是经过火车站、长途汽车站的唯一的两节通道公交车。所以等车的人，平时也比较多。小麦盘算在报社前一站的西门小吃街就下去，先找找向泉，然后再走回报社。

人民大街的车马要多一些，人也多，很多人提着行李；满大街的白色口罩更加稠密，转过来转过去都是白色的方块脸，不安恓惶之氛围更凝重了。如果从明城高空俯瞰，整个城市，所有大街小巷的人，都土豆般的往城外流动，不同的是，每一只土豆上都贴着白口罩。小麦发现，只有政府门岗一个执勤的小兵依然站立笔直，他没有戴口罩；而邮局、商店、环保局、派出所、工商局进出的也都是白色的方块脸。这已经是不折不扣令人绝望的危城景观了。

她还发现银行和商场却奇怪地人多。每个人都脚步匆匆。右边转角的是一家门面颇大的工商银行。工行门口，人多得像虫子蠕动打结，里面两个经警被人推搡得似乎束手无策。小麦以为是发现了突然倒下的传染病患者，以致一时人群慌乱。职业习惯使她小心地凑近几步，才发现工行里全是着急着提款的人。银行一个年轻的前台女经理，单边耳朵挂着口罩，站在自己的椅子上几乎用哭腔劝说，快没现金了！大家不要再排队了！你们去厦门、去福州也一样可以取啊！请不要再排了呀！！！

红达大商场门口，小麦看到很多戴白口罩的人在往外搬着一箱箱方便面、火腿肠、矿泉水，好像不要钱似的；有个走散的三四岁小女孩，厉声哭叫着，妈妈——妈妈——女孩手里抓着白口罩，柔软的长头发，粘在满脸的眼泪鼻涕上；过往的人们，神色匆匆，谁也没空搭理她。

11路公交站点前，已经积了一大堆不知是赶火车，还是赶汽车的乘客。人多得小麦都担心自己挤不上这趟车。车站后面，是一个大的建行分理处。里面一样是抢钱般拥挤的提款人。小麦再次寻思自己的钱包里的五六百元够不够用。她又想起向泉的保姆肖姨，她带着小麦的钱，大概已经逃回了安全的老家。小麦这时意识到，街上那些提着大包小袋、扶老携幼的人，可能都是要赶车逃离明城的人。

　　小麦心绪不宁，一脑子横七竖八的杂念：如果学生只是食物中毒，满大街的人们何必如此慌乱惊恐？为什么到处是弃城逃难的景观？但康朝和苗博应该说的是事实吧，不可能两个人都是假话。这两个都是有脑子的聪明人，绝不至于两个都被人蒙骗，或者两个人都要骗她？应该不可能。如果他们俩是对的，那么，眼下这些人就是错的，他们不该反应过度，那么，明城也就还没有进入十万危急的地步；那老蒋又为什么发急呢？他要给出什么重要线索？那个倔强而憋屈的老新闻人，期待的奇迹终于来了？舆论彻底放开？一切公开透明？厚积薄发的晚报，要做系列报道？不过，今天晚报已经过了出报时间，只能等明天了，一切就等明天全面揭晓了……向泉他到底在哪呢？向京对残疾弟弟的感情，为什么这么淡薄？为什么她会晕倒？心力交瘁快崩溃了？小麦再次想到她秘不示人的肺部结节。她想到螃蟹。过去在一本书上看到，一个病人，一想到癌细胞，脑子里就出现螃蟹形状。这么联想她觉得自己有点残忍，可是她止不住地这样想那件事。她摆脱不了她肺里长的不是好东西的卑鄙恶念。

被人和行李挤满的11路公交车颠簸向前。一路上还有乘客上下，下去的是白口罩，上来的还是白口罩。小麦突然发现一个背双肩帆布包的年轻人，没有戴口罩。他的耳朵里塞着耳机线，脸上充满天真的活力。当他被后来上车的人，挤移到小麦身边时，小麦听到他耳机里欢乐奔腾的旋律。那低微的沙沙声，就像黑暗的岩洞前方，依稀透过了轻微的晨光。看到小麦看他，小伙子友善地笑了笑。小麦很羡慕他的心境。她立刻想到了康朝。借音乐感受百态世情的人，就像戴有色眼镜看世界。音乐点卤水般点化了视野里的所有，它发酵了乏味枯燥的生活，结晶起亦真亦假虚实难辨的美好时光。康朝不就是在这样的音乐背景里，纵横驰骋于他的理想人生？

车厢拥堵如闷罐，但人和人之间，沉默而惝惶地尽力互不相碰，母亲紧紧护着小孩。有三个同时上车的女人，白口罩之外，还都戴着交警一样的过腕白手套。乘客无声地看着她们，有几个人下意识地看自己的手。小麦看到了其他女人眼中明显流露出的羡慕与学习精神。她再次想到向京，那个倒在医院的拼死要强女人，现在在干什么呢？她真应该走上街头，来看看一个个都如惊弓之鸟的老百姓，看看这些绝望如鼠的小市民。

七八成的乘客在火车站和长途汽车站下车了。那个没有戴口罩听音乐的小伙子，正大步流星向火车站候车室大厅而去。显然，只有明城过客才会这样的心无羁绊。不然，明城这么小的城市，像这样的危急情形，一个人如果不戴口罩，肯定有至少一个亲友对他提出防护忠告和叮嘱。一座小城市，没有孤立潇洒的单身人。

已释重负的 11 路公交车，走到西门小吃街前一站，竟然故障走不动了。司机以为他会习惯性地受到乘客的咒骂，没想到，所有的乘客，那些戴着白色口罩的人们，一听车坏了，就像螃蟹一样，急速地四散而去。留下那提着发动汽车小铁棍的司机，望着瞬间空荡的车厢，反而怅然若失。

下了车，小麦抄近道，往西门小吃街而去。

31

向西门小吃街走去的时候，她看到很多人往斜刺与正和大道相连的一个苗圃短街而去。那里平时是个专业的花草树木街道，卖着花苗树种、花卉器具等等。小麦感觉有异，那里人潮多得不正常，她便随人流走了过去。原来，人们不过是借道都涌上了正和大道。正和大道是明城上高速、连接国道的唯一出城之路。四十公里外，有个避暑胜地段家庄，段家庄再过去十几公里，就是国家级四A风景区黑森林湖。每年盛夏，明城能迎来七十万游客，靠的就是避暑胜地段家庄和黑森林湖。

走到苗圃路的那一端，也就是走到这个苗圃路和正和大道的交叉点上，小麦目瞪口呆。

那完全就是电视剧里逃难的恢宏场面。

这一路过来，整座城池大街小巷的冷清肃杀，原来都汇集到这条出城大道上，滚滚的出城大军弄出的尘嚣，几乎遮天蔽日。机动车、非机动车，细看过去，出租车、天津小面的、私家车、大东风、小皮卡、三轮摩托；两轮摩托、平板车、轻骑、自行车、水泥手推车、步行者。这里正好是一个施工一半的天桥，工程围挡把双向八车道的路，围得比较窄，到处都是沙土水泥栏板之类的建材。路本来也还算宽，但路的另一边不知道在挖什么管线，不仅占用了一条车道，还使整条路段泥泞不堪。没有人按道行驶，整个正和大道，就像一个流动的大广场，人、车、狗，都往城外一个方向流动。

明城的地图形状像地瓜叶，各路人马以自己的家为出发点，络绎不绝地向着地瓜梗的方向而去，出城、马上出城、立刻出城。这应该是所有正在抛家离去的明城人最强大的念头。小麦住的区域因为是商家、店面、政府单位居多，住宅群少，因此没有直接映射出人们逃离明城的真实的喧闹情状，但是，她现在明白了，也明白了在她家附近为什么一直等不到的士的原因。它们全部被拦截驶向这里。在这个出城的泥泞大道上，不论桑塔纳出租车，还是天津大发的小面的，还是奇瑞私家车，一车车坐满了乘客，红尘滚滚、如百舸争流。

在二〇〇〇年初期，私家车很少，在明城乘坐桑塔纳出租车，还是比较奢侈的选择，拼坐天津大发的面的，才是更多老百姓能接受的。正是这个群众需求，使追求现代化的市容市貌的政府，多次计划取缔小面的而一直流产的原因。然而现在，这超出小城交通水准的奢侈的士，也被急于逃离城池的人，抢劫一空。小麦看到，两家人为争夺一辆桑塔纳出租车，男对男、女对女地大打出手；小麦还看到一个红色的夏利出租车，被塞进了四个大人五个小孩，因为关不上门，还是什么原因，的哥下来怨恨满腔地使劲关门；她还看到一辆私家车，被一辆中巴刮去了后视镜，车主不知是没有发现，还是没时间吵架，居然只是顿了顿又继续勇往直前。那个时候，私家车还是非常稀贵的，小麦本以为车主要心疼索赔的。更惊叹的是，一辆黑色的桑塔纳，左前轮明显瘪掉了，居然还兀自往前；一辆三轮摩托车，推挤了两个大人两个小孩，居然还带着煤气瓶和一口锅！

五月的正午太阳，照在因为天桥和管道施工而灰蒙蒙的正和大道上，看上去，那里像天地间一个巨大灰尘漩涡。小麦觉得好像全城的机动车都来了，它们从城市的各个角落各条街道上被一股漩涡吸引过来，指望从这个漩涡顶部飞旋出离而去，人们急着飞越即将关闭的城门，逃向安全地带；各色车辆人流，争先恐后、你推我挤，嘈杂混行，拥走在逃亡的大道上。很多人对施工变窄难行的路骂骂咧咧。

越来越多手提肩背行李的步行者出现了。也许是从某路到此为止的公交车上下来的。小麦眼前这一拨看模样像是打工者。她叫住一个弯腰系鞋带的女人说，你们这是要去哪里？系鞋带的人笑笑。她因为弯腰，让背上的包袱滑了下来，一些黄豆之类的东西撒了出来。另一个女人帮她收拾，一边笑着回答小麦说：去旅行。去段家庄、去黑森林湖。

还是那个系鞋带的女子认真回了话，她和小麦边挥手道别边说的。她说，当官的都跑光了，我们再不跑不是等死？反正先走出城再说。不然封在里面不得病也是死。

一家像是打工的四口人，推着自行车经过小麦身边。一个三四岁的男孩坐在前座，一个七八岁的男孩坐在后座，手里还帮忙抱着一卷冲天草席。前后两个小孩都戴着肮脏的口罩。眼神呆滞困惑。就这样拖儿带女的靠两条腿，也要逃出城去？男人好像看到了小麦的不解，主动指着自己的车链子说，断了！没得修。到处没得修！

小麦说，你们要去哪里啊？

面容沉重的女人，推着男人的腰，示意他不要啰唆，快走。男人还是扭头说完：去段家庄。本来要去厦门找她姐姐，二十五块钱的车票，一下涨到二百五！这还不把人的积蓄都搞光了？

女人又推男人快走，男人远远地还有抱怨声传来，二百五你还抢不到！逃命啊……好像钱都不是钱啦……

两辆中巴因为躲避一个横冲直撞的轻骑，撞在了一起。小麦看到它们两车的后窗都贴着一个鲜黄色标语：到明投资是恩人，招商引资是能人，引来项目是功臣，破坏环境是罪人。俩司机都没有下来，而是互相伸头看情况，似乎都在骂那个消失在远处的轻骑。然后就各自退开驶离。

这浩大混乱的出城场面，让小麦心里阵阵发虚，略微还有一点被遗弃感。她甚至有点羡慕这些果断逃命的人。他们行动迅速，说逃就逃，变复杂为简单。如果那两百多名学生真就是传染病全面大暴发，那封城就绝不是无稽之谈，而封城，对明城的每条生命而言，自然是凶多吉少。这个城池，即将腐烂死去。

注目着仓皇出逃的人们，小麦现在太愿意相信那些学生是集体食物中毒。她祈祷上帝，让那个传染病在可以控制范围内，祝愿明城的日子，平和、安定，她又想，如果康朝看到这样的逃亡场面，也许他也不再有信心去挽救公司那要解除的合作协议了。

小麦怅然转身，继续往西门小吃街而去。她的手机也一直没有响起，老蒋主任没有打她的电话。她原以为主任会非常需要她，因为游吉丽脱逃，只有她是最好的接棒人。这半个月，她们两个也确实算是报社涉入疫情最深的搭档了。呆望着出逃的人潮，小麦有过一丝闪念，报社领导会不会也逃跑出城了，但只是一丝闪念而已。多年的社会经验告诉她，不太可能，在一个城市的结构体系中，报社领导和全城所有的职能人员一样，有他们习惯的，也是必须敬畏的个人阶梯位置。他们绝不会轻易放弃前程的。体制里的人，有这个定式，尤其是有一定社会地位的人，他们会算计掂量得很清楚，他们的血液里，有一种惰性稳定的物质，他们天生就和康朝那一类非主流的自由民不一样。

西门小吃街异常安静。整条小吃街，静得就像在一个人的梦里。

城区外扩后，西门小吃街，以小吃品种繁多、热络火爆不夜街而闻名遐迩，它也几乎成了游客必访的明城风味小吃文化景点。很多店家的店员,按市里要求,统一穿着汉服。

现在,整条小吃街,干巴巴、静悄悄。向泉会在哪里呢?小吃街通常是下午三四点开始醒来,逐渐热闹。摄影记者唐佐说过,西门小吃街和夜场女子的生活节奏一样。平时在上午中午这些时段,沿街走去,能看到的是各家各店,在洗啊、切啊、串啊、剁啊,为晚上红火盈天做着最充分的准备。但今天,地面是干燥的。大锅、大炉子都是冷的,看上去几乎没有一个店面开着门,也没有小工嬉笑着在店前洗洗弄弄。整个百米的小吃街,干燥寂寥,除了未及时清理走的煤渣冷灰,满地只剩冲不干净的油腻与污渍痕迹地面。一个老人像抱婴儿一样,抱着一只京巴迎面而来。地包天的小京巴,张着大嘴巴东张西望,丑而天真。交会时,小麦跟它哈啰一声,它立刻对她友善地摇尾巴。

小麦说,嘿,你怎么不逃跑啊,很多人都出城啦。

老人替小狗鄙夷地说,那些低素质的人!我们相信政府。有些人喜欢传谣信谣,我们不信!你看见谁死了?

小麦笑,说,你们散步啊?

老人说,我们住附近。小宝喜欢阿庆嫂家的卤大肠。我们要去路过一下再回家。

小麦觉得这一人一狗非常有趣,大难临头,他们却想着路过一下心爱的卤大肠店。

小麦说,可能今天不会开张啦。

老人说,没事,只要路过闻闻味道就好了,不然小宝心不甘，它要流鼻涕不高兴的。

小麦忍不住笑起来。伸手摸那只充满期待的小狗头。她想起以前的突击采访，警察和工商联手整治西门小吃街，查获了大量的罂粟壳。他们都是做调料用的，据说，味道绝好令人上瘾，几次后就欲罢不能。她想这个小京巴可能已经有毒瘾了。

小麦说，老伯，您住附近有没有看到一个胖胖白白的流浪少年？大概这么高。

——咦？有的！我们见过。

老人迅速地肯定让小麦惊讶。她不过是随口问问。老人说，碰到两次，我还给过他两个花卷。他想抱我们小宝，我和小宝都嫌他脏，不让他抱，他就一直跟我们走，最后被我撵走了。那个小孩胖得简直不像乞丐，不过，看神态像……老人食指打圈指着自己脑袋，示意向泉脑子有问题。

您在哪个位置看到他？

老人说，先一次是在菜市口，前天是在西门石狮子牌坊那，小胖子被人打得一塌糊涂，蹲在石狮子边呜呜地哭。不过他看到小宝还咧嘴笑，跟小宝招手。我们小宝也冲他摇尾巴，倒不像以前看到穿得破烂的人就吼叫。

西门狮子牌坊，就是小吃街的另一头。小麦谢过老人赶紧往另一头而去。这时，她的电话响了，是主任。老蒋说，马上！田广区政府外宏图广场！二十分钟后，有重要新闻发布会！非常紧急！

小麦叫喊起来：打不到的士！它们都往城外逃跑啦！

主任说，这就是紧急开会的原因！

主任居然挂了电话，小麦正着急，他的电话又到了，你在哪，罗副总司机过去接你！

32

宏图广场又名田广新大广场。紧邻田广区政府。相当于明城地瓜叶东翼位置。按市政规划，是要建立明城经济大开发、大建设后的城市新中心，从西门小吃街过去，正常要二三十分钟，但习惯性闯红灯的罗副总的司机，一路过关斩将，加上十一点多，街道上人车稀少，所以，二十分钟不到，小麦就赶到了宏图广场外。

她远远地就看到，春节、五一才喷水的音乐大喷泉池在高低错落地喷水，在雪白的花式喷泉后面，去年外引内联招商引资大会的金色台子上，已经铺上了红毯和长条桌子。大台子后屏是一幅本来就有的超大型喷绘宣传画，画的是一江蜿蜒的两岸新明城，明城天威山著名的鹰嘴峰也画在云雾缭绕的江上；已有的和想象的高楼大厦，在江的两岸鳞次栉比繁花似锦地延伸，"明城欢迎你"。巨幅宣传画的中间，就能看到一个临时红布横幅，腰带一样拉过宣传画中央，一个字有一米见方：明城是安全的！

台子前的喇叭试调声咔咔怪响了几下，很优美的《春江花月夜》的音乐就响起来了，音乐忽然大声了一下，马上又低微下来，成了背景音乐。在这个阳光明媚的中午，这音乐说不出的不搭调。台前已经聚集了两三百号人，小麦纳闷这露天发布会，还真是有点人气呢。后来她看到几队穿校服的中小学生被神情严肃的老师带领着，小步跑着入场。一问两位早到的电视台同行，才明白很多人是附近单位、公司、工厂及居委会组织来的。

媒体都来齐了。小麦看了看，《明城日报》《晚报》《明江都市报》、音乐台、新闻广播、明城电视台、有线电视台，一个不落。一个小官员在跟电台记者交代怎么连线直播，他说要让离开明城的人，在汽车里就能马上听见新闻。

会议切入主题很快，大喇叭声中，主持会议的市委秘书长声音洪亮有力：我们紧急召开新闻发布会，并且把发布会放在田广区，就是为了及时破除谣言。今天市委书记金达中、副书记魏宁多、政法委书记张本祥等市主要领导，在百忙中专门出席这新闻发布会，就是告诉大家真相。

小麦注意到，台上所有的领导人没有一个戴口罩，而台下，政府人员、会场工作人员也没有一个戴口罩，而所有的受邀与会人员，包括记者、学生及领队老师，清一色的白方块脸。只要看脸上有没有口罩，你就知道他是哪部分的人。对此，不知上面开会的人作何感受。

作为分管领导，向京的发言非常简洁干脆。她的声音有点奇怪的沙哑，但依然掷地有声。她说，谣言很多，连我都接到电话，问我逃跑到哪里了。我真想请大家解除口罩。因为明城是安全的。昨天发生的集体食物中毒的学生,今天上午大部分已经回到家里,部分高三学生直接返回学校,明天他们就可以正常上课了。关于明城传染病的大暴发的谣言,已经不攻自破。非常感谢今天有两位学生家长,也拨冗出席新闻发布会,媒体可以直接采访他们,以事实说话。过去这两周,明城确实受到了一些类似甲流的病毒干扰,研究人员认为可能和近期持续的低气压有关;也确实有些体质比较弱的市民,先后染病。但是,发病率基本还是在正常比例范围内的,有些人夸大了这个事实……这半个月以来,我平均两三天都会在田广医院,在大家认为最危险的地方,可是,我很健康,整个明城,也没有一个医生、护士染病……

广场上的风,吹过向京的头发,小麦感到向京的头发枯燥灰白,两颊因为塌陷,已经有了阴影。谁也没有注意到,少年向泉在慢慢走近这个敞开式的新闻发布会。

也许是发布会布置的匆促,也许是开放式的发布会,本来就指望听众多多益善,人人都是小广播,所以,这个露天会场警戒几乎没有,除了组织到会人员之外,不少过往者是被这里的动静吸引过来张望的。衣衫褴褛的少年,是从侧面突然登台扑向主席台的。他的哭泣声,就像绝望小兽的咆哮,声音混沌粗大,又在怪异的变调中显出本色的尖厉童声,全场顿时惊呼起来。台上台下的人,全部和向京一样站了起来,前排的小学生发出惊骇的夸张尖叫。

向泉对主席台激烈摇头,少年的胖脸上,滂沱的眼泪、口水、鼻涕，因头部的剧烈摆动而横甩。他在伸手或是招手，似乎急切地在讨要什么。几个警察和保安同时冲上台，扑向向泉。从小麦的角度看，她觉得几路扑救的人马彼此都有冲撞到，撞完，有个警察暗暗龇着牙一直偷偷在摸自己下颌。少年被摁住，被七手八脚飞快地拖下前台，最后塞进喷泉池旁的警车。这一瞬间其实非常短暂，但向泉撕裂般的挣扎哭泣，把这一短暂时间，刻画得又深又长，会场起码傻了几十秒钟。大家呆若木鸡地看着少年被架着使劲拖塞进警车，被带向不知道的远方。人们困惑不解，所有的学生开始交头接耳在议论。

小麦看到向京把耳前的头发轻轻掠向耳后。她一言不发脸如死灰，但看上去是坚毅镇定处变不惊，这真是一个冷漠坚强的人。她为什么不说那是我弟弟，请松手。为什么她不保护她弟弟？这并不影响新闻发布会的严肃性。至少，小麦这么觉得。

向京就是在这一瞬间突然倒下去的。

会场人潮啸起，再次混乱。尤其是那些学校、公司、工厂派来的代表，惊骇之后是交头接耳、窃窃私语。

田广医院的救护车，五六分钟内就嘀嗒嘀嗒驶入场中。小麦看到了穿着白大褂的苗博第一个从副驾座跳了下来，大步跑向会议台。他蹲在向京身边，检查后，示意急救人员把她小心放进担架。看到苗博始终铁青严峻的脸，小麦感到一丝不安。

带着向京的救护车离去后，会场秩序不能恢复如前，尤其那些小学生，个个流露出张皇之色。带队老师们，不断对他们做出示意安静的嘘指。做总结发言的金书记，一开言就说，大家安静。镇静！这段时间，向副市长夜以继日、非常辛苦。她是累得。请大家放心。没事。我保证她没事。

到记者提问时间，会场氛围好像还是回不过来。领导们也有点心不在焉。小麦居然收到一个同行传来的字条，写的是——新闻辟谣会上，说自己很健康的冒号突然倒地，难道也被传染发病了？：（

随后，那两名康复学生的家长，接受了众媒体的采访与拍照。

新闻发布会一结束，小麦立刻给康朝打电话。一是关于向京；二是向泉。

电话里，没有听出康朝的慌乱，他说，听说了。公司的事一完，我就去西溪派出所领人。你——

我要先回报社发稿。小麦说。那向京怎么样？

嗯，没事。你先忙吧。他说。

小麦在回报社的路上，就忍不住打了苗博的电话。无人接听。隔了几分钟再打，响两声却听到了被按掉的那种"正在通话中"的提示音。小麦有点不快，苗博肯定在为向京忙碌，忙得什么也顾不上了。小麦很清楚，救护车出动，正常情况，是不可能配这么高级别的医生随车急救的，他们有专门的科室医护人员配置。当然是因为向京，苗博才会放下手头的事，奔赴第一线。如果向京刚才说的没有吹牛，那么这半个月，她三天两头在田广，苗博之前从未说过。这对同学和朋友，关系好像确实非同一般的密切。回想苗博对自己含蓄的情谊，小麦不由泛酸地琢磨着：向京有这么个医术高超、忠心耿耿的蓝颜知己，自然所向披靡。这个女人，在关键的位置上，总有自己殷勤贴心的狗腿子。

苗博竟然不接小麦的电话，说明什么呢？向京情况严重。也许，她真是被传染了？

33

小麦在单位赶完稿子吃完饭，已经快下午三点了。

编辑大厅里，其他几路的记者陆续回来，表情一色的惆怅与沉滞。那种惆怅一看就是有外心的彷徨和不安的混合物。大家各自在自己的电脑前边写稿边说见闻，信息越交流氛围越沉重。跑交通的记者说，出城逃亡的车马没有减少，反而更多了。高速路进口，警察已经开始放下封路栅栏，强制拦截劝回。急于出城的百姓和警察冲突正在升级；跑民政的记者说，两对来办理离婚的夫妇，听说传染病真的暴发，一对夫妻立刻暂停离婚，在走廊下相拥而泣；另一对手拉手地奔出大院，说赶回岳母家去带儿子逃亡；新闻发布会的消息已经在明城电视台、有线台和电台滚动播出，但很多人还是没有听到，听到的许多人，就是不相信。有个大胆的传言说，那两名学生家长，根本就是受雇的托儿，他们本来就是公务员；有个更耸人听闻的传言说，学生并没有全死,只是死了一半,剩下的一半都在隔离室发烂,已经有多名医务人员被传染;还有个言之凿凿的传言说,政府正在和死掉的和烂掉的学生家长就保密维稳问题进行谈判;跑教育的记者说,每个学校被家长领跑的学生已经超过百分之六十,学校已经无法维持正常教学秩序;跑商贸的记者说,各大百货商店,方便面、火腿肠等速食品基本告罄;全市大小药店板蓝根冲剂、VC等提高免疫力抗病毒药物,都销售一空;甚至抗生素……

拿着一张报纸小样进来的老蒋主任,拖腔拉调地吆喝了一声:接旨——各家报纸全部在头版最醒目位置,用大字号——辟谣。不得有误!

几个编辑记者在嘎嘎怪笑。有人用力摔碎了一只杯子,又有人跟着摔了一只,这一只是被用力摔在大理石柱子上。嘎嘎的笑声和杯子的连续的破碎声,凸显了编辑大厅滞重抑郁的气氛。不过,通过这个新闻发布会,小麦相信学生是食物中毒。尽管她很排斥向京对疫情轻描淡写的表述。可她不相信刚采访的那两位学生家长是什么托,她相信自己的判断,相信自己的直觉,但同时,她也相信向泉发出的警示。小麦相信他的逃离和疫情有直接关系。他认出了他姐姐,他在祈求什么?他的哭声为什么如此绝望?这后面,这集体中毒的事件后面,肯定还有问题。还有更大的问题。不过,所有这些疑惑,只有到西溪派出所才能问明白。

交稿下楼的时候,老蒋打电话叫小麦速到他办公室。他说,罗副总在市里刚开完会。预判新闻管控会被迫放开，你把之前采访的稿子，做个深度综合，稿子直接发我邮箱，我亲自来处理。另外，几个编委已经碰头，小游临阵逃脱，医疗线你必须先撑起来。

老蒋主任看小麦表情迟钝，语气变得很贴心，小麦觉得他有点像在哄孩子，老蒋说，你其实还是很不错的记者，很吃苦，也一直很努力。我信任你！现在，非常时期，晚报只能指望你了！请好好表现，拿出你的真实潜力！

小麦郑重点头。她急着去西溪派出所。康朝已经打来电话说他已经到了，但小泉认不出他。小麦说她马上就到。在去派出所的路上，她再次拨打苗博电话。电话还是被挂掉，但随后，苗博发来短信：抱歉！晚上一起吃饭吧。

西溪派出所在田广一农贸市场小巷深处。

康朝从办暂住证的那个门道里过来接引小麦。小麦没想到，远远地，还在小巷那端，一看到小麦，康朝立刻掏出口罩戴上。小麦很惊异，这是她第一次见到康朝戴口罩。两人走近，小麦指着他口罩，实际她口罩之下的嘴里是笑着的，但看康朝却略微有点尴尬，他含糊地解释说，对不起，我太累了。

边走，小麦边纳闷地偷瞄他。是的，即使戴着口罩，康朝也确实一副疲态，眼窝深陷，鼻梁如峰，干薄的眼皮凸现着眼球的形状，看上去衰老憔悴，筋疲力尽。

小麦说，你不是说咳嗽什么的都好了吗？

嗯……嗯这些天实在太累了。他依然含糊地说,亚健康状态。

小麦明显感到,他对她变得礼貌而小心翼翼。那种体贴但客气的语气,却越让她感到见外。是的,他的口罩是为她戴的,只是不想让她紧张害怕。两人并肩走着,康朝不再说什么。小麦心里五味杂陈,不知道是轻松还是失落。她不知道她到底算不算爱上了他,但康朝这样的客气,让她强烈感到孤独。小麦斜觑着康朝戴口罩的侧面,陌生和距离感,让她觉得康朝骨子里是看不起她的,她和精卫那伙人完全是两回事。我在你身边,我在你千里之外。小麦转眼使劲看着窗外的天空,走了好几步后,才让眼泪冷回眼窝。

你还记得向泉阳台上的壁画吗?小麦说。他画的就是田广!

康朝很迷惑:他从来没有去过那里啊。

小麦说,可是,那上面画的就是那里!而且,在我们去之前,他就画了出来。他事先就看到我们在那里。他看到了很多,那个大树下的雨丝,并不是雨丝,而是学校大门口的榕树气根。他看到了学校,看到了我俩在厚德小学门口那棵气根披拂的汽车里。

你怎么知道?

我不知道,那壁画突然出现在我梦里,在梦里我一下子就看懂了。我还把那个梦画了下来,是的,那就是向泉的壁画。他画的就是那个场景、就是田广。他什么都看到了。

康朝在口罩里笑出声。小麦懂他的笑。自然,是有点不可思议。

穿过一个小天井，小麦跟着康朝走到向泉所在的那个留置室里。

康朝说，看他能不能认出你。

向泉背对门，瘫坐在一个六七平方米的留置室内的一角。流浪的日子，并没有让他减肥。看那肥厚的背腰，还是一大坨。还没靠近，小麦就闻到里面有非常难闻的闷臭味。康朝走过去把向泉轻轻转过来。小麦这才看见他已经被打得面目全非。只有一只向家独有的李子干似的大眼睛，还像从前一样清澈。另一只眼睛青肿得睁不开。

康朝说，警察说这小孩在西门小吃街已经多次被店家打，两次是抢人手机被踢打，还有一次抢女孩手里的烤酱丸子串被打。他又跑不快。昨天是偷店主蒸笼里的蒸糕被打的，自己掀开就拿了。据说店主一个铁脚圆凳子砸过去，肥胖的乞丐少年被砸昏了，被店家捆在店里报警，没想到，他又逃走了。

康朝说这些的时候，向泉呆滞地看着他。他瘫坐在地上，一只脚上有拖鞋，一只脚是光的，依稀有血痕和淤泥。条纹睡裤上，不知是尿迹还是水迹，斑斑驳驳；少年的嘴唇是肿的，一只眼窝像熊猫，青肿的眼窝还有很多黄绿色的眼屎堆结在眼角；他后背靠腰的位置，皮肤溃烂发臭。有人说是他抢人家油条时，被店小二用开水泼的。后来康朝又担心是油，因为睡衣上的污渍是油性的，应该是油条炸好有一阵子的油锅底子，油不是沸腾高温。但也不低，所以被泼到的地方，还是泡破肉烂，腐肉和肮脏的睡衣，粘连在一起了。警察说他身上老伤新伤遍布。

向泉认不出康朝，对小麦也毫无反应。他木然地、一眨不眨地瞪视着他们。

康朝伸手摸他的头，他似乎又很害怕，很长的口水突然挂了下来，他鬼祟地掩饰性地去擦，看到小麦正在看他，他羞怯地咧咧松弛的嘴，似乎是对她笑。小麦叫他名字：向泉！她说，嘿！我是小麦！你哥来带你回家啦！

康朝也蹲下来叫了他小名，向泉瞪着眼睛，死死低头看他，肥胖的下巴，被挤得像半个游泳圈在脸和脖子之间。康朝以为他害怕口罩，便拉掉口罩的一边耳挂。小麦看到他解口罩的时候，眼神在她脸上掠过。

康朝把双手卡到向泉腋窝，想把他撑起来，但向泉嘻嘻笑着蹬腿不配合，随即又扭捏肩头，做出很痒还是很痛的畏缩样子。康朝放下他走了出去，小麦以为他去叫警察帮忙，后来发现他在打电话。小麦猜会不会是打给向京的。向京身体到底怎样了呢？一想到康朝可能在请示向京，小麦心里就别扭。这本是他亲姐姐分内的事，让一个离婚的姐夫，这样操心忙碌又算什么？就算是从小陪到大有感情，那也不能这么利用人的感情。小麦从心底冒出一种心疼和吃亏的感觉，但同时，她再度怀疑这对离婚夫妇是相爱的。只有相爱的基础，一个女人才会这么底气十足、颐指气使，这么毫不讲理。小麦小肚鸡肠想了一阵，又觉得康朝是活该。

一个带着值班袖箍的警察踱了进来，手里拿着保温茶杯，看上去是有功之臣的辛苦角色。他一边喝，一边教训小麦说，不是我爱说你们这些人，你监护人就要尽监护之责。放一个精神病人到处跑，对他人对社会都是不负责任的，有些家庭——我不单是指你们，就是舍不得把他们送精神病院，好像不送进去家里就算没有精神病人，再说，不送进去病情更糟糕，送进去也没有多少钱嘛，相比他惹的祸……

一个矮个警察进来，二话不说，把那个如坂下丸的值班警察拉了出去，那家伙扭头还想跟小麦做结语，被那个矮个警察拽了一个趔趄，杯里的茶水洒了出来，烫得他吱哇大叫。两人出去了。向泉乐不可支，嘻嘻拍着地笑着。

先送他回小区的诊所吧。医院现在太乱了。康朝进来对小麦说了一句，随即蹲下来，对向泉说：你自己站起来好不好？我们回家。向泉没有反应。康朝伸手去拍向泉的脸，示意他起身，但向泉惊恐地架起胳膊，护住了自己的脸，半天不肯抬头。显然，他是被人打怕了，这也说明他确实认不出人了。两名协警队员帮他们把向泉弄进了车里。

启动车子后，康朝大咳起来，他一边戴上口罩一边冲协警队员摆手致谢，后排的向泉也很郑重地对人家摆手。小麦开了车窗，调整好口罩。等康朝咳完，小麦说，不知他姐怎么样了，应该会来看她弟弟吗？

康朝说，还在开会……她病了。

她晕倒是怎么回事呢——现在又在开会？

事多。走不开吧。

奇怪，会上她为什么不认弟弟呢？

怕场面太乱吧。反正向泉是精神病人。

可是她是他现在唯一认出的人！

是啊，血浓于水嘛。康朝换上悻悻然的语气。向泉就是这个时候，开始哭泣的。开始是咳咳咳像被痰卡住的声音，后来是呜咽，再接下来又是那种绝望小兽般的哭号，没遮没挡，很让人心烦。小麦和康朝连话都说不下去了。他就这样一直号到他家前面的卫生服务站。一路上，任康朝怎么哄怎么吼，他都置若罔闻，就是专心地号。有时候，小麦觉得他是认出他们了，至少是认出了康朝，可能，正是认出了康朝，他才难过得不能自已。

小麦想起包里有块巧克力，她刚掏出来，还没有完全撕开口，向泉就一把夺了过去，连同锡纸和他肮脏的手指，都被他舔咬到了嘴里，看着有些恶心。趁他没嘴巴哭，小麦说，你想找你姐姐吗，小泉？

向泉不答，一只大李子干眼睛，清澈地瞪着吃剩的巧克力，嘴里嚼得飞快。小麦想帮他再剥下一点纸，他扭身防范。他专注盯视小麦下一个动作，小麦看到他的紧紧护食的眼睛，依然保持着小动物般的纯净清澈。

饿坏了。康朝说。

车子经过肯德基店，小麦下去买了几个汉堡。

向泉几乎把汉堡的外包装纸都吃了下去。

到社区服务站，就有两个中年女子迎了过来。前面一个一身蓝色短袖西式套装，后半步的女子，看上去却像是保姆。康朝介绍说，向京办公室的周秘。周秘看到小麦，欲言又止似乎有些迟疑。康朝说，我女友，没事。周秘便说，这就是我们家二翠。我爸瘫痪五年，就是她照顾的。人非常好，干净、可靠。做事也利索。我爸走了她就跟我。向市长说你很忙，所以我们二翠先来帮忙一下，洗洗煮煮，收拾收拾。向市长说，最晚后天，她就安排孩子去千鹤医院调养。

直接过去不更好？康朝说。他身上都是伤。

周秘再次欲言又止地停了下来。最终，她把康朝叫到一边，还是避开了小麦。小麦自然不好意思凑上去。她看到康朝听着听着，直起腰，好像颈椎疼一样，一只手抱着脖颈，下巴抬起，转动着自己的脖子。周秘没有跟他们去卫生服务站，她和小麦招招手，点个头就走了。

向泉在服务站还是很配合护士的，无论是清创还是打针，他都没有反抗捣乱。向泉最主要的伤口，还是后背烫伤的那一块。清创的时候，小麦都不敢看。但是，向泉悄无声息仿佛没有痛觉。相比刚才在车上，他现在真是乖极了。不哭不闹，很安静，只是出神地看着康朝。看来是吃饱了。

那个叫二翠的保姆，一路不断皱着鼻子，嫌臭似的。在往小区走的路上，她直接发问了，说，他会不会打人呢，打人我是吃不消啊！我这人是不怕脏不怕臭的，再苦再累也没什么，但不要搞个打人的神经病给我啊，我是伺候不了的……

康朝说，他从不打人。只要你心眼好说真话，他就喜欢你。

我这辈子就没有说过一句假话！二翠说，我当然心眼好了，要不这时候，谁还爱往外面跑啊。

向泉咔咔大笑，笑得很突兀，他的声音变得粗哑。他的手指着二翠，几乎要戳到她的喉咙。二翠吓得停下脚步，说，他干吗呀！康朝笑而不答。

小麦说，你说谎了。

我没有撒谎呀！二翠很不高兴。

向泉把自己眼睛蒙起来，不走了。康朝疲惫地推他走。

小麦说，她刚才什么颜色？

向泉扭头看小麦，非常仔细地看她，小麦觉得他正在搜寻记忆中熟悉的人，也许马上就要认出她来了。二翠赌气地大声说，我就这两样好，不说一句假话！从不害人！

向泉立刻把眼睛紧紧闭上。

小麦又喊，小泉，是什么颜色？

向泉突然做了个惊人的举动，他去捂二翠的嘴巴。二翠吓得厉声尖叫。康朝一把给他拉开。虫子！那少年喊，虫子！

几乎想逃跑的二翠，被他喊得摸不着头脑，愣在原地。小麦说，他能看到你说话的颜色。他可能不喜欢你这句话的颜色。二翠老半天回不过神来：还有这种疯子啊？康朝倦怠地笑笑，没事，跟他说真心实意的话，他就不会这样乱来了。

34

  小麦后来才知道，那天，康朝一天都没有吃饭。内联合作方的合作挽留，也基本告败。其中浙江的一家，可能心软，留下个希望的尾巴，说等下个月明城招商引资大会召开时，再视明城疫情解除情况而定。这一天，康朝和他姐姐姐夫也大吵一架。积怨已久的姐姐康欣对弟弟非常不满，认为他一屋不扫扫天下，假如他肯早沟通、早安慰，工作做在前面，而不是这样临时抱佛脚，合作方根本不可能丧失信心翻脸撤单；康朝则抱怨他姐姐，完全不必死心眼，听凭区政府的作秀安排，至少阳奉阴违，先把合同签了，要不哪有节外生枝的事？

  这一天，红菇也和康朝在电话里吵了一架。精卫在田广搜找任务，只有康朝和红菇知道委托方是谁。手下队员都不清楚。现在，红菇越来越强烈的反对姿态，让康朝不快。红菇认为，这个任务本身，就是违背精卫紧急救援宗旨的，因为，它压根够不上"紧急"的性质；其次，在这样疫情压城的危急形势下，她不同意康朝、不同意精卫队员去灾区冒险，这是对队员的生命和家庭负责。她认为，关于地平线的医疗费，完全可以直接与向京摊牌，因为精卫已经付出了很多，这是非常时期，请向京直接跟交警部门打声招呼。最后，红菇说，这是所有核心队员一致意见。

令康朝最为恼怒的是，红菇把之前不扩散委托人身份的约定，不同程度地暗示给几个队员了。内外交困，那天，康朝的情绪实际上恶劣到极点。

但那个时候，小麦不知道。

那个擅离职守的肖姨，走前倒把家收拾得还算干净。向泉一路就开始吃汉堡，进了门又抢吃了一个汉堡，后来被康朝强制去剥掉衣服，弄到卫生间清洗。康朝避开伤口小心清洗。二翠把向泉的衣服直接扔进楼道垃圾口。

向泉换了干净衣服，出来又扑饭桌拿吃剩的汉堡。康朝让二翠给他自己捞点榨菜面，最终却吃得不多。康朝看小麦注意他，便说，别紧张，我牙龈溃疡了好几处，不想吃。

小麦说，我没紧张。

康朝说，我知道你紧张。

我懂，二翠说，肯定是熬夜上火了！以前我熬夜服侍周大爷时，天天烂嘴巴。人不睡觉不行。不光牙齿，肚子里也会溃疡，烂掉。

康朝在嗯嗯嗯地清嗓子，他闭紧嘴巴在清，小麦觉得他想磨灭一个咳嗽。康朝站起来，给自己倒水喝。小麦把自己的汉堡吃了，再次走到了阳台。刚才，康朝给向泉洗澡时，她就在阳台站了很久。向晚的风，阵阵吹过向家阳台。阳台上的两三盆茉莉、太阳花之类，都因为失水而蔫蔫的。小麦为它们浇了点水。

阳台上夕阳已坠，西天一派黯淡转明丽的色调。灰黄、明咖、浅棕、苹果绿、浅金、金白的渐变色。越接近地平线越浅亮，看上去美妙而忧伤，让人仿佛看到地球底下另一面的天堂之光。墙上，向泉的预言画已经淡去，看看西天天际，再回望稀淡的壁画，小麦心里有说不出的不安和焦躁。祥和之地在遥不可及的天边，在地球底面。而我在这里，我在呼吸着莫测的空气。

多年过去之后，有一个问题老是不经意浮上小麦脑际：当时，如果她和康朝之间没有戴口罩，他们是不是会拥有更自然的交往，是不是可以更真实地游弋于彼此的生命之海？然而，口罩之下，一切都在微妙地不可控制地变形，一个以大海为视域、追逐热烈生活的人，就这样被小小白口罩抑制，就像白娘子被法海镇在雷峰塔之下。

小麦贴着未卜先知的壁画，借着渐暗的夕光，仔细寻找过去的线条。这幅画，通过她梦中的复制，她甚至能复原它的痕迹。这时，阳台顶灯微弱地亮了。灯光根本提亮不了黄昏光线的昏暗，只有足够黑，灯才有了光，光才有了意义。是康朝在里面替她开了灯，随后他走了出来。白口罩吊在一只耳边。

吃完了？小麦说。

康朝说，当然。不然你更紧张。——你还在琢磨一个病孩子的画？

你看，这里，大树，大树前面有个大门，大门里面有个运动跑道。小麦指给康朝看，这些小鸡爪，是表示草地。这就是厚德小学大操场。学校的大门前面，就有一棵大榕树。我们的车在这个位置，这，就是这里。

对，康朝说。

你终于看见了？角度对了……

小麦看到康朝的笑，她明白了，他并没有看见向泉画的隐秘汽车，他的手临摹着靠近他大腿高度的唯一醒目的一个高高的小三角旗上，小旗子上的数字"15"。康朝的心根本不在这幅画上面。他只是觉得她很有趣，很可笑。

小麦说，我知道你在想什么。反正疫情就要公开了，总算还是有脑子清醒的官。说是要求把病人血样送出去的对老百姓负责派，越来越强势。

康朝说，本该如此。

现在，你终于相信疫情存在了吧？

我没有不相信，我只是不相信有那么糟糕。我几乎天天在那，不是好好的？

因为你被人洗过脑子了。小麦说。

康朝盯着小麦看。突然，他拉她的手，一下把她拽入怀里。

小麦不由自主地推了康朝一把。这一推，足以让她后悔一辈子。康朝太敏感了，小麦这一推，他立刻松开了手。为了掩饰尴尬和错误，紧接着，小麦犯了第二个更为严重的错误。她说，噢，我要迟到了。晚上还有个采访。

康朝有点错愕。

小麦说，晚上你还要去田广吗？

康朝点头。小麦因为自己说要迟到了，只得做出匆忙的样子往外走。康朝说，要不要请向泉再来解析一下他的画作？嗨——小泉！小泉你过来！

那少年还真的过来了。大蜗牛一样地移动，他谁也不看地磨蹭到他的壁画前。在除了标明黑色"15"的那个小旗帜，其他什么也越发看不清的瓷砖墙上，他全神贯注地瞅着。少年的眼珠在缓慢移动，他在上下打量这幅曾经的画作，他似乎完全被这面墙吸引了，那个目光已经穿透了这面墙壁，迷失在墙壁后面的千年万年之外。康朝发现了孩子眼光的异常，他轻轻叫醒他似的：小泉，喂……

小麦看着少年的泪珠，就像珠蚌里的珍珠一样，慢慢在下眼睑的中部变大，然后晶莹剔透地滚落脸颊。少年垂着脑袋，泪水连线而下。他一动不动，状若悲恸地默哀。

康朝可能怕他像上次一样，抱着他哭泣死不放手，所以，他立刻对小麦说，走吧。走，我送你。

你不等向京吗？小麦说，她不是要来吗？

康朝边走边说，她来不了了。刚才她的秘书偷偷说的就是这个。她说她的情况不太好，人很不舒服。本来计划来家里看看她弟弟，现在只能明天让千鹤医生直接来家里接了。

要不，你今晚别去田广了。反正向京也自顾不暇，肯定不会查岗了。而且，我感觉向泉很害怕你去。他好像从来都不愿让你去。

康朝严肃了一下，转而嘿嘿笑。他说，要不要打赌？如果我得传染病了，就把这辆车送你，这是我最值钱的东西了；康朝晃动着车钥匙,如果相反,你就必须对我——言听计从——任何事。

我才不会跟你去田广执行愚蠢的任务。

嘿嘿,看起来我确实是众叛亲离了。

小麦当时并不懂康朝的含义,她是事后才知道,康家姐弟的严重争吵、精卫负责人之间的严重分歧。所以小麦不明就里,又追杀了一句:如果没有向京,你还会这么固执玩命吗?

康朝瞪着小麦,好一会才说,做记者的都这么想事吗?你太不了解志愿者精神了。

小麦听出康朝语气很不客气。她有些难堪。康朝缓了缓口气说,她已经在帮助地平线了。昨天肇事方打了一笔救治款过来,态度也比较友善。

那不就好了?眼下这么危急,你不如避避风头。

康朝没有接腔。两人下了楼,一直往楼侧停车地而去。他们都没有再回头望楼上看,楼上,向泉扶着阳台栏杆,一直看着他们上车远去。

肥胖的少年泪水滂沱。

一上车,激越的音乐照样轰然而起。康朝把它关了。

小麦,康朝说,昨天半夜,她在医院抽空给我打了一个电话。所以,我比你早知道,学生是食物中毒。也因为她,我一直比较清楚,明城并没有那么严重的传染病,甚至算不上疫情。但你们都不相信。是的,因为信息的不公开,给谣言、给以讹传讹留下了很大空间。他们这个做法我也不理解。我看不出一个显摆政绩的招商会,会比公众安全感更有价值。所以,这个遮遮掩掩的局面,不能怪你怪红菇,更不能怪大家惊惊乍乍。至于向京的委托,我本来就承诺在先。何况助人即自助。精卫才是雏形。现在,她的身体快撑不住了,我想,如果我们能在她病倒之前,找到它,这也许对各方来说,才是最有意义的。

她昨晚也没让你——暂停寻找工作吗?

……唉,你没听懂我的话。没有那么危险——暂停什么?

那就是说,她还让你继续替她干活——其实,你就是被她完全彻底地洗过脑子了!你自己还不知道!——她真自私!小麦愤怒地尖叫起来:太自私啦!她太恶心了!

别再说了!康朝眼睛变得冷酷而不耐烦:我知道你在想什么!记者和警察一个屌样。警察怀疑每一个人,你们怀疑每一件事!其实你从头到尾,都在为自己担心,你认为我浑身都潜伏着传染病毒!其实你可以不坐我的车,你不用假装勇敢!我已经全部坦言相告了,信不信由你!

康朝踩住了刹车:——下不下?

《奥芬巴赫序曲》轰然而起。这种强烈的音响里,是无法对话的。康朝不想和她再说什么了。

小麦泪如雨下,她不知道自己该怎么办。

35

小麦独自在雨中饮泣。

她是在旧五一广场等苗博的。广场上灯雨凄迷，空旷无人。苗博迟到了。

半个月以来第一次的雨，毫无道理地来了。没带雨具的小麦，先是站在广场边的一家体育彩票的小店前。小店并没有开门营业，但里面有灯光泄漏出来，还能听到里面电视的声音。是明城当地台，那个平安无事的消息，在反复播出，里面的人，要不是爱听这个消息，要么就是在琢磨这个消息：……学生是食物中毒。变态的传染性感冒范围十分有限。不要信谣传谣。谣言止于智者。市委市政府领导亲临田广粉碎谣言……

广场前的大街上，车马稀少。奇怪的是，旧广场的灯却都有如节假日般大送光芒。后来随着苗博的汽车，小麦才发现，从这一夜开始的连续多夜，明城所有的节日喜庆灯都夜夜大亮了，包括平时很少开的、人民大会堂建筑的双线轮廓灯，包括江桥悬索彩灯。旧五一广场前的老五一大道、中山新路、小马路；包括海关的钟楼，还有新五一广场的观礼台。这些灯使明城就像一个正在假期、喜气洋洋的城市，所有的灯都在联手驱逐黑暗。莫名兀自璀璨的明城，宛如夜之明珠。光明总归意蕴着温暖和明净，总归是放送着祥和与安宁。说起来，上面也是用心良苦,但遗憾的是,到处空荡荡的、没有人气的人造光,反而暗示出另一种惊悚和不踏实的镇定。而奇怪的一场中雨,把地面浇透后,满城的深浅低洼的水泥地,都在反射扭曲着各色异形的光与影,目力所及,喜气魔幻、枯寂感无边。

被康朝赶下车的小麦,在雨中无声啜泣。

苗博说他很抱歉要迟到一刻钟。一刻钟一过,小麦就从彩票站点的屋檐下,慢慢走到雨中。但苗博实际迟到的不是一刻钟,而是两个一刻钟。不知出于自虐、宣泄还是什么怨恨心理,小麦一直伫立在雨里。形单影只,广场华表柱上的灯,把她纤瘦的投影拉得很长。被雨水淋透的小麦,长发如墨,<u>丝丝缕缕</u>沾在苍白的脸颊上。脸上已经分不清是雨水还是泪水。

一辆灰色的小汽车无声地停在她身边。苗博以为小麦会上车,但他发现了小麦的异样。苗博下来,站在车边看着她。小麦闭着眼睛,仰脸向天。苗博确认女孩在无声饮泣后,他绕过车头走了过去。苗博把她轻轻揽进怀里。

没事了。安全了。苗博说。

他能感到臂怀里,女孩肩头在轻微地抽动。他把她脸颊、额头乱七八糟的湿发慢慢拨开。一张素面朝天的脸,孤雏般苍白。看到小麦戴着珍珠项链,苗博宽慰似的用劲抱了她一把,然后揽挟着她,为她开车门。与此同时,苗博暗自苦笑着摇头:我可怜的新车啊!他真是有点舍不得浑身湿透的女孩坐在崭新的真皮座椅上。

带你去个地方吃饭,晚一点我还得回医院。向京病倒了。

一说向京，小麦睁大了眼睛。

苗博说，明天第一趟火车，会有人把病人血样送省里。这是第一步。中国医学研究院、省卫生系统的首批专家，明天下午抵明。

向京是什么病？

中风。偏瘫症状。

她？中风？偏瘫？

情况比较复杂。所以，我赶不过来。也所以，我之后还得回到医院。很多检查报告出来了要会诊，她希望我在那里。

我还以为也是变态传染病。偏瘫不是老人病吗？

苗博摇头。她的情况，没那么简单。

偏瘫得厉害吗？

还好。左侧还行。

车子往城外而去。没想到，苗博带小麦去的还是那个半山茶舍。还没有进杨桃院子，就能看到那个古色古香的招牌幡，在自下而上打上去的射灯光中翻飞。一面"茶"印，一面为"道"。院子里面灯光依旧，却没有古琴之音。一切都静悄悄的。

希腊迎了出来，春风般的自然笑脸，像日本女子一样，腰肢美好地鞠躬。喔，亲爱的苗医生！我今天专门为你做了泰国米蛋包饭啦！全是上次那种土鸡蛋！已经四天没有一个客人啦——咦，这位妹妹脸有点熟呢。

小麦下意识地还她一个比较僵硬的鞠躬，说，我来过。

啊想起了啦！你和那个英雄一起来的！和闫东夏至他们一

起玩的。希腊的记忆很好,她把客人领到小麦上次来过的那个包间,边说,那个好汉没事吧,哎哟,那天他那个咳嗽,吓人哪。

哪个英雄吓到你啦?苗博说,眼睛却看着小麦。

小麦说,我采访过的一个民间紧急救援队,他们救援的时候,遇到车祸。找交警沟通。

小麦回答苗博的同时,希腊也开腔答,两人同时开口,小麦就打住不多说了。

希腊说,谁能吓到我?哎呀,不过那些人真是好人。看看这个社会,人心烂透啦!到处都是坏人,竟然还有这样一些好人,实心实意、不图任何回报的好人。虽然他们没救过我,但能认识他们,也算是有福缘啦!哎我真的想给他们送点保险,我可不是心血来潮哦,要不是最近生意太淡,哎呀——对了,大医生,我还专门开会跟我这几个茶艺小妹说你说的,没事,放心,不是传染病,哎呀,她们还是怕……前天昨天就基本跑光啦。你说这市领导也是够呛,你早说没事,我们小老百姓不是心安了?这劳民伤财的,哎呀……

小麦看着苗博,苗博对她笑了笑,说,老板娘有替换的衣服吗,我小妹都淋湿了。

小麦连忙摇头,希腊摸了她身子一把,转身而去,随后就拿来了一件白府绸的套头长裙。随后一个服务生小弟托着一大盘蛋包饭、红菇鸡汤、韭芽河虾等菜肴进来。

希腊说,换了再吃。这你保证穿着漂亮。这是干毛巾,里面有卷纸内裤。

小麦看那个白裙子崭新，更加推辞。希腊说，嗐，穿！我朋友送的。他开睡衣厂，都是出口单子。这都是有瑕疵的，次品。说着，希腊和小弟退了出去。

小麦看着苗博，说，你跟老板娘说过——不是传染病。

是呀，苗博说，我不是也跟你说不是传染病？

你是今天凌晨跟我说的，说的是那两百个学生。

有什么不对吗？

小麦摇头，不对。老板娘前两天就跟服务小妹们说了。也就是说，你说的不是传染病。是至少两天前。

苗博说，那你说，我该跟她们怎么说呢？说是传染病？赶快逃跑？

小麦说不过苗博，她垂下脑袋。她一直觉得这个中年医生深不可测，觉得他有秘密。可是，真的都摊开来寻查，好像又总是无迹可寻。

苗博把裙子递给小麦，小麦没有接的意思。苗博到她身后，他把手按在她潮湿的背部，轻轻地往下拉拉链。小麦的背部前挺了一下，但这个下意识的回避姿势马上就停止了。苗博把她的马尾巴塞拢，她顺从地举起胳膊让他从头部褪去湿衣。在小麦身后，苗博把那个白府绸长裙，像套袋一样，从她头部套下。到肩胛，他把她的一只胳膊抬起穿过肩袖口，苗博的双手停留在小麦的腋下，然后，那双手透过薄质的、潮湿的白蕾丝文胸，托抚了一下小麦冰凉的小乳房，再慢慢抚熨过她冰凉的侧腰。

女孩的腰背都瘦削紧致得毫无脂肪。他把她另一条细藕似的胳膊穿过肩口，再为她拉平裙子。苗博看到她的侧脸表情僵硬，杂糅着木然的哀伤和忧虑，很是令人怜惜。苗博看着心头难过，默默取过干毛巾为她擦湿发。

真的是偏瘫？小麦说。

苗博愣了一下，说，是的。但如果是单纯的偏瘫，倒好办。

苗博又说，谢谢你一直戴着这串项链。

苗博控制了话题。他触摸着小麦戴着项链的颈肩部，那个吻痕已经很淡，但是依稀能辨。小麦垂下脑袋……其实你从头到尾，都在为自己担心！你用不着假装勇敢……——遥远的耳际，那个指责的声音，一次又一次地风沙一样迷蒙扬起。令人很挂怀的责骂。苗博开始亲吻小麦的项链和脖颈，胡楂不时发痒地擦摩过她的皮肤，让她痒得微微耸肩。苗博捕捉到了，更加用胡楂致意。小麦扭脸看他，苗博诧异地发现，女孩眼睛一汪泪水，扭头间一颗泪珠，顺着她鼻梁上的光路，慢慢爬过鼻尖。苗博托了托自己的眼镜，取过纸巾擦鼻涕似的为她揩了一把。

跟我说真话好吗？苗博感到女孩在颤抖，她说，我真的是你在意的好朋友吗？

怎么回事？苗博抬手抚摸她的脸颊：你今天特别不对劲。你知道，我不愿意打听人家不愿说的事，但你今天太……

我不知道，小麦摇头，心里很……难受……世道太复杂，我无能为力……

那先吃饭吧,蛋包饭凉了一点都不好吃。

小麦拿着苗博塞过来的筷子,难过得直想用筷子戳穿自己手心。她觉得自己胸口像纸板一样薄,心跳得如有人不断往墙上砸球。她垂着眼睑,紧紧捏着筷子,捏得手指发白。苗博目不转睛地盯住她,他看到她脸色灰白,额头唇上一层细密汗水。终于,女孩没有忍住,哇的一声喷泻一样,哭出声来。苗博站起来到她身边,搂住她。拍抚她的背。

小麦失声大哭。

哭吧,没事,苗博说,哭哭就放松了。做记者压力太大了。

小麦哭得清鼻涕长流,还吹了鼻涕泡。苗博不动声色地帮她小心擦。

为什么你说……没有传染病?

苗博擦着小麦红肿的眼圈和鼻头,说,这是非正式场合的个人判断。很随意的。谁会跟记者说这些呢。

我不是记者。我现在不是记者。

情况马上就要明朗了,你问这有什么意义?——别,哦别,不许再掉眼泪了,我还真受不了这个。唉,你就像刚发育的女孩,真让人心疼啊。

我现在不是记者。

那你是什么?

我不知道。在你心里我是什么,就是什么。

别逼老大哥。反正很快就会搞清楚了。我们吃饭吧。

把你搞清楚的先告诉我,好吗?我知道你,你一直很清楚事态发展。你知道的远比你说出来的多!

哦求你了!我的心肝!请让我吃饭吧,我中午只喝了一口冬瓜汤!就被急救电话叫走……我忙得……

她是不是每天和你交换疫情情况?

苗博决定不理睬小麦,先吃饭,他坐回原位,大口吃起来。他嫌蛋包饭凉了,按铃让小弟进来把饭弄去加热。小麦等小弟出去,再次追问:因为她不喜欢有疫情,所以,你就帮她。

苗博摇头,大吃河虾,他示意味美,要小麦尝尝。

小麦说,她知道你对她有感情基础,而你在医疗界是第一流的专家,无论是临床医学水平还是科研教学水平。所以,她信任你。她反对封区、反对封城、反对上报疫情、反对送血样、反对外援,说起来是为了招商会,其实是为了她的个人目的!

苗博停止了嚼食,抬头看小麦。等他吞咽下食物,他又恢复成年人对待任性孩子一般的沉稳、耐心与宽厚。他笑着说,什么个人目的呀?

我不知道!

做记者的基本功,不是以事实说话吗?不知道,你就把人家说得这么不堪。嗯不好。尤其是,她病了,情况可以说很糟。相当不乐观。所以,我们厚道点,别瞎想,先把这餐饭吃了好吗?

36

康朝和小麦分手后，就接到红菇电话，说地平线的父母来了。之前，在明城做服务小妹的地平线妹妹小郭，因为明城疫情，不愿把地平线的伤情告诉他们父母。但在明城电视和广播一说疫情解除的当日中午，地平线妹妹就把电话打回老家，告诉了哥哥伤情。父母立刻坐车，从邻县南山乡赶了三个小时车过来。到明城天都黑了。

在重症监护室，一看到康朝进来，地平线的父母一起哭了。但他们不敢哭出声，怕被固定在床上的地平线听到。看到五六旬的老人，无声泪流，康朝很不是滋味。他也没想到活泼乐观的地平线的父母如此憔悴枯槁，衣着也非常的陈旧。他父亲的蓝色上衣，肩膀部位因为日晒褪色发白；母亲脚上的凉鞋，一只后跟带子断了，已经变成了拖鞋。另一只还是凉鞋。他们简直就像是从田里直接拦车赴明的。他们把康朝当儿子的领导，求他一定要救治他儿子。母亲还跪了下来，被康朝一把拉住。康朝感到内疚不安。他站着，跟郭父介绍了地平线伤情不断好转的多方面信息，以及很有希望的后续治疗方案。地平线的妹妹小郭也非常懂事地补充，想让爸妈感到有精卫、有康队长，哥哥就肯定没有问题。小郭受哥哥影响，原来休息的时候，也会来队里玩，也帮着做点事。但哥哥出事后，小郭情绪变得很不好，尤其是因为照顾哥哥她辞了职，更容易发脾气。她甚至要求驾驶者火星人，赔付她的看护薪水。

见过地平线父母之后，留下一名队员看护地平线，康朝把他们带去菩提心素菜馆吃饭。一路上，俩老人都没有声音，康朝能感到他们焦虑、心事重重、胆怯无助。吃饭的时候，地平线的父亲因为康朝随口问农村情况，竟然一下子就哭出声来。原来，南山连续的暴雨，让他家眼看就要收成的枇杷，大量落果。地平线的母亲索性放下筷子，掩面而哭。小郭解释说，是这样的，康大，我们家承包了几百亩山地，种了一百多亩、三万余棵的新品种枇杷，这两年开始有收益了，去年收入两万多元。今年产量很不错，爸爸妈妈之前还打电话跟我和我哥说，今年可以稳赚一笔，起码有七八万。没想临近成熟了，这十来天连续的大雨、暴雨，把快成熟的果子几乎都打落了。地平线的母亲用不流畅的普通话对康朝说，你没有去看！园子里的地上，统统都是青黄色的落果！只好捡起来喂猪，猪都不吃了……

小郭说，爸妈急得打电话给我哥，都是我接的。我哪里敢说我哥受伤，我骗他们说哥喝醉了，我负责转告。当时电话里，我也不知道损失有这么严重，因为哥哥的病情，我又不想跟他们多说，所以，电话总是被我挂掉。他们是有苦没地方说，请你别介意，乡政府也说没有办法……

做父亲的用粗糙如枯木般的手掌心，左一下右一下地抹擦着眼泪，他说——他的声音非常小，加上方言口音，康朝几乎听不清楚。地平线妈妈声音很亮，可是，她也是用当地方言说的，好像对丈夫还有埋怨的意思。康朝不明白他们俩夫妻在说什么，转脸看地平线妹妹。小郭说，我爸爸说，本来一年的日子，就指望枇杷了。现在全都完了。不过，现在他们更担心的是我哥，说，要是我哥真的站不起来了，他们也不活了。人一辈子真没有什么意思。

不不，康朝说，你告诉他们，肯定没事！不要担心。我们会帮助他，医生有把握的。钱也不要担心，我有办法，肯定没事！

康朝给自己公司办公室人员打电话。他把地平线父母安排到他们公司一个离职的员工宿舍暂住。临别，康朝把钱包里的四五张百元整票都抽出来，给了地平线父母。做父母的恓惶推辞，小郭用眼神示意父母收下。

那个晚上，康朝是十点半多独自驱车前往田广的。其间，他关掉音乐，和红菇通了个比较长的电话。关于地平线的后期治疗、关于地平线小食品加工厂合伙兄弟的工作协调、关于向京面临的身体困难；关于红十字会的专项补助申请；关于队员的意外伤害保险的购买；这个时段，和苗博分手的小麦，打了康朝电话，但占线。再打，依然占线。

红菇之后，康朝又接了个B型血的电话。他说反正明天是周末，他想和康朝一起转转田广。康朝说，算啦，你还是在家陪陪老婆吧。B型血说，她和我岳母看了电视说没什么疫情，就心安多了。不然莉莉确实很缠人。康朝说，算啦算啦，怀孕的人，多用点心吧。B型血笑，人家已经变得很金枝玉叶了，我说，你原来还死活要跟我参加紧急救援队呢。嘿。B型血说，老大，反正她已经睡着了。不知道我干吗。现在她成天睡不够，保证我从田广回来她还没有醒。

康朝还是说，算了。我也很累。我感觉今天能找到。如果顺利，我也马上回去睡。妈的，真太累了！

这期间，小麦再次打过康朝的电话。再次占线。

小麦有强烈地叮嘱康朝什么事的冲动，可是，一而再再而三地受阻，让她不由反思，到底要和康朝说什么？说向京偏瘫预后不祥吗？这是康朝最不爱听的，说疫情？说田广一线医生对疫情有难以言说的隐衷吗？也不行，没有证据。康朝只会嗤之以鼻。可是，小麦就是想打他电话，她不想让康朝去，不愿意康朝在田广，她想打他电话，就是很想打他电话。真是莫名其妙地百爪挠心，她对自己的情绪再挖深一点，突然觉得自己是不是只是想要他，想要那个充满暴发力的身体？怕他又想他吗？想到这里，小麦对自己无比沮丧，终于也失去了继续拨打电话的冲动。独自在卫生间洗澡的时候，她再次想哭，而且真的泪上眼眶。她六神无主、心绪不宁。她不知道自己为什么焦躁，困兽一般，为什么老是坐立不安。

田广的街景，和老市区一样，也是遍地张灯结彩，一派不知所云的节日风光，有个打工之家的大门前的四个大红灯笼，上面"庆祝春节"四个大字都来不及扯掉，就毫不讲究地亮了。

康朝在路过厚德小学门口的大榕树时，想起了向泉的画。这是女记者翻译的，康朝笑了笑，模拟那次，他把车再次开进了浓密披拂的垂须深处。然后，再慢慢退出来。这一进一退，他进入了那幅画。他想，应该是对的吧，向泉画的就是这里。只是他不明白，那个孩子为什么会预先画下这些，这些场景，是怎么预先进入他的脑子的呢？突然，康朝灵光一现，他想到壁画上一个翘檐的小房子，一个"15"数字的旗帜。十几分钟前，他刚刚路过了那个地方，今夜灯光明亮，他老远就看到斜刺里的那个街景一角。那是树头东西路和江中二路之间的连接路的公交站点，就像一个"工"字中间的那笔竖短画。那条路不算长。但因为在挖管线，禁止普通车辆通行，公交车例外。因为两端都连接大路，也因为工地挖得乱七八糟，康朝怕扎到钉子什么，每次都没有折进去。

现在，他把车开回那个地方，然后小心驶入公交车道。没错，就是个中式建筑的公交站点，"15"只是它临时的公交车号，15下面，还有一个站牌柱子，上面还有两三路公交，可能因为铺设管道，被贴上改道指示牌了。

老天没有给康朝反刍对向泉壁画的惊异，他车前的信号盒子响了。这十多天的辛苦煎熬，不就为了这一声欢唱。康朝长嘘一口气，轻松和欣快感油然而生。按约定，信号一响，只要再给向京一个电话，他的任务就圆满结束了。他拿出电话。边拨打向京电话边想，她接到这个喜讯，肯定精神大振，也许病就好了三分。而她的病好了，地平线、整个精卫救援队的事，应该都好办了。事在人为啊，努力总会有收获。

然而，电话无人接听。

再打，依然无人接听。

康朝想打向京秘书周秘的电话，通信录也调出了她的电话，想想还是作罢。已经凌晨一点多了。就算她们在开会，就算她们还在一起，这个时间，周秘接到他的电话，会怎么想？于公于私，任何想法都有弊无利。

隔了一会儿，康朝再次拨打向京电话。电话通的，但依然无人接听。

康朝只能指望向京，自己打回来。也许会议结束她会发现来电，也许她会突然想起今晚还没有和他通过电话。她会突然拿起电话查看可能因为会议而关静音的电话。总之，她很快就会打回来。她绝不会不回这种来自田广的、他的电话。

康朝在等待。

为了不让自己睡着，他拿起嘀嘀嘀的信号器把玩。这俄罗斯产的玩意儿，看上去是比较笨拙。康朝觉得信号声应该来自左边，靠左窗方向声响比较密。东西肯定在左侧。康朝拿着嘀嘀嘀的信号器下车，循声而去。声音越来越大、密集。在这个公交站后面的绿篱隔栏后面的杜鹃花圃丛中，信号音连成了线。康朝回到汽车拿出救援强光电筒，在花圃深处一照，他看到了一个笔套大小的银色金属物。毫无疑问，就是它了。一个小零件。这就是向京魂牵梦萦的心结。

康朝把信号器关闭。把那小东西拿上车和信号小匣子放在一起,扔在后座上。然后,他再次拨打向京的电话,依然无人接听。等得很不耐烦的康朝有点恼火。他实在是筋疲力尽了。他把座位放低,想稍微休息一会儿,边等向京回电。躺着,他想到了小麦,那个被他赶下车的女孩。他也不知道自己今天的火气怎么会那么大。好在一切都结束了。天亮给她一个报喜加致歉的电话吧。他想着那个直觉犀利、内心怯弱但不失纯真的小记者,她除了对向京的幼稚的嫉恨,她的质疑,应该也有合理因素。这件事,向京当然是有不可告人的目的,一个努力上进的女人,如果被人以玩忽职守罪,釜底抽薪,结果是可想而知的。向京倒是个好官,这点也是康朝愿意看到她心想事成的动力。只是,康朝有一点不明白,为什么她不肯详说这是怎么回事,为什么她要把这个东西看得这么重,简直连疫情威胁都在所不惜,向京一贯是性情理智偏冷漠的人,但也不至于冷酷无情。究竟是多么贵重的设备零件遗落,可以使她担心她的对手,能致以她如此恐惧的一击。前夫毕竟是外人,康朝想,这个女人要保持自己的官场秘密,也只能由着她去了。

乱七八糟想着,等待着,不知什么时候,康朝迷糊过去。他睡着了。

两三个小时后,康朝被向京的连续的电话声惊醒。循声摸手机的时候,他感到自己的眼睛几乎都睁不开,视力模糊、全身发飘,而且张口就恶心想吐,强烈地反胃,他一边应答向京,一边推门而下,他几乎是滚下汽车,手脚也不太利索。他哇地吐了一大口,气喘吁吁,他说:找到了。你叫人过来吧。话音未落，向京又听到了他剧烈的长呕之声。

东西在哪儿？

……车里……

电话里是沉默。康朝不知道，也无力去想象，病榻上的向京，一听他的话，已经眼冒金星，虚汗暴涌。尽管重病在身，向京依然反应迅速，她马上算出，从康朝打她的第一个电话到现在，已经快三个小时。康朝一直在现场，和找到的东西一起在等她。

你——……向京声音像风里的蛛丝，却透着狰狞的陌生与疯狂：谁让你去捡了？！真浑蛋！——不是说好，有信号你就别管了？！你在哪？！马上离开你的车！马上离开！！！

康朝让身子靠稳汽车，喘息着，又开始呕吐。

就这半分钟不到，向京前胸后背全部湿透，额上的汗越过了眉毛。因为右半边肢体的难以控制，左手持电话的她，无法擦掉额头密集如豆的暴汗。

康朝皱着眉头报地址，他喘息着眩晕着，已经没了力气和她计较：快点，我累极了。

你在呕吐，立刻打的去医院！马上走！离开你的车！！！

康朝已经有点恍惚，他没有仔细听。他腹痛如刀绞，头晕目眩，他张望着哪里有厕所。向京的声音，在电话里虚弱而疯狂，让康朝有点不知所措，也极度厌恶。他不知道她是否记下他所在的位置，他感到自己手脚都在发虚，他不知道自己最后给向京说了什么，就滑蹲在地，再次吐得翻江倒海。可呕吐并没有缓解五脏六腑的不适,强烈的腹泻感,又迫使他站起,勉强移动到花圃后面就地而为。这个时候,他已经发现自己控制不好手脚。他连扣皮带都比较费力。他吃力地回到自己车边,又发现自己开始抽搐,而且视力昏暗。这时,他明白自己已经无法开车了。他给北方的狼打了个电话,不通。北方的狼因为忘记充电而处停机状态;康朝又想不起他的固定电话。他下车再次狂吐了一把,只得打B型血电话。

他说,东西找到了……我有点抽筋。你帮我叫狼过来,帮我开车。

你怎么了?B型血说,我马上过来。你等我!马上!

康朝说,不,你别来。叫狼来……

这个时候,康朝还是比较清楚,他判定自己染上了传染病,他不希望B型血也被传染,因为他妻子怀孕了。而这时,他剧烈反胃,剧烈的头痛,让他几乎靠不稳车身。所以,他在电话里说,我自己打的去医院。你……起床后,把你那把我车的钥匙带上,过来……帮我把车开回去就……我的位置是……

康朝哇地又吐,他分不清是抽搐触发了呕吐,还是呕吐触发了抽搐。五脏六腑仿佛成了在洗衣机滚筒里蹂躏飞转的衣服。这种生不如死的难受劲,他这辈子还从未领略过。他想移步到路口方便拦车,但是,他已经无法平衡自己。他咬紧牙关不让自己倒下去,坚持抵靠汽车车身,因为一旦倒下去,那么就是有车子路过,也不会有人注意到他,更不会停下来了。

康朝希望拦到夜班的士,但他最终还是倒了下去。倒在自己的车边。

接完康朝电话的 B 型血，看看时间，还差三分才凌晨四点。他感到不对劲。不是有大麻烦，康大不会在这个时间打他电话。B 型血亲吻了妻子的头发，偷偷起床。开着他的小皮卡疾驰田广。下楼时，他就向秘书组的柳绿菊黄要了北方的狼的家里电话。他让他骑摩托马上过去会合，他想康朝身边也许需要人照顾。老大一定出事了。

明城空旷的街头，B 型血和北方的狼，都各自把自己的车，开得要离地飞驰。他们从不同的方向，直驱田广。这些敏感而又了解康朝的队员，都感到了强烈不安。

找康朝费了点周折，因为康朝已经无法接电话，他的电话一直在响。

但两名训练有素的精卫队员在出发后的二十多分钟内把他找到了。康朝蜷在车边的马路牙齿下，一大堆的呕吐物在其侧。正是把他找到了，他们才接起康朝不断响铃的电话，才为向京调来的人员，提供了指路方向。这其中还有向京本人的电话，名字显示是"那人"，也有一个来电是小麦的，显示来电名为麦小记。

这个时间，两名精卫队员在康朝身边共同待了六七分钟，然后，两人把康朝抬进皮卡车。先由 B 型血把昏迷不醒的康朝，送往田广医院。而北方的狼，在车旁等待向京调度的人马，他们说好，等把东西移交后，狼就开车去医院找他们。

来的是两个人。那辆车，远远地停在深夜的路口。北方的狼估计是他们，便示意性地挥手，没想到，车子停止不前了。车上下来的两个人全副武装，一高一矮。携带着一个录放机大小的物件。让北方的狼感觉不妙，果然，他们拼命向他招手，让他过去。同时，康朝电话响了。北方的狼代接，里面的人说，别拿任何东西，离开汽车！请马上过来！立刻！马上！

37

这个晚上，麦子难受得莫名其妙，几乎是魂不守舍。事后，她才明白灾难的预感，也许证明了你和某类事物的紧密连接。

焦虑、烦躁、胸闷、脑子空白中，她还是依照老蒋主任意思，认真写了条民心趋稳的稿子，四百字稿子，连连打错字。她援引的那个西门小吃街抱狗去闻卤大肠的老人，一直打成报狗。发送掉稿子，夜已深，她依然是坐卧不安。茫然地在网上溜达，看到一科技新趣闻，说英国男子，不断胸痛咳嗽，拍胸片发现肺部有树形奇怪阴影。开胸手术揭示，该男子的肺部竟长了一棵三四厘米高的水杉！活的！编辑说，还有人的肺部长出了豆芽。

这令人瞠目结舌的新闻让小麦感到有趣。人的肺，还真是人体里最像土壤的器官了，种子们也真会选址。小麦想，那应该算是两片沃土呢。关了电脑关了灯，小麦强制自己入睡，大约三个小时后，她被自己的噩梦惊醒了，她看到康朝大步跑过，还有好几个穿紧急救援反光背心的人急速跑过。"朵—凹—嗷——朵—凹—嗷——"的声音,在山谷里空虚回荡。她大叫康朝!等我!远远地,怎么就看到他倒下了,她看着他倒在树林中,倒在地面升腾着雾气和晨曦相融处,康朝就倒在那个晨曦交叉的尽头。小麦后来看到自己不知所措地站在康朝身边。康朝眼睛紧闭,救援背心里面,结实的肌肤在触电般的抽搐起伏。"朵—凹—嗷——""朵—凹—嗷——"的鸟鸣在树梢流泻掠过,又空空回旋;转眼间,她看到康朝的衣服被什么顶裂,一片小水杉绿苗,像豆芽一样出现了,几十棵在他胸肌上长出来,瞬间,他全身都是水杉树,树木越来越高大茂盛,康朝人形都渐渐模糊了,小麦惊叫起来,她觉得康朝正在被树木吃掉,叫喊着,她醒了过来。

那个不祥的夜鸟泣鸣消失了。

这个时候,是凌晨四点十五分。康朝已经倒在车边。

小麦在喘息中惊醒,马上就因为梦境而松弛下来,但她并没有睡去,反而睡意全消,电脑桌上,猫闹钟指针嗒嗒嗒地走得声声慢,一种来自内心深处的恐惧,随着机械的嗒嗒声,一点一点窒息着她的心。她摸开灯,拿起电话就拨了出去。

但康朝的电话,无人接听。小麦再打了一次,依然无人接听。睡着了?懒得接?还在生气?小麦心情阴霾密布,一个出生入死的救援队长,没那么小气吧。

再次睡着的小麦,是八点四十分被编辑电话弄醒的。编辑说,看你发稿过来都快一点了,所以,让你睡到现在才打。两个地方，再跟你核实一下，一个是时间，"昨天"的后面你忘了注明具体日期；第二，西门前小吃街，被你改名为西门庆小吃街啦！对吧？

稿子核对完，老蒋接过电话，要小麦去看当日日报的通稿《明城是安全的》。主任说，今天我们也要登这个通稿，你今天去医院再了解一下情况，明天等你的综合稿子；卫生部门关于疫情的送检反馈，务必在第一时间打探到。

窗台上，阳光明媚。裸睡而起的小麦，依然没有穿衣服，她站在窗帘缝隙边，对着下面沉闷的街景发了一小会呆。街上依然行人稀少。看着街景中的人们，一条条的身影，仿若惊弓之鸟走过，小麦呆立了一会，去冲了一个澡，然后闷闷地喝下早变凉的麦片粥。这些杂七杂八的都做完，大约是十点。天一亮，人的自尊心似乎明显比黑暗的夜里要强硬。康朝夜里不接她的电话，是小麦的一个小心结。黑暗中，觉得这事真令人哀伤绝望，但天亮后看来，也没有什么大不了的。不接就不接吧，爱打不打。所以，她不想再主动打他电话了，他想回就回吧。反正她不想再主动了。小麦想，按理，他睡醒了，看了电话肯定要回复她，问问她什么事。就算他们没有亲密的交往，就算一般朋友，回复一个未接听的电话，也很天经地义的。所以，天亮后的小麦，情绪渐渐恢复平淡冷静。

在去市第一医院的路上，她打了苗博的电话。和写稿无关，就是有那种狗仔队的心，她憋不住地好奇向京的病情发展。没想到的是，苗博也不接电话。到了第一医院办公室，负责媒体宣传的小邢告诉小麦，血样送检报告最快也要两天回来。针对疫情，小邢戏谑地转述了医院两种"天才"的观点，他们都是否定疫情派，一个观点认为，是集体癔症，压根就没有什么变态病毒；第二种观点怀疑，可能是放射病。小邢说，有个刚来的毕业生，因为在北京一个大医院实习过，见过这样的案例。他小心翼翼地怀疑是放射病。小邢说，小医生人微言轻。不过，听说当时向副市长礼贤下士，还找他交换过意见。

真的？他在哪里？小麦想认识那个与众不同的年轻医生，小邢做出对自己左右开弓自打嘴巴的动作；你要写稿，我就死定了。我这纯粹是八卦！打住！！向京在我们这住院呢。

是啊，听说偏瘫了。

消息真灵。不过，她昨天下午转入肺肿瘤科。可能马上要转去上海。

这么严重吗？！

不说了不说了！向京人挺不错的，医界口碑好，让我们爱护他人隐私多积点德吧。

这时，小麦电话响了。是苗博。她心里没来由地一阵紧张，她觉得苗博会说，哦我在第一医院，在向京病房。

才回呀。黄花菜都凉了！小麦说。

苗博说，哦对不起，我现在是开车空隙打你电话，一个新手，多么不容易。——什么事？打了这么多过来。

打了这么多你也不理啊。要是急诊，你的病人都死掉啦。

我能起死回生。苗博笑，实在太忙了，四五点就被急诊电话弄起,然后又到第一医院看向京情况。现在,我得马不停蹄地回田广,早上那病人非常危险……

又一例传染病?小麦说。

不,那结束了。一切都结束了。"传染病"终结了。

你说什么?!到底怎么回事呀?

以后我慢慢告诉你,我一只手,控制不好拐弯……

等等!你说你刚离开第一医院?我在这呀!我就在这!我跟你回田广好吗?

你……

来接我!快来接我!我要跟你去田广!我现在就跑到大门口等你!

苗博真的掉头回来接小麦。看得出,他心里非常着急,他实在是不能拒绝小麦,所以,这一路他把车子开得极快,好在大街上的车马依然冷清。小麦看到苗博的镜片下面的眼圈发黑,脸色青灰。

昨晚看你独自进宿舍大门,挺担心你的。苗博说,晚上睡得还好吗?

小麦点头,说,你没有睡好。是因为向京吗?她为什么要转院上海?

看来你在医院听了不少。

偏瘫为什么要去上海治?

苗博看了小麦一眼,说,小麦,把自己嫁了,好不好?

小麦以为自己听错了。

苗博说，嫁给一个最好的医生，他样样都好。厦门有个私人大医院，给他开出了很丰厚的条件，他想带你离开明城，一起到沿海地区去发展。

我问你向京呢，你怎么突然这么……小麦说。

和自己家人说话，总是顾忌更少嘛。

是不是我不嫁人，你就不说真话？

是。苗博直截了当地接腔。

你……我……

小麦脑子空白，有点语无伦次，心里恼怒和虚荣的快意混杂：怎么能……这又不是医嘱，我是在问你急事……你突然……这种事，我至少要……你这简直是……讹诈。

苗博笑了笑，我真不想把你当外人。你这么聪明，应该看得出来。把你当外人，我自己内心也挣扎。

求你。小麦说。求你了！

晚期肺癌。

小麦惊叫：你说她?! 不是中风偏瘫吗?!

苗博点头。他说，肺癌病人大多合并有凝血因子增加、血液黏稠度增高的情况，容易形成脑血栓，进而诱发中风；二是由于肺癌容易发生脑转移，特别是到了晚期，癌细胞会累及大脑、小脑、脑干等部位，损害脑功能，患者就会出现语言表述不清、肢体活动受限、偏瘫等中风症状。

天啊！

小麦说，她已经转移到脑部？

苗博不置可否。这样的问答过程，小麦的思绪里始终沉浮着康朝的影子。她从包里拿出手机看，已经十一点四十分了，康朝没有回打她的电话。说真的，这么大的消息，她真的很难忍住不告诉康朝，她甚至觉得她有了一个极其正当、丝毫不伤及自尊的理由，她很高兴自己有理由再次拨打康朝电话。

这时，苗博接了一个电话，小麦听他似乎在跟谁转述一个病情：……对……一小时内频繁呕吐腹泻、定向力障碍、肌张力增强，有抽搐，嗯，可以确认为脑型，是，肠型不会有共济失调和定向力问题。对对，另外两个轻多了，有受照一般症状，呕吐腹泻，白细胞总数有一过性升高，之后下降，淋巴球明显减少——谢谢了，不好意思，不问你我真不踏实。我现在是乡下医生，井底之蛙……是啊，我也几乎一夜没睡……

这个时候，小麦依然没有想到这个电话和康朝有什么关系。之前，苗博所说的"传染病"终结者，随着注意力被向京转移，再回味，她以为是政策意义上的最后一个病人。因为，随着血样报告回来，外援的专家的介入，偷偷摸摸的疫情结束了。无论如何，这个病人，都没有向京和康朝值得关注。现在，她想的是，下车后，一有空当，一定要告诉康朝向京的情况。小麦相信，这些向京也许自己都不清楚，更不可能告诉这个前夫。

小麦怎么都想不到，到田广，康朝以那样的方式，出现在她面前。

38

小麦在汽车进医院大门时,就看到几个人穿着像精卫T恤的人大步走过。神色匆匆。小麦认得他们的衣服,浅咖色的、后肩背部有醒目的橙边棕绿色宽条纹。苗博一直在接电话,以致进停车位时,单手操作的他,差点刮到一辆停在那的救护车。利用电话空隙,苗博对小麦说,病人你看看就是,千万别采访!事情牵扯面大,恐怕很麻烦。

小麦有点走神,因为一进楼道,她又看到一个精卫T恤快步跑出。小麦心存疑惑。苗博又在接电话,好像是什么人来了。放下电话,苗博说,我叫党办小田带你去重症监护室。省里的专家到了。我先走一步。别说我叫你来的!你就是随机过来的。千万别采访!!!拜托了。

听说他要走,小麦急了,关于病人,她一句还没问。啊,等等!那个病人,到底是不是传染病?苗博电话又响了,他看着小麦拿起电话,跟她明确地摇摇头,然后边接电话边走远。小麦待了一会儿,脑子有点乱。专家到田广了,速度非常快,这也是个新闻。这对明城百姓是个福音。他们来了,这"最后一个病人"出现了,而且他似乎很不同寻常。肯定很有新闻价值,从苗博电话里零零碎碎的信息来推断,苗博今天似乎就在向京和这个病人间来回奔忙。也许,就是垂危的向京,也在惦记这个病人。

一贯和记者配合的小田,很热心地出现在楼梯口,笑眯眯的,老远就说,苗副说你来啦。我赶快下来恭候啦。俩人拉着手往重症监护室而去。小麦谢谢她领路,小田很客气地说自己在办公室写汇报材料,写得头昏脑涨,正好下来走走透透气,她反要谢谢她呢。她不知道来了什么严重病人,只说疫情最凶的时候,她那在省心脏中心的未婚夫,吓得要她马上请假回去办婚礼。原来他们是嫌省里的接受单位效益不太好,现在也顾不上挑肥拣瘦了,离开明城越快越好。小田满脸女孩式的幸福感,她笑嘻嘻地说,我总感觉没那么严重,可是他说,风暴眼都是最平静的。

对了!小田说,听说你们记者都逃跑好几个啦?

胡说!小麦说,哪有的事!

没有吗,我们知道的游吉丽就跑了嘛,其他人我不懂。

人家还说你们医务人员死了好几个呢——不也造谣、传谣、信谣——

两人女孩嘻嘻哈哈地来到重症监护室。

位于开发区的田广医院,堂皇大气,投资不小。有医生讥讽为绣花枕头面子工程。它盖得不仅大,而且讲究。比如这个层流病房重症监护室的设计。第一医院改造,都舍不得这样投资。小麦记得田广医院竣工的时候,游吉丽受邀专门写过介绍性软文,图文并茂地宣传它的现代化设施。其中,就包括它的层流病房,游吉丽打比方说,它虽然密闭,但它的空气就像一潭活水，不仅流动还保持无菌状态。

还没看到重症监护室的封闭门，小麦脸色就变了。她看到了红菇，看到了火星人，还有柳绿菊黄以及其他她不太熟悉的队员。他们都神情肃穆地在重症监护室外的家属休息区。

看清一半身子都是石膏的红菇，小麦目瞪口呆。这一下子，她明白，康朝出事了。事后知道，红菇是队员用担架抬来的。红菇脸色苍白骇人，两只滚圆的黑眼睛里，精光灼灼。小麦还没到她跟前，她就挥动没有打石膏的左胳膊喊：B型血和狼也在里面观察！康大伤情非常严重！

伤情？他受伤了？！小麦说。她认为康朝肯定是传染病。

小麦的茫然无知，似乎激怒了红菇。放射性损伤！浑蛋！太浑蛋了！

小田悄悄拉了把小麦，示意她不要跟家属纠缠。小麦不知道红菇的愤怒从哪里来，但她能感到她不是骂她浑蛋。她两次扭头看着红菇，一边被小田拉进了重症监护室。外面，十几号精卫队员几十只眼睛，齐刷刷地、无声地看着她身后的封闭门紧紧合上。

门边柜子里有很多蓝色塑料鞋套团子。一个甜美的小护士在半圆形的护士岛里，跟小田打手语。因为浅绿色的窗帘，整个病房都是清凉绿色。十多张病床的重症监护室，除了B型血和北方的狼，只有一个胖胖的白发老人，心脏监护仪在工作中。躺在病床上的B型血是清醒的，他一眼认出了小麦，但吊瓶使他不能起身；北方的狼睡着了，也在点滴注射中。这工夫，监护室的护士长，和已经穿了隔离服的小田一起过来，并递给小麦一件隔离服，示意她也套上。然后她们带着小麦去了左侧的一间小玻璃房。有个人躺在里面。

是康朝。

小麦答应护士长，只看一眼就走。康朝看着小麦进来。陷于各种救生管线之中的康朝，一只眼睛是红色的，嘴唇却是紫黑色的。看上去虚弱不堪，但他聚焦很清晰地在看小麦。小麦立刻想哭。轻轻走到康朝床前，她看到康朝笑了一下，他的脸并没有一丝笑容导致的肌纹变化，但小麦就是感到了他的笑意。康朝说，豆豆（音）……

小麦不明白。康朝似乎想做个动作，但累得闭上了眼睛。护士长突然急迫地拍小麦的肩膀，小田伸手把小麦拉着，匆忙往玻璃房外面走。她们刚离开玻璃房，几个穿白大褂的人就在重症监护室门口出现了。外面的光线，雪亮地凸显了五六个来人的白大褂的轮廓。高大的苗博，十分醒目。苗博看到小麦没有打招呼，似乎不认识她。小田赶紧拉着小麦要出去。小麦说，半分钟！马上！她快步到B型血床前，B型血跟她笑了一下，没有吊针的手，抬起来指了一下康朝的玻璃房。小麦点头，说，他看到我了。醒着。

B型血又做了个OK手势，哑着声音说，我和狼还行，狼比我吐得多一些，没事的。

小麦点头，说，红菇他们都在外面。

往外走的时候，小麦扭头看了苗博两次，他一次也没有看她。玻璃房外,看得出他样子是在向同来者,介绍病人及救治情况。

小麦一出重症监护室大门,所有的精卫队员都迎面围了上来,红菇身边反而没人了。小麦向红菇走去,边走,她边对小田说,这都是精卫队员,里面倒下的都是他们的人。小田说,什么队员?干什么的?小麦说,紧急救援,专门助人的。媒体常报道的。小田一脸茫然而略显尴尬。说话间,已经到了红菇跟前,小麦对小田说,你先走吧,我和他们聊聊就走。不耽误你了。小田说,要不我给你拿份食堂快餐?小麦摇头。

小田一走,小麦就贴着红菇耳朵说,康朝醒着。向京晚期肺癌。下午转上海。

红菇惊愕。小麦觉得她这样做,这样用耳语方式告诉愤怒的红菇,这是康朝愿意做的事。这是他心甘情愿的选择。红菇是康朝的搭档,也是知心朋友。精卫接受在田广寻找零件的私下委托,只有一个外人从头到尾知道项目后面谁是真正的委托人,那就是红菇。正因为如此,红菇发难,对康朝不满,总是剑指向京。

康大还好吗?要不要紧?红菇看着围在身边的队员,明白小麦的心思。她主动转移了话题。B型血和狼怎么样?

小麦说都还好。

小麦说,康大醒着,他看着我说——豆豆。

红菇和火星人等几个老队员,在交换眼色。小麦看出有异,说,豆豆是谁?他认错人了?

红菇点头，说，他可能把你看成兜兜。

谁是兜兜？

他女友。几年前车祸死了。小麦愕然。

红菇看到了小麦的表情，但她并不想停在这个地方，她说，里面医生到底怎么说？情况是不是很糟？他有没有生命危险？

没有人回答红菇这个问题。第二天晚上九点一刻，康朝用死亡，告诉了答案。

第二天下午四点，在准许探视的半小时时间里，康朝突然清醒地睁开眼睛，他看了身边的每个人一眼，笑了笑。柳绿菊黄哇地哭了。康朝闭上眼睛陷入昏迷。他再也没有醒来，五个小时后，全面衰竭，苗博宣告不治。

在上海，这一天下午，向京的上海医生宣布她已不具有手术价值。

39

小麦没有想到，一声"兜兜"，就是康朝和她最后的告别。

这样的快如闪电，小麦恨苗博，因为只有他最清楚，康朝还剩多少时间，可是他压根就没有说到过。苗博非常的忙，半个月来全市的发病情况综合，向外援专家组的解释、市领导小组的汇报、商议对社会公众交代的措辞。这些他始终是核心骨干，参与其中。他确实太忙了，康朝死亡前夜，他给小麦发来短信：一整夜只睡了五十分钟。精疲力竭。

小麦不得不原谅苗博，他并不知道小麦和康朝的关系。对苗博而言，在情感上，康朝不过是他千万个病人里普通病人之一。

四天后，明城全城所有媒体，统一公布了关于本城疫情的最后报告，报告称，根据血样化验结果及专家组深入明城调研结论：明城不存在传染病疫情。只有变态的感冒病毒。且病毒高峰期已经过去，致命力极弱，已不再对人体构成威胁。目前中国内地，仍处于流感活动季节，虽然强度没有明显加强，但流感病毒引起的小规模、局限性暴发和导致个别人死亡，依然难以避免。市长陈志忠要求：一、务必向群众讲明真相，迅速消除群众顾虑，稳定群众情绪；二、稳定社会秩序，保持社会稳定，公安部门要备足警力，对群众出走较多的社区加强治安巡逻，防止出现治安事件和刑事案件；三、动员社会一切力量，迅速恢复正常的生产生活，使店铺尽快开门营业，企业恢复生产；四、加大宣传力度，加强正面引导。对造谣者，公安部门要立案侦查，迅速查清谣言源头及传播途径，对犯罪嫌疑人要绳之以法，并在媒体上曝光，恢复和增强公众对政府的信任度。

康朝的葬礼是民政部门低调参与主理的，费用也全部由政府埋单。这个始终没有得到民政部门审批的民间救援队，得到了一场隆重的，并不庄严的葬礼。不庄严是指它的音乐。民政局两位代表直率地批评说，太荒唐了！但是，红菇告诉他们，这就是康朝的遗嘱。他说他死去，请播放《奥芬巴赫序曲》为他送行。小麦也是这时才知道,许多精卫队员在他们内部群里,都留有遗嘱。

地平线的遗嘱是:笑一笑吧,让我们说再见。

北方的狼的遗言是:我将在阳光下归来。

B型血的遗嘱最后一句是:嗨,我和精卫一起飞。

红菇自己的遗言是,不许哭,请祝福我圆满毕业了。

民政部门代表确认了康朝遗嘱后摇头说,太乱了,你们真的太乱、太不严肃了。一个人只能死一次,这又不是演习。你看看,有这么多的群众自发来送行,你们不放哀乐,他们会摸不着头脑的。

殡葬机构对反复播放这个奇怪的音乐,也强烈抵触。说开张这么久,第一次听到有人不要哀乐,要放这么个不伦不类的东西。他们说,其他死人会有意见的。不知道最终民政部门是怎么摆平殡葬机构的,应该没费什么劲,因为殡葬机构反正也属于民政部门属下。上面要求这样,他们也没辙。其他死人家属也蛮通情达理的,一个是寿终正寝的语文老师,他儿子说,他爸爸一生喜爱西洋乐,应该不会嫌吵;另一个是被果冻噎死的四岁小女孩。那个悲伤的父亲说,他曾想报名参加精卫救援队,他希望康大能牵着女儿一起上路。

那一天,天气忽晴忽雨,整个告别大礼堂外的大草坡上,站满了送康朝的人。有时一半人在丝丝清雨中,一半人在金色的阳光下。透过松枝看空中,天空湛蓝、白云暧瑷雪亮刺目,仿佛漫天是雪山大海交错;大堂内外,回旋激荡着《奥芬巴赫序曲》。很多被精卫队员救过的人，默默伫立在音乐中：十几名天威山探险的高中生以及他们的家人；迷途天威山北峡谷的一公司数十名员工；前年洪涝灾害中，被精卫救援队员救出的正几村几十号村民，还有一对餐饮业姐妹花及大哥，这家兄妹拿了两万元抚恤金过来，说是年前康朝在郊外救过爆胎的他们；还有许多连精卫队员也记不住的急难险重的受助者及其家人。总之，很多陌生人，听到消息、看到讣告都自发前来送行。报纸上的讣告内容是民政部门参与商定的，多方有过激烈争论，主要是死因。最后定稿是"救援中意外身亡"。拿着报纸络绎不绝而来的人们，踏进松岭殡仪馆。那《奥芬巴赫序曲》确实让很多人错愕，不管是否喜欢西洋乐的人，甚至不管是否喜欢音乐的人，谁都能一耳朵就听出这刚韧热烈的旋律里，毫无悲戚可言，它充满的光辉感，让人们一时摆不正自己的情绪。但就在这激情燃烧的明亮曲子中，六七十名精卫队员，一式黑蓝色的夹克式救援服，仪仗队似的直立一侧。几乎每个队员的脸上，都是泪水和泪痕。一些情感脆弱丰富的女性，受不了这强烈反差的氛围，一看这阵势，就泪流满面了。

小麦看到闫东、小希腊和夏至他们。他们身后，十几辆私家车、警车在他们身边一字排开，好多兄弟在给后视镜上系巴掌宽的黑绸长带，黑长围巾似的；闫东七八个朋友在翻看手中的光碟，那是精卫队员刻录赠送的《奥芬巴赫序曲》。每辆车、每个司机都有。

穿着黑色小西服的康朝姐姐康欣很清瘦，公司五六十名员工一色黑衣、神情肃穆。康朝姐姐看到刚被队员搀扶下车的红菇，毫不客气地堵在她前面。康欣说话很慢，一字一句几乎是咬牙切齿：你们害死了他！如果不是因为你们，他现在还活着！

红菇平静地看着她，说，我理解你。

葬礼上，死者的遗照，依然是精卫网页上的工作照片。戴着墨镜，肩上挂着攀援绳，在训斥哪个队员。不太正式，因此也不像诀别照。穿梭在葬礼不同角落的小麦，采访中总是忍不住地觑看康朝的照片，每次都让她眼热。她忍着，竭力忍着。她有时恍惚走神，觉得自己身上依然能捕捉到他的体温、他强劲的脉动。在厚德小学的榕树气根雨丝中，他抚摸她的时候，右手大拇指侧有个皮刺，每一次手过肌肤，温热之余，总有个尖而不锐的感觉跟划。现在，这尖而不锐的感觉依然在胸腹部游走，感觉犹在，人已在彼岸。半个月爱怨生死，仿若流星滑过天际，炽烈急速而无人知晓，她自己也难辨虚实。生死之间有谁还可以如此热烈无缝？

红菇是被队员用救援担架抬来的，除了相遇康欣、解答民政代表的疑惑，她一直沉默着。致词的时候，她始终没有哭，最后却是突然昏倒被人架住的。她的致词，让底下哭声耸动。她昏厥前的最后一句话是，海很大、精卫很小，但精卫的心比海大……

小麦最控制不住自己的时候，是车队开往火葬场的江滨路拐上山的时候。在火星人的车里，就在音量大到无法对话的《奥芬巴赫序曲》的激越的后段，她从后视镜看到了长长的拐弯不见尾的送葬车队,每一辆车的后视镜都飘着黑绸带,一式打着右转灯。她回头看驾驶者火星人,火星人的泪水挂在下颌边。小麦哇地哭出声来。她失声哭号。火星人像康朝那样,边开边把手臂搭在她的肩头,拍着她。

五天后,小麦把报纸带给红菇。小麦再次用一整版写了"逝者"康朝。稿子是经过上面审核的。标题就是《精卫的心比海大》。红菇已经看到了报纸,接过小麦递给她的五份,她还是打开,一看到康朝照片,她的眼圈就红了。她说,我父母说,很多人看到这个文章都掉泪了。你是个好记者,但你还是没有敢写他真实的死因。

不能。小麦说,采访前,领导就打过招呼了。如果那样,就干脆不要去采访。领导说,稳定民心是最重要的。已经过去的,就让历史尘埃覆盖掉一切吧。

红菇神情凄楚,好一会儿她说,知道吗,其实,他知道自己会死。好几个队员都在议论说,很奇怪,康大死前几天,车里的音乐突然换上了遗嘱交代过的《奥芬巴赫序曲》。车祸前,我坐过他的车,他放的是小号。很明亮很辽阔的小号,非常好听。但我一点也不奇怪,这就是康朝灵魂生命发出的信号,他知道自己会死。我们都忽略了。

车里的音乐是突然改变的,小麦也记得。只是没有人知道,她比谁都记得清楚。半个多月前,她第一次上车做人物采访,迎接她的就是小号曲《阿波罗之歌》,她最后一次离去,已经换成《奥芬巴赫序曲》了。当时,康朝开着极大的音量,把她赶下了车。

红菇说，他跟我最后一通电话，其实是跟我交代后事，没想到，最后我还毫不留情地跟他连吵了两架。红菇脸上是欲哭还笑的表情。看得出她内心巨大的哀伤。小麦请她节哀顺变，自己保重。坐了一会儿，小麦忍不住还是开口问她，兜兜是怎么回事？

红菇说，那天，你一出来说，他叫你兜兜，我就知道他肯定活不了了。死去的人来等他了。

小麦说，主治医生说，康大认不出人，是定向力障碍。也就是对时间、地点、人物，都分辨不清了。这是放射损伤最重的病人的特征。即脑型放射病特征。如果是骨髓型、肠型病人，他就不会有这样定向力障碍，那他就会认出我。

红菇无语。

小麦说，那个兜兜，是怎么死的？

红菇笑了一下，记得吧，我们第一次请你吃素菜的那次，你还没到，B型血就说你长得像兜兜。你比兜兜更清秀。你和我去楼下打菜后，几个队员见了你后一致认为，你长得是挺像兜兜的。我是后来知道的看法。他们这么说，我自己想想觉得还真有点像。下次去队部，我给你找她的照片。我还问过康大，康大说，身形举止轮廓有点像，但是，五官不像。兜兜很黑。

她怎么死的？

车祸。她和康朝的事，被向京知道后，她执意要离开明城。她本来就想去宁夏。她原来在那里支教过。兜兜小号吹得很好，书法也获过省中学生大奖；她精力旺盛、非常爱哭，也非常任性。正好那边发生雪灾，他们那几个志愿者，在运送一批赈灾物资时，车翻到了江里。只有一个活下来。

康大为什么让她走？

可能——他以为她去去还会回来吧，可能他知道兜兜太倔，拦不住的；也可能——他爱得不够深吧。

小麦不解地看着红菇。红菇说，你和他接触太短，不了解这个人。他怎么看都是其貌不扬的人对吧，但他一直很招女人喜欢，就是吸引人。他自己好像从没有被什么人强烈吸引住。是兜兜追他的，他信马由缰地就当她男友了。

他性情很随便吗？

我觉得不是这样的词，他对每个人都很友善呵护，尤其是女性。但骨子里他对女人有股傲慢气的。我不知道他这股傲慢气从哪里来的，我说过他，他不承认，他只觉得自己自尊心有点强。所以，这种男人，他是不可能阻拦兜兜、更不可能强迫兜兜留下的。

他们怎么认识的？是在救援队里吗？

红菇摇头。江滨老码头知道吗？就是水特别深特别急的那一段。一个姑娘因为男友变心自杀，跳下去的时候，两个钓鱼的男人惊叫，和同学聊天的兜兜闻声就冲了过去。兜兜水性不错，但不知怎么的，反被那胖姑娘抱得紧紧的，她自己也吓得大叫起来。正好，康朝和一个朋友在附近游泳，他们立刻过来，把两个姑娘都捞了起来。

那个寻短见的女孩,是典型的一根筋。兜兜和康大为她心肺复苏做了半天,她终于吐水转醒过来,一醒来立刻就哭喊踢打救命恩人,作势要再跳水。康朝把她紧紧抱住。最后,那女子说,那你做我的男朋友,我就不死了。康朝傻了眼,说,我结婚了。那一根筋的女人又哇地大哭,说,人人都嫌我丑,我不活了!兜兜冲了过来,抱住了康朝,说,这是我老公,我们一起救了你,你怎么要拆我的家?!

女人这才安静了,蒙着脸哭了好半天,总算慢慢平静了。

小麦被这个故事逗得笑起来,说,这么有趣的故事,采访的时候,他都没有告诉我。

他经历了很多事,可惜你认识他太短了。我做记者的时候,经常有这个感觉,记者认识人,往往都是很肤浅的。但我们总以为人家跟我们掏心掏肺了,其实人家只露出冰山一角,而且是想让你看的一角。你知道吗,如果没有兜兜,他不会和我们认识,也不会有精卫紧急救援队。本来兜兜支教回来,一直和我们一起做义工,帮助孤儿院的孩子和老人院的老人,后来,康朝把户外运动的那帮朋友带过来玩,我们这才一起把两拨人马合并,成立了精卫救援队。可以说,精卫救援队的成立,也是康朝对兜兜的一种纪念方式。

小麦沉默了好一会儿。她说,为什么是康大死?为什么地平线、B型血和狼都受伤?佛教不是讲因果论吗?

我师父是这样回答我的,红菇说,世或有积善而得殃,或有凶邪而致庆。此皆现业未熟而前报已应。

小麦摇头，我理解不了，这样算是一笔糊涂账。我只知道他是好人，你们都是很好的人。这个社会，你们这样的人太少了。这样不公平。

这些天，我师父和我总在通电话。红菇说，师父反问我，知道善男子、善女子的标准吗？这是佛教里最低的好人标准，奉行十善业：不杀生、不偷盗、不邪淫、不恶口、不两舌、不妄语、不绮语、不贪不嗔不痴。对照这个最低标准来看，你就会看到这世上好人，还是有很多缺点。是吧？我们固然做了很多好事，但是，谁敢说自己不亏欠十善业？

那他就是该死的？！小麦没有说出口。她看着红菇。

红菇有信仰的目光里，也让小麦看到了坦率的哀伤。红菇说，没有什么不公平，最后的结账，还是善有善报、恶有恶报。

40

苗博非常累。小麦再见到他，已经是康朝葬礼多日之后。那天，突然有电器卖场送货员送来一个纸箱，确认她是麦稚君小姐，就把纸箱提进屋，说是她的带烧烤的微波炉。小麦不让他放下，因为不知谁送的。送货员说，他要我帮你安放好，试好机。他就会给你来电话。

微波炉被放置在厨房。送货员一走，苗博就来电话了，说，一起吃饭吧。这一段我快累死了。小麦说，你为什么送我微波炉？我不需要。

苗博说，你需要。热牛奶喝。晚上你想吃什么？

你也不怕我要赶稿或者有事去不了，怎么就这么直截了当问我吃什么？

你想见我，这些天，你不断短信我。我知道我是躲不了你对职业病人的拷问的。

我要听真话。

我说出口的都是真话。

你还是那样！我不去了！

来吧。我来接你。听话。

不到十天，苗博人瘦毛长、胡须拉碴的，看上去有点衰败也深不可测。小麦看着有点敬畏感。苗博一眼看出小麦对他外观的不良感受，说，我不粉饰太平，就是让你看看这些天我受的劳累煎熬。真的累坏了——你怎么想，这些天，你都在想什么？

小麦没想到苗博会以攻为守，她愣怔了一下，说，没想到我采访过的救援队长，竟然是死于放射病。也许他自己还以为是死于传染病。

苗博点头：极重度放射病。脑型患者，最多两三天。

他不该死的。

对，好人都不该死。我看了你的文章了。饱含深情。我也很感动。你是个好记者。

上面怎么摆平这件事的呢？

是费了大周折。我也跟着忙。苗博叹了一口气，你知道，向京在上海。责任当然都推给她了，说起来也不冤。她确实负有直接责任。绝症救了她，不然，我想，她可能会因玩忽职守罪，危害公共安全罪被送进监狱。

那她本来应该怎么做呢？

在第一时间向市里通报真实情况，然后由市里组织专业人员展开搜找。尤其在范围缩小后，专业人员到位，应该是很快能解决的。

那你为什么不告诉她这么做呢？

她没有告诉我实情。我不知道发生了什么情况。

可是，你知道的。

我不知道。我为什么知道？

你来自卫生部国家临床医院重点专科，一个外来的、见多识广的大医生。你和明城那些一辈子没见过一例放射病的医护人员完全不一样。也许刚开始你反应不过来，但是，很快地，你就明白怎么回事了。

事实不够，想象凑。对不对？小记者？

至少，你在放任事态。你有意无意地给向京秘密寻找的时间，好让她掩盖错误。

我为什么要这样？苗博笑。

我不知道。小麦也笑，并因为自己将要说出的锋利话而笑得憨厚而肤浅。她说，也许，因为向京和你是好朋友，是你的单相思和保护伞，她还是你事业的阳光大道。你对她怀有知遇之恩，怀有怜香惜玉之情。你迫使自己故意不面对她那些错误。

你真的很可爱。我就是喜欢你这股聪明的孩子气。但是，苗博说，我确实不知道这个秘密。

你知道。

你想让我当历史罪人。

小麦点头，你就是。

小记者，我告诉你，对一个普通小城市来说，放射病的确是很多医生做梦也想不到的病。即使是大城市，这种病例也非常罕见。医生未必有这个心理准备和知识储备。事实上，你可以上网查阅，它和许多病，在临床上，没有分别。重感冒、白血病、再生障碍性贫血等等，太容易混淆了。确实非常难。所以，你把我高估了，我不是神医。我对这个毫不敏感。

我不能确定你是不是向京的高参，是否参与协助她描绘搜找地图。但是，我能肯定，你是全城觉悟最早的人，这几天，我回想了你跟我说的话和你对事态发展的反应。你始终是镇定的，你毫无畏惧，你是一线最主力的医生，可你从不戴口罩——

是他们不让我们戴啊！我的天，不是怕影响投资环境吗——

你一直知道哪里危险，哪里不危险——

我说过了吗？

小麦点头，你不让我来田广，但市区，你让我随便走动。

我的天啊！我送你珍珠项链，能不能说明我也害怕你被传染？

不能。

怎么又不能？

因为你太狡猾了。

什么意思，你不会认为我乘虚而入吧？得，我剖腹自尽吧。

向京中风那天，就是上面决定外送血样那天，我在老五一广场等你，记得很清楚，你一见我，第一句话说的是，没事了，安全了。这也说明，你始终清楚症结，或者说祸根在哪里。不是这样吗？

小麦再次感到自己想哭，她垂下脑袋，使劲忍回眼泪。她不想让苗博看到她的眼泪。

你有更有力的证据吗，小记者？

小麦吞咽了一口，摇头，我没有。但你能否认这些疑点吗？

我不能。确实不能。可我真的不知道，我无心的举动，你都按你的主题搜集排列了。所以，按你这么分析，我也觉得我就是知情者。我是不可饶恕的罪人。

如果不是这样……小麦抬起眼睛又快速垂下脑袋，她的眼泪又快冒了出来了，她恨自己控制不住眼泪，她的声音也哽咽哆嗦了，完成不了锋利流畅的句子，这迫使她停了好一会儿，才说下去：如果你不这样，城里很多人，可能就不会死、病，康大也不会死……

天，你怎么这么多眼泪啊！苗博站起来，好吧，算我迟钝，我该死。那你有没有想过，你也有责任。你的责任也不比我小。

小麦抬起脸盯着苗博。

苗博说，不对吗，我也可以审判你，你作为一名记者，一纸传媒，你们有责任披露疫情。如果你能在第一时间，把这个可疑事态报道出来，城里也可能少死人，少病人，那个救援队长也不可能白白送死。那么，在舆论的督促引导下，专业的人员、专业的设备会更安全有效地运作。我的记者，你们在干什么，如果有人不让你报道，你至少可以写内参。往上送、往外送，不是吗？

小麦被苗博噎得发愣，好一会儿后，她泪水长流。

苗博站起来，他过去把她搂在怀里，说，对不起，对不起，我知道这个事件让你很受伤，但我不知道你伤得这么重，这么难过。是我不好，我不是真的在指责你，我知道我们各为其主，各有各的规矩都不容易。别哭了好吗，我可以带你离开这里。对这里，我比你更失望。知道吗，我从第一眼见到你就心里舒服，小游说你有男友，我无话可说，可是，这次这场生死考验，我明白我最在乎的人，就是你。你让我心疼了。

苗博在小麦的颈部轻轻吻着，最后是用力吮吸。小麦没动，她的腰背和脖颈梗直，她知道，康朝的记录，将被苗博覆盖。医生苗博会精准地找到那个位置完成彻底的覆盖。

41

大约是二十天后,小麦突然接到一个陌生电话,是向京的秘书周秘,她不知用什么方法找到了小麦电话。她说向京想见她。小麦也不知道向京何时从上海回来的,苗博从未说起过。到了向京的高干豪华病房,小麦才明白,向京已经快不行了。

向京面如死灰,让人看着惊心,但她依然是满头浓发,虽然花白枯涩。小麦猜她是放弃了放化疗。那张出众的脸,依然清新俊美。她躺在那里,就像一尊石灰雕塑。小麦的恻隐之心是突然来的,她觉得自己应该为她带来一束鲜花。

向京只是看了看门,带小麦进来的周秘,便知趣地退了出去,并很轻地关上门。

向京示意小麦坐在窗前的单人红木沙发上,又示意她把沙发拖近她床头一些。她气息微弱地说,对不起,我怕你听不见我的话。向京语速极慢。她说,这样见你,真是抱歉。

小麦摇头,她猜她想了解康朝临终情况,但苗博肯定会告诉她更详尽的。

前天晚上我梦到他了,康朝。我说,你恨我吗?他笑而不答,我喜欢看他雪白健康的牙齿,什么都能咬碎的牙齿。他是我认识的,最健康的男人,也是,最傻的男人。

向京闭了会眼睛,不知是累了,还是整理情绪。小麦静静地等着她。

他比我小四岁三个月,向京依然闭着眼睛,浓密微翘的长睫毛,让小麦觉得那是活的植物,让人忍不住地想触碰、亲近。她不由伸长脖子细看她。这个俯角所现的,就是康朝过去常见的美丽容颜的另一面吧。向京没有睁开眼睛,她的音调和语速更慢了:在大学,他是足球前锋,特别能跑。他的入学,让我们学校赢得了很多风光。我们是在学校小卖部相遇的。他骑着自行车,迎面看到我他有点发愣。我对小伙子笑了笑,他的车子一下子失控撞到了邮箱上——就是绿色水泥筒子的那种。他自己也摔了下来。是我帮他站起来的。他满脸通红。额头和鼻尖都出血了。

向京在喘息,突然她咳了起来,咳了一阵子止住了,向京许久没有说话,她似乎怕小麦离去,又睁开了眼睛,而且,她对她笑了笑。小麦悄无声息地坐着,好半天,向京一直不出声,小麦说,您需要我去叫医生吗?

向京摇头。向京在眩晕和上肢与头部的疼痛中。小麦能感觉到她很痛苦,同时她想,向京也许正在体验康朝所遭受的折磨吧。向京似乎缓过劲了一些,她说,我家曾有个讨厌的阿姨,很迷信。向京在笑,有一年,她把我和康朝的八字,拿去给她们老家的算命先生看。后来那瞎子跟我说,康朝羊刃带刀我克夫。互克。现在看来,这是对的。我们都没有好结果。一亡俱亡,是不是?

向京笑容苦涩,但唇边齿间透着迷人的韵致,仿佛在阳光下的气息。小麦小心翼翼地说，我想问问您——如果您不愿意，可以不回答我，因为毕竟都过去了。

向京点头。

为什么您要让康朝去秘密寻找？

如果公开寻找，会造成整个社会的恐慌。极度恐慌。今年是明城第二届招商会。筹备得非常成功。已经答应要来的企业有一百五十家，都来自经济发达地区，包括东亚电器集团、环海自行车集团。我们预计今年有望实现六百亿的投资项目落地，知道吗，这是明城十年来投资的资金总和……

可是，我觉得，小麦不知不觉受向京语调影响，她的声音也低微如窃窃私语，两人这样私语般的声腔，讨论着这么一个重大话题，显得沉重宽容而又相互防守谨慎。小麦说，我觉得，如果是一个专业机构的专业人员进行的寻找，它肯定是更加安全也更加高效的。那样，就不会有那么多人倒下，康朝就不可能死。

你的站位、限制了你的视野。你还不了解社会人心的脆弱。其他城市有过先例。这种事情一旦公之于众，会让一个城市崩溃。所以，很多城市吸取教训，都是秘密寻找。

但是，小麦点头，我还是认为这不是精卫紧急救援队应该接的活。您应该委托具有专业知识的专业人士，即使是秘密寻找。

向京叹了一口绵长无力的气。说，我只信任他。我反复叮嘱他，告诉他的兄弟，只要信号盒子响了，什么都不要动。只要把地址告诉我就行了。剩下的是我的事。如果他听话，现在来听我说话的人，就不是你，而是他了。

您从没想到告诉他真相？这样他至少可以自我保护呀！

我想过，但我怕他拒绝。我不能让他拒绝我，因为我没有第二个选择。

他会拒绝您吗？

至少有一半的可能，这确实有风险，再说，他并没有爱过我。这一点，他承认的。也是我不愿意承认的。这就是说，他拒绝也是自然的。

向京的眼睛半睁半闭，她又咳嗽起来，咳得气若游丝。小麦觉得听那种咳嗽声，好像都能看到她肺部乱七八糟的癌细胞。而那些气流，甚至没有办法穿过那些层层叠叠的癌肿瘤挣扎出来。她太虚弱了。

你想问的，我都会回答你。向京耳语似的说，小麦几乎听不清，她听明白后，心里不由难过，人之将死其言也善，在向京的善意里，小麦感到了生命的巨大悲哀。这个女人是要走了。这么一想，小麦居然眼睛红了。她有点尴尬，她认为自己和向京不应该产生这种情愫。

您为什么要这样私自处理，小麦说，我不明白，这前后你有什么为难之处吗？

你应该问这个问题，康朝也许也想知道。这是一个差错。没想到它的严重后果，出现在二十多年后。当时，我大学毕业后分配在科技局，现在都改名科委了。那年，为了培育良种，局里从上海购进了几个核源钴60。我师父带着什么都不懂的我，参与了源水井房设建设的整个过程。但你知道，这不是我的专业。后来，局里搬迁，原址给了环境监测站，钴源封存，仍由我和单位里的一名工程师负责管理。（后来他也调任市里重要部门负责人）一九九五年，环测站需要扩建，他们通过省放射管理站，来明开了个倒源论证会。当时我是科技局副局长，急着因为一个项目要去北京，匆忙参加了会议。非常糟糕的是，过去核源管理没有建立台账制度，我和那工程师凭记忆认为，源井里有五枚核源。这是个严重错误。后来，省放射管理站就开始倒源、收储钴60五枚。倒装收储后，他们留交的钴源水井水样，相关部门没有再去化验（这又是一个大错）。而环测站的扩建因故推迟到去年。整地时，钴源水井房被爆破。今年春天，施工正式开始。我没有再关注这件事，直到报纸上出现一个民工死亡的社会新闻。它被那名工程师发现了，而他本来就对核源数有担忧。他也跟我交换过意见，因为没有台账制度，我们也查不到原始记录。这个发生在环测站工地不起眼的社会新闻，触动了他的敏感。他暗暗调查发现，照顾那位民工并送他回老家的舅舅，也病死在老家，没有再回明城。为此，我们专门去找了我的师傅。他已经是海默症了，就是老年痴呆，出门经常被警察送回家。师父坚持说是六枚。这太令人吃惊了！我们不知道，他的记忆对不对。有人替我们联系到那名死去民工舅舅的女儿，她说，当时，他父亲背她表哥去医院，在路口等车时，表哥裤袋里掉下来一个亮晶晶的东西，像笔套那么大。当时大家看不是钱，又慌忙拦出租车，就过去了。

向京极其缓慢地说了这一大段话，仿佛像没有力气的磁带在勉力转动，但小麦看得出，她想把这些话都说出来的决心。一吐为快，也许向京把她假想成康朝，她需要诉说，需要对康朝诉说。小麦再次把红木沙发拉近向京。

您刚才是说，您在那个重要的论证会上，正赶着要去北京开会是吗？

向京点头。

就是说，如果不是那么匆忙，您是可以准备得更充分一些，是吗？

向京睁开眼睛，随后闭目点头。

如果准备充分，也许您就能回忆、能提供更准确的数据？您觉得自己不该那么准备不足地参加那么重要的会议，对吗？

我想是吧。那样至少比现状可能会更好一点。

这事捅出来，责任人前程尽毁，对吗？

向京沉默着，然后一抹勉强的笑意浮上嘴角。她耳语轻柔如丝：这一切很荒谬，荒谬至极。我一直以为我能做很多事，造福很多人。没想到，相反。

您后悔吗？

宿命吧。

重新选择，您还会那样做吗？

向京点头，她的耳语带着沙哑：重新选择，意味着你重新看不到后果，所以，你最多在细节上更加谨慎。也就是说，我不会也不可能有别的抉择。你理解了吗？

小麦摇头，不理解。我觉得您很自私。您把一个优秀的人，一个优秀的团队带到悬崖边，您却让他蒙着眼睛帮您做事。这太残忍了。

两害取其轻，没有更好的选择了。何况，康朝对我也有所图。

小麦沉默。她知道向京指什么。向京睁开眼睛，沉闷无力地空咳了几声，她说，这个世道，只有一个根本大法，就是——突破公平公正之法；它也只有一条基本原则，那就是交换原则。如果你手上没有权，没有管理资源、岗位资源，没有钱，没有任何可资交换的东西，你就是个可有可无者，被人视若浮尘。我对康朝始终保持的尊重，是——他是我所认识的人里，唯一突破这个规则的人。这个人的核心价值观是非物质的。

那您还……小麦觉得这对冤家，真是夫妻连心，康朝也跟她说过类似的话。

向京似乎喘不上气了，小麦看着有点害怕，但是向京对她宽慰性地摇头。歇了好一会儿，她气息幽微地坚持把话说完：他不爱我，但他执行我的命令，因为，我之前承诺要帮助救援队。他也知道我正在帮他们协调国企赠送常年意外保险。还有其他。是的，我有这个能力。给我支点，我能让社会高举这支精神火炬。我能为这支精神之光扫清阻碍。这个社会是需要他们。不过，接受我委托后，他不够上心，一直到他们的队员出车祸，他希望我摆平麻烦，才开始积极寻找。他在跟我交换。

如果他一开始就这么努力，心无旁骛，我想，不仅社会危害期会缩短，他也许也不会丧命。

您怎么……

请仔细想想，我说得对不对。

您杀了他……

我也觉得。但康朝不会这样看。他一向把生死看得很轻。他遗嘱选的道别音乐是《奥芬巴赫序曲》对吧，那也叫《天堂地狱序曲》，是我们结婚时他最喜欢播放的。对他来说，早晚都有这一天，如归而已。救了那么多人，他不会遗憾的。

向京咳了几声，说，其实，在我看来，他真的是个简单幼稚的男人。我一直明白这一点。舍生取义，他会感到快乐自豪的。向京的脸上竟然露出满足之色。小麦觉得向京虚弱缓慢的话语，就像对她施了魔法，她被领进一个山岚雾气、幽微曲折的迷宫，一下子失去了光感和方向。

小麦磕磕巴巴地说，那么，您是——怎么确定在田广并绘制寻找地图的？

向京摇头，她看上去不想回答这个问题，但她还是开了口：总有急公好义之人。

最后问一个问题——您为什么想和我聊呢？

向京笑，她闭着眼睛，笑容安详悦目：你觉得呢？也许，就因为你会这样傻乎乎地问我吧。你也是个简单天真的人，嗯，康朝会喜欢你这种傻丫头的。

42

一个月后,向京死讯传来。

B型血出院后,应小麦的请求,在一个秋天的子夜,开着康朝的车,带她重新走了一趟田广的夜路。深夜的田广街头,他们就像搜找物品一样慢慢行驶,车里的音响播放着《奥芬巴赫序曲》。声音大到无法交谈。大街小道人影稀少。一头浓密头发的B型血,头发变得稀疏。他感觉到小麦哭了,他不愿扭脸细察。他们就一直这么慢慢行驶着。

两天后,小麦嫁给了苗博。随后,她随苗博到了沿海特区城市。她不再做记者。苗博支持她做慈善公益,因为他的钱,购房养家置业已经轻而易举。

北方的狼结婚后六年,妻子都无法怀上孩子。

地平线终身瘫痪,再也没有站起来。

精卫救援队渐渐淡出人们视线。

红菇削发为尼,但一直热心儿童院工作,他们的儿童院收养了包括西藏的孤儿一百二十多名;还收留了一只黑耳朵、长得像罗比的白色流浪狗。

七年后,小麦离婚。她带着四岁的孩子兜兜,再次回到明城。在一个无人的下半夜,她独自开车,行驶在田广寂静无人的街区大道上,车上播放着《奥芬巴赫序曲》,在激越的高潮处，小麦不能自持地失声痛哭，她边开边哭……如果你一定要分类，那么自由思想者、人道主义就是我们这些人的唯一标签。总有那么一类人，在任何情况下，都尽可能正派、公平、体面地行事，我们不期望来世得到什么奖赏和惩罚——总有一类人是幼稚天真的，是的，是的，向京就是这么说的。

小麦再次去看了向泉。她带了一纸袋纸皮核桃。向泉一直住在千鹤医院。他依然虚胖沉重，不过二十出头的向泉，因药物性肥胖，已经像个虚弱的中年人。他已经完全不认识小麦了。

小麦说，小泉，康朝哥哥在哪里？

但小麦话音未落，向泉突然张开双臂，半蹲着，用飞翔的姿势，绕小麦椅子一圈，然后飞离了小麦，飞出了屋子。

陪兜兜一周后，小麦把孩子交给母亲，自己南下去了深圳。游吉丽为她联系了一家很不错的报社，但她拒绝再做记者，最终去了她哥哥帮她找的一家旅游公司做内刊。

据卫生、公安部门出版的公开资料，中国内地从1988年至1998年共发生放射性事故332起，受照射总人数966人。其中，放射源丢失事故约占八成，丢失放射源584枚，有256枚未能找回。

从20世纪90年代的放射事故数来看，中国与美国相近，但如果与放射源拥有数结合起来看，中国的事故发生率约为美国的40倍。

2002年的调查表明，全国有用放射源单位8300多家，放射

白口罩

源总数 63700 多枚，其中有约 30% 的放射源未在卫生部门办理许可登记，待处理的废弃放射源超过 13800 枚。

……

有一年，小麦回明城探亲，原单位的同事唐佐请她吃饭，告诉她，明城又有两支更年轻的民间救援队了，一支叫万里，一支叫蜘蛛侠。

图书在版编目（CIP）数据

白口罩/须一瓜著. — 北京：北京十月文艺出版社，2013.11
ISBN 978-7-5302-1332-2

Ⅰ.①白… Ⅱ.①须… Ⅲ.①长篇小说—中国—当代 Ⅳ.①I247.5

中国版本图书馆 CIP 数据核字（2013）第 162484 号

十月长篇小说创作丛书

白口罩
BAI KOUZHAO

须一瓜　著

*

北京出版集团公司
北京十月文艺出版社　出版
（北京北三环中路 6 号）
邮政编码：100120

网　　址：www.bph.com.cn
新经典文化有限公司发行
新 华 书 店 经 销
三河市中晟雅豪印务有限公司印刷

*

880 毫米×1230 毫米　32 开本　9.5 印张　183 千字
2013 年 11 月第 1 版　2013 年 11 月第 1 次印刷
ISBN 978-7-5302-1332-2
定价：28.00 元

质量监督电话：010-58572393